Richelle Mead vit à Seattle, aux États-Unis. Passionnée de littérature, elle a toujours été attirée par la mythologie et le folklore. Elle est l'auteure de plusieurs séries à succès : *Succubus*, *Cygne noir* et *Vampire Academy*. Cette dernière, disponible chez Castelmore, est un best-seller international avec plus de 8 millions d'exemplaires vendus à travers le monde et une adaptation au cinéma.

Du même auteur,
aux éditions Bragelonne,
en grand format :

L'Ère des Miracles :
1. *L'Échiquier des dieux*
2. *La Couronne de l'élue*

Chez Milady, en poche :

L'Ère des Miracles :
1. *L'Échiquier des dieux*
2. *La Couronne de l'élue*

Succubus :
1. *Succubus Blues*
2. *Succubus Nights*
3. *Succubus Dreams*
4. *Succubus Heat*
5. *Succubus Shadows*
6. *Succubus Revealed*

Cygne noir :
1. *Fille de l'Orage*
2. *Reine des ronces*
3. *Le Sacre de Fer*
4. *L'Héritier de l'ombre*

Chez Castelmore :

Vampire Academy :
1. *Sœurs de sang*
2. *Morsure de glace*
3. *Baiser de l'ombre*
4. *Promesse de sang*
5. *Lien de l'esprit*
6. *Sacrifice ultime*

Ce livre est également disponible
au format numérique

www.castelmore.fr

Richelle Mead

Morsure de glace

Vampire Academy – 2

Traduit de l'anglais (États-Unis) par Karen Degrave

CASTELMORE

Castelmore est un label des éditions Bragelonne

Titre original : *Frostbite*

Loi n°49-956 du 16 juillet 1949
sur les publications destinées à la jeunesse

Dépôt légal : juillet 2016

ISBN : 978-2-8112-1984-0

Castelmore
60-62, rue d'Hauteville – 75010 Paris
E-mail : info@castelmore.fr
Site Internet : www.castelmore.fr

Pour Kat Richardson, dont la sagesse est grande.

Comme toujours, ce livre n'aurait pas existé sans le soutien de mes amis et de ma famille. Je tiens d'abord à remercier mon équipe de conseillers : Caitlin, David, Jay, Jackie et Kat. Je ne peux même pas compter les heures de connexion tardive que vous m'avez accordées. Je n'aurais jamais achevé ce livre ni traversé cette année folle sans vous.

Je remercie également mon agent, Jim McCarthy, qui a remué ciel, terre et dates de remise de texte pour m'aider à finir. Je suis heureuse d'avoir pu compter sur lui. Enfin, un grand merci à Jessica Rothenberg et Ben Schrank, de Razorbill, pour leur soutien continuel et le travail qu'ils ont fourni.

Prologue

Tout meurt. Mais tout ne reste pas toujours mort. Croyez-moi, j'en sais quelque chose.

Il existe une espèce de vampires qui sont littéralement des morts-vivants. On les appelle les Strigoï et si vous n'en cauchemardez pas déjà, vous avez tort. Ils sont forts, ils sont rapides, et ils tuent sans hésitation ni pitié. Ils sont immortels, aussi, ce qui n'aide pas quand on veut les détruire. En fait, il n'y a que trois manières d'y parvenir : les brûler, les décapiter, ou leur planter un pieu en argent dans le cœur. Chacune de ces solutions présente quelques difficultés, mais c'est toujours mieux que de ne pas en avoir du tout.

Il existe également de gentils vampires qu'on appelle les Moroï. Ils sont bien vivants et ils ont le pouvoir incroyablement cool de maîtriser l'un des quatre éléments : la terre, l'air, l'eau ou le feu (du moins, la plupart des Moroï le possèdent, mais je reviendrai sur les exceptions plus tard). Pourtant, ils ne pratiquent plus guère la magie, ce qui est assez triste. Même si leurs pouvoirs auraient pu faire de puissantes armes, les Moroï croient fermement que la magie ne doit avoir qu'un usage pacifique. C'est d'ailleurs l'une des règles de base de leur société… Les Moroï sont généralement grands et minces, et supportent assez mal le soleil. Par chance, leur vue, leur ouïe et leur odorat surdéveloppés leur permettent de très bien se débrouiller dans l'obscurité.

Ces deux races de vampires ont également besoin de sang, c'est sûrement ce qui fait d'eux des vampires. Néanmoins, les Moroï ne tuent pas d'humains pour s'en procurer. Ils préfèrent entretenir des volontaires, qui leur en donnent régulièrement de petites quantités. Ceux-ci ne sont pas très durs à trouver puisque la salive des vampires contient des endorphines qui sont vraiment très agréables et provoquent rapidement une accoutumance. Je le sais par expérience personnelle. Les Moroï appellent ces volontaires des « sources ». Pour parler franchement, ce sont des junkies accros à leur morsure.

Cela dit, il vaut toujours mieux entretenir des sources que de procéder comme les Strigoï qui, comme de bien entendu, tuent les victimes dont ils boivent le sang. Je crois qu'ils y prennent plaisir. Si un Moroï abat sa proie, il se transforme aussitôt en Strigoï. Certains le font volontairement : ils abandonnent leurs principes et leur magie en échange de l'immortalité. Mais un Strigoï peut aussi l'être devenu de force. Si un Strigoï boit le sang d'une victime et oblige ensuite cette dernière à goutter le sien… il y a métamorphose. Une telle mésaventure peut arriver à n'importe qui : un Moroï, un humain… ou un dhampir.

Les dhampirs…

J'en suis une. Les dhampirs sont moitié humains, moitié Moroï. Je me plais à croire que nous avons hérité des atouts des deux races : d'un côté, j'ai la force des humains, leur endurance, et je peux profiter du soleil autant que je le souhaite ; de l'autre, les Moroï m'ont transmis leurs sens surdéveloppés et leurs excellents réflexes. Ces qualités font de nous de parfaits gardes du corps – ce que nous sommes pour la plupart. On nous appelle les « gardiens ».

Depuis mon plus jeune âge, on m'entraîne à protéger les Moroï des Strigoï. C'est à l'académie de Saint-Vladimir, une institution privée réservée aux Moroï et aux dhampirs, que j'ai reçu mon éducation. J'y ai appris à manier toutes sortes d'armes et à porter des coups assez vicieux. J'y ai botté les fesses de garçons deux fois plus costauds que moi, à la fois pendant les entraînements et en dehors… À vrai dire, c'est presque toujours à des garçons que j'ai affaire, vu qu'il y a peu de filles dans ma classe.

La raison en est simple. Malgré toutes les caractéristiques dont nous avons hérité, il nous manque un trait génétique essentiel : les dhampirs ne peuvent pas avoir d'enfants entre eux. Inutile de me demander pourquoi, je ne suis pas généticienne. Le croisement des humains et des Moroï produit des dhampirs. C'est de là que nous tirons notre origine, mais ce cas de figure ne se présente plus que rarement, puisque les Moroï ont tendance à vivre à l'écart des humains. Cependant, du fait d'une autre anomalie génétique, le croisement des dhampirs et des Moroï produit de nouveaux dhampirs. Je sais, c'est illogique. On pourrait s'attendre à un bébé aux trois quarts vampire, n'est-ce pas ? Eh bien, non : moitié humain, moitié Moroï.

La plupart du temps, ces enfants ont un père moroï et une mère dhampir, puisque les femmes moroï ont naturellement tendance à vouloir des descendants de leur espèce. En conséquence, beaucoup d'hommes moroï ont des liaisons passagères avec des dhampirs avant de s'assagir auprès d'une de leurs semblables. On trouve donc de nombreuses mères célibataires parmi les dhampirs, qui préfèrent souvent renoncer à devenir gardiennes pour élever leurs enfants.

Du coup, seuls les garçons et une poignée de filles deviennent gardiens, mais ceux qui choisissent de protéger les Moroï prennent ce travail très au sérieux. Puisque les dhampirs ont besoin des Moroï pour continuer d'exister, ils ont le devoir de les protéger. Et puis… c'est la voie du bien. Les Strigoï sont maléfiques, contre nature et ont pour principale activité de chasser d'innocentes victimes. Les dhampirs formés pour devenir gardiens apprennent ces deux vérités avant de savoir marcher : les Strigoï sont le mal ; les Moroï doivent être protégés. Tous les gardiens y croient. Moi aussi.

Or il y a une Moroï que je tiens à protéger plus que toute autre : la princesse Lissa, ma meilleure amie. Les Moroï comptent douze familles royales et Lissa est la dernière survivante de la sienne, les Dragomir. Mais une autre chose fait d'elle quelqu'un de très spécial.

Vous vous souvenez que les Moroï ont le pouvoir de maîtriser l'un des quatre éléments ? Il se trouve que Lissa en domine un cinquième, l'esprit, dont tout le monde ignorait l'existence encore récemment. Pendant des années, nous avons simplement cru qu'elle ne développerait aucune magie. À ceci près que des choses étranges commençaient à se produire autour d'elle. Par exemple, tous les vampires ont un pouvoir de suggestion qui leur permet d'imposer leur volonté aux autres. Ce pouvoir est très développé chez les

Strigoï, un peu moins chez les Moroï et, surtout, son usage est formellement interdit. Lissa, elle, le possède presque au même degré qu'un Strigoï. Il lui suffit de battre des cils pour que n'importe qui exauce ses moindres désirs.

Mais ce n'est pas la chose la plus impressionnante qu'elle sache faire.

Je disais pour commencer que ce qui est mort ne le reste pas toujours. Je suis l'une de ces exceptions. Ne vous inquiétez pas : je n'ai rien d'un Strigoï. Pourtant, je suis déjà morte une première fois, et je ne souhaite à personne de faire cette expérience. Cela s'est produit au cours d'un accident de voiture qui nous a tués, les parents de Lissa, son frère et moi. Quelque part au milieu de ce chaos, Lissa s'est servie de l'esprit pour me ressusciter sans même en avoir conscience. Pendant longtemps, nous n'avons pas compris ce qui s'était passé ce jour-là. C'est assez logique, puisque nous ignorions l'existence de l'esprit.

Malheureusement, quelqu'un d'autre avait compris avant nous ce qui s'était passé : Victor Dashkov. Lorsque ce prince moroï atteint d'une maladie incurable a découvert le pouvoir de Lissa, il s'est mis en tête de la kidnapper pour en faire son infirmière personnelle à vie. Dès que j'ai compris qu'on lui voulait du mal, j'ai pris les choses en main : je l'ai entraînée dans une fugue loin de l'académie, dans le monde des humains. Si cette escapade avait son charme, il faut reconnaître que la fuite perpétuelle a un côté stressant. Nous sommes tout de même parvenues à mener cette vie pendant deux ans, jusqu'au jour où les autorités de Saint-Vladimir ont retrouvé notre trace et nous ont ramenées de force à l'académie, voici quelques mois.

C'est à ce moment-là que Victor a frappé : il a enlevé Lissa et l'a torturée afin qu'elle accepte de le soigner. Pour être certain de ne pas nous avoir dans les pattes, il nous a même jeté un sort de luxure, à mon mentor Dimitri et à moi. Je vous parlerai de lui plus tard… Victor a aussi eu le cynisme d'exploiter l'instabilité psychologique que l'usage de l'esprit provoque chez Lissa, mais tout cela n'est rien en comparaison de ce qu'il a fait subir à sa propre fille, Natalie. Une fois arrêté, il n'a pas hésité à lui demander de se transformer en Strigoï pour l'aider à s'échapper. Et elle a fini avec un pieu dans le cœur… Comme il ne faisait preuve d'aucun remords après avoir été emprisonné, j'en ai conclu que je n'avais pas manqué grand-chose à grandir sans connaître mon père.

Je sais désormais que je dois protéger Lissa des Strigoï et des Moroï. Seules quelques personnes savent ce dont elle est capable, mais je suis certaine qu'il existe d'autres Victor qui ne demanderaient qu'à profiter de ses pouvoirs. Par chance, j'ai un moyen de plus que les autres gardiens de veiller sur elle : pendant ma résurrection, après l'accident de voiture, l'esprit a forgé un lien psychique entre elle et moi. À présent, je peux « ressentir » ses émotions, et elle n'a pas accès aux miennes : c'est un lien à sens unique. Ainsi, il m'est possible de toujours garder un œil sur elle et de savoir quand elle a des ennuis, même si j'admets qu'il est parfois désagréable d'avoir en permanence quelqu'un dans la tête. Nous sommes certaines que l'esprit peut faire bien d'autres choses, mais nous ne savons pas encore quoi.

Pour le moment, je m'efforce de devenir la meilleure des gardiennes. Comme notre escapade m'a fait perdre deux ans d'entraînement, je dois prendre des cours de soutien pour rattraper mon retard... Heureusement, je suis motivée : rien ne me tient plus à cœur que de protéger Lissa. Néanmoins, deux petites choses compliquent de temps à autre ma formation. L'une d'elles est ma tendance à agir sans réfléchir. Je fais de mon mieux pour éviter ce genre de situation, mais je dois reconnaître que je frappe avant de me demander qui je vais attaquer dès que je suis hors de moi. Lorsque quelqu'un à qui je tiens est en danger... toutes les règles me paraissent optionnelles.

L'autre problème de ma vie est Dimitri. C'est lui qui a tué Natalie. C'est un véritable dieu du combat et il est plutôt beau gosse. D'accord : vraiment beau gosse. En fait, c'est le genre de canon qu'on s'arrête pour regarder passer avant de se faire renverser par une voiture. Mais, comme je l'ai déjà dit, c'est mon mentor. Et il a vingt-quatre ans. Ces deux arguments auraient dû m'empêcher de craquer pour lui. Pourtant, en vérité, une seule raison me retient de lui sauter dessus : nous allons tous les deux devenir les gardiens personnels de Lissa après ses études. Si nous passons notre temps à veiller l'un sur l'autre, nous ne pourrons pas la protéger.

Cela dit, j'ai beaucoup de mal à me guérir de cette obsession, et je suis certaine que Dimitri ressent la même chose pour moi. Il nous est d'autant plus difficile d'en faire abstraction que notre relation est devenue très chaude sous l'effet du sort de luxure. Victor nous l'avait jeté pour nous distraire pendant qu'il enlevait Lissa, et son plan a parfaitement fonctionné. J'étais tout à fait prête à offrir ma virginité à Dimitri, qui était bien décidé à la prendre.

Au dernier instant, nous avons brisé le sort, mais mes souvenirs de cette nuit-là refusent de s'effacer et il m'est parfois difficile de me concentrer sur l'entraînement.

Au fait, je m'appelle Rose Hathaway. J'ai dix-sept ans, je m'entraîne à protéger et tuer des vampires, je suis amoureuse d'un homme qui devrait m'inspirer de tout autres sentiments, et ma meilleure amie a des pouvoirs qui menacent de la rendre folle.

Personne n'a dit qu'il était facile d'être lycéenne.

Chapitre premier

Je ne pensais pas que ma journée puisse être plus mauvaise jusqu'à ce que ma meilleure amie m'annonce qu'elle avait peur de devenir folle. Encore.

— Quoi ? Qu'est-ce que tu viens de dire ?

Je me trouvais dans la salle commune de son dortoir, en train de refaire le lacet d'une de mes bottes. Je levai aussitôt la tête pour la dévisager à travers la masse emmêlée de cheveux bruns qui me couvrait la moitié du visage. Je m'étais endormie après les cours et avais jugé l'usage de ma brosse superflu pour ne pas être en retard. Les cheveux blond platine de Lissa étaient, comme toujours, parfaitement coiffés et couvraient ses épaules d'une sorte de voile nuptial. Elle me contemplait avec un sourire amusé.

— J'ai dit que j'ai l'impression que mes cachets me font moins d'effet.

Je me relevai en écartant mes cheveux.

— Qu'est-ce que ça veut dire ? (Des Moroï passaient autour de nous, pressés d'aller dîner ou de retrouver leurs amis.) Est-ce que tu commences à… ? m'inquiétai-je en baissant la voix. As-tu recouvré tes pouvoirs ?

Elle secoua la tête avec regret.

— Non. Je me sens plus près de la magie, mais je ne peux toujours pas m'en servir. Ce que j'ai surtout remarqué, c'est l'autre chose, tu sais... Parfois, je me sens déprimée sans raison, mais rien de comparable à ce que ça a pu être, s'empressa-t-elle d'ajouter en voyant ma grimace. (Avant qu'on la mette sous traitement, il arrivait à Lissa d'être assez déprimée pour s'infliger des entailles.) C'est juste un peu plus présent qu'avant...

— Et le reste ? L'angoisse ? Le délire de persécution ?

Lissa éclata de rire. Apparemment, le problème lui paraissait moins grave qu'à moi.

— Tu parles comme si tu avais lu des livres de psychiatrie !

De fait, j'en avais lu.

— C'est seulement que je m'inquiète pour toi. Si tu crois que tes cachets ne te font plus assez d'effet, nous devons en parler à quelqu'un.

— C'est inutile, répondit-elle avec empressement. Je vais bien, je t'assure. Le traitement fonctionne toujours... seulement un peu moins bien. Je pense qu'il est trop tôt pour paniquer. Surtout toi et surtout aujourd'hui.

Elle changeait de sujet, ce qui se montra efficace. J'avais appris une heure plus tôt que je devais passer ma Qualification le jour même. C'était un examen, ou plutôt un entretien, auquel étaient soumis tous les novices pendant leur deuxième année de second cycle à Saint-Vladimir. Puisque j'étais occupée à cacher Lissa dans le monde des humains l'année précédente, je l'avais manqué. On devait donc me conduire auprès d'un gardien extérieur à l'académie pour qu'il me fasse subir l'entretien. Merci de m'avoir prévenue, les gars...

— Ne t'en fais pas pour moi, insista Lissa en me souriant. Je te tiendrai au courant, si ça empire.

— Très bien, lui accordai-je à contrecœur.

Par prudence, je m'ouvris néanmoins à elle pour sonder ses véritables sentiments à travers notre lien. Elle avait dit la vérité. Elle était calme et heureuse ce matin-là, il n'y avait pas à s'inquiéter. Sauf que je sentais effectivement, tout au fond de son esprit, un nœud d'impressions sinistres et inconfortables. Elles n'avaient pas la violence que je leur avais connue au pire de sa dépression, mais elles étaient bien de la même nature et je n'aimais pas cela. J'aurais tellement voulu qu'elles disparaissent tout à fait... En plongeant davantage en elle pour essayer d'y voir plus clair, j'eus la sensation étrange que ses émotions me touchaient. Un mouvement de répulsion me fit ressortir de son esprit en frissonnant.

— Est-ce que ça va ? me demanda Lissa en fronçant les sourcils. On dirait que tu as la nausée, tout à coup.

— Je suis juste... nerveuse à cause de l'entretien, mentis-je. (Après quelques hésitations, je m'ouvris de nouveau à elle. Sa noirceur avait disparu sans laisser de trace. Ses cachets étaient peut-être encore efficaces, finalement.) Tout va bien.

— Eh bien, ça ne va plus aller si tu ne pars pas tout de suite, remarqua-t-elle en me montrant la pendule.

— Mince ! (Elle avait raison. Je la serrai rapidement dans mes bras.) À plus tard !

— Bonne chance ! me cria-t-elle.

Je traversai l'académie au pas de course pour retrouver mon mentor, Dimitri Belikov, qui m'attendait près d'une

Honda Pilot. Modèle basique sans intérêt… Je n'espérais pas qu'on me promène en Porsche dans les montagnes du Montana, mais je n'aurais rien eu contre une voiture plus glamour.

— Je sais, je sais…, m'excusai-je en voyant sa grimace. Désolée d'être en retard.

Prenant conscience tout à coup que j'allais passer l'un des examens les plus importants de ma vie, je chassai de mon esprit toutes mes inquiétudes pour Lissa et ses cachets qui ne fonctionnaient peut-être pas. Mon désir de la protéger n'aurait pas grande valeur si on m'empêchait de devenir sa gardienne à cause d'un entretien raté.

Dimitri se tenait immobile, aussi renversant que d'habitude. Les grands bâtiments de brique commençaient à projeter leurs ombres démesurées dans les premières lueurs qui précèdent l'aube. Autour de nous, la neige s'était mise à tomber. Je suivis des yeux les légers flocons qui tombaient mollement pour fondre dans ses cheveux noirs.

— Qui d'autre nous accompagne ?

Il haussa les épaules.

— Personne. Nous partons tous les deux.

Mon humeur passa aussitôt de joyeuse à extatique. Dimitri et moi. Seuls. Dans une voiture. Cela valait bien un examen-surprise…

— Est-ce que c'est loin ?

Je priai en silence pour que le trajet soit vraiment très long… mettons une semaine. Tant qu'à faire, je priai aussi pour que nous ayons besoin de passer des nuits dans de luxueuses chambres d'hôtel, ou alors pour qu'une avalanche bloque la route et nous force à échanger la chaleur de nos corps pour rester en vie.

— Cinq heures.

— Ah !

Un peu moins que j'espérais. Néanmoins, cinq heures valaient toujours mieux que rien, et la brièveté du trajet n'excluait pas l'hypothèse de l'avalanche.

Les routes sinueuses et enneigées auraient rendu le trajet pénible à un humain, mais nos yeux de dhampirs s'accommodaient facilement de la mauvaise visibilité. Je regardai droit devant moi en m'efforçant d'oublier la lotion après-rasage de Dimitri, même si elle emplissait l'habitacle d'un parfum citronné qui me faisait fondre. Pour garder la tête froide, je me concentrai sur ma Qualification.

Ce n'était pas le genre d'examen qui se préparait : on réussissait ou on échouait. Des gardiens importants venaient faire passer des entretiens aux novices pour évaluer leur motivation, c'est-à-dire leur futur degré d'implication dans leur travail. Je ne savais pas trop à quoi m'attendre mais des rumeurs circulaient d'une année sur l'autre. On racontait que les examinateurs s'intéressaient autant au caractère du novice qu'à son niveau et qu'ils avaient le pouvoir de faire renvoyer de l'académie les élèves qu'ils ne jugeaient pas dignes de devenir gardiens.

— Est-ce que ce ne sont pas eux qui viennent, d'habitude ? demandai-je à Dimitri. Je n'ai rien contre l'idée de faire une balade, mais pourquoi nous déplaçons-nous jusqu'à eux ?

— Pour commencer, il ne s'agit pas d'eux mais de lui, m'expliqua-t-il avec le léger accent qui trahissait son origine russe même s'il parlait mieux l'anglais que moi. Puisqu'il s'agit d'une situation particulière et qu'il nous fait une faveur, c'est à nous de faire le trajet.

— Qui est-ce ?

— Arthur Schœnberg.

Je quittai la route des yeux pour dévisager Dimitri.

— Quoi ?

Arthur Schœnberg était une légende. C'était l'un des plus grands tueurs de Strigoï encore en vie et il avait été chef du Conseil des Gardiens, l'instance qui assignait son Moroï à chacun et prenait les décisions qui nous concernaient tous. Il avait fini par prendre sa retraite pour se consacrer à la famille royale qu'il protégeait, les Badica. Même vieillissant, il était encore mortellement dangereux, et ses exploits étaient à mon programme.

— N'y avait-il personne d'autre de disponible ? m'inquiétai-je d'une voix mal assurée.

Je savais désormais reconnaître quand Dimitri s'empêchait de sourire.

— Tout va bien se passer. Et puis un rapport favorable d'Art ferait très bonne impression dans ton dossier.

Art ? Dimitri appelait l'un des plus célèbres gardiens au monde par son prénom... Cela n'aurait pourtant pas dû m'étonner, vu la réputation de Dimitri lui-même.

Le silence s'installa dans la voiture. Je me mordis la lèvre en me demandant ce qu'Arthur Schœnberg allait pouvoir penser de moi. Mes notes étaient bonnes mais une ou deux broutilles, comme ma fugue et les bagarres que j'avais déclenchées, pouvaient le faire douter du sérieux avec lequel j'envisageais ma future carrière.

— Tout va bien se passer, répéta Dimitri. Il y a plus de bon que de mauvais dans ton dossier.

Par moments, on aurait cru qu'il pouvait lire dans mon esprit. J'esquissai un sourire timide et jetai un coup d'œil dans sa direction. Grossière erreur. Sa taille hors du commun et sa musculature parfaite étaient évidentes même lorsqu'il était assis. Il avait des yeux sombres, un regard ténébreux et des cheveux noirs qu'il portait attachés en queue-de-cheval. Des cheveux doux comme de la soie… Le charme de luxure de Victor Dashkov m'avait permis de m'en assurer. Au prix d'un effort héroïque, je détournai les yeux et recouvrai mon souffle.

— Merci, coach, ironisai-je en m'enfonçant dans mon siège.

— Je suis là pour aider.

Il était détendu, presque d'humeur légère, ce qui lui arrivait rarement. En général, il était sérieux et sur le qui-vive. Sans doute s'estimait-il en sécurité dans une Honda, du moins autant qu'il pouvait l'être en ma présence. Après tout, je n'étais pas la seule à avoir du mal à faire abstraction de la tension romantique qu'il y avait entre nous.

— Tu sais ce qui aiderait ? demandai-je en continuant à fuir son regard.

— Quoi ?

— Que tu coupes cette horreur musicale pour nous mettre quelque chose qui aurait été enregistré après la chute du mur de Berlin…

Il éclata de rire.

— Comment fais-tu ? C'est en histoire que tu as les plus mauvaises notes et tu sembles tout savoir sur l'Europe de l'Est…

— C'est que j'ai besoin de matière pour mes blagues, camarade.

Il changea la fréquence de l'autoradio sans cesser de sourire… et s'arrêta sur une station qui passait de la country.

— Eh ! m'écriai-je. Je ne pensais pas exactement à ça…

Il retint difficilement un nouvel éclat de rire.

— Choisis celle que tu préfères. C'est l'une ou l'autre…

— Alors reviens aux années quatre-vingt, me résignai-je en soupirant.

Il changea de nouveau la fréquence. Les bras croisés sur la poitrine, j'écoutai un groupe à la sonorité vaguement européenne se plaindre que la vidéo avait tué la radio, en souhaitant que quelqu'un se charge d'en finir avec cette station.

Tout à coup, un trajet de cinq heures ne me paraissait plus si court.

La famille que protégeait Arthur vivait dans une petite ville qui longeait l'autoroute 90, près de Billings. L'opinion moroï était divisée sur la question des zones géographiques qui offraient le meilleur habitat. Certains estimaient que c'étaient les grandes agglomérations qui présentaient le plus de sécurité, puisque les vampires pouvaient s'y noyer dans la foule et que les activités nocturnes y attiraient moins l'attention. D'autres, comme cette famille, apparemment, préféraient les petites villes en s'appuyant sur cet argument simple qu'on passait plus facilement inaperçu là où il y avait moins de gens pour nous remarquer.

Je réussis à convaincre Dimitri de s'arrêter pour manger quelque chose dans un snack. Nous fîmes une autre halte pour prendre de l'essence, et nous atteignîmes la résidence des Badica vers midi. La maison était en bois et construite de plain-pied, avec d'immenses baies vitrées, évidemment teintées pour filtrer les rayons du soleil. Elle semblait neuve et très chère et, même si elle était située au milieu de nulle part, c'était bien le type d'endroit où je m'attendais à trouver des membres d'une famille royale.

Je sautai de la Honda et m'enfonçai dans cinq centimètres de neige avant d'atteindre les graviers du parking. Le silence n'était troublé que par le souffle irrégulier du vent dans les branches. Je suivis Dimitri sur l'allée de galets gris qui serpentait jusqu'à la maison. Même s'il avait recouvré son masque professionnel, je sentais son humeur aussi légère que la mienne. Nous avions tous les deux pris un plaisir coupable à cette escapade en voiture.

Mon pied glissa sur une pierre. Lorsque Dimitri me rattrapa par réflexe, j'éprouvai une violente sensation de déjà-vu : le soir de notre rencontre, il m'avait épargné une chute à peu près de la même manière. Malgré le froid et l'épaisseur de ma parka, je perçus la chaleur de ses doigts sur mon bras.

— Est-ce que ça va ? demanda-t-il en me lâchant à ma grande consternation.

Je jetai un regard mauvais aux cailloux verglacés.

— Oui… Ces gens ne connaissent donc pas l'usage du sel ?

Ce que je croyais être une simple blague pétrifia Dimitri. Je me figeai aussitôt pour le voir scruter les environs enneigés avant de reporter son regard inquiet vers la maison. Son attitude m'incita à retenir les questions qui me brûlaient les lèvres. Il étudia la façade pendant une bonne minute, puis l'allée gelée, et enfin le parking où seules les empreintes de nos pas se dessinaient sur la neige.

Je le suivis lorsqu'il s'approcha prudemment de la porte. Il s'arrêta encore pour l'examiner. Elle était entrebâillée, comme si, dans la précipitation, on l'avait mal refermée. En observant plus attentivement à la hauteur du verrou, je découvris de petites éraflures sur le bois ; elle semblait avoir été forcée. Il était évident qu'un simple coup d'épaule suffirait à la faire céder. Dimitri, dont la respiration ne produisait plus que de légers nuages de buée, fit courir ses doigts sur le chambranle, puis sur la poignée, dont le manque de solidité me parut de mauvais augure.

Il parla enfin.

— Va m'attendre dans la voiture, Rose, m'ordonna-t-il calmement.

— Mais que… ?

— Va !

Ce seul mot me parut chargé d'un pouvoir surnaturel. Cet homme était celui que j'avais vu terroriser mes camarades de classe et abattre un Strigoï… Je reculai en choisissant d'emprunter les plates-bandes enneigées plutôt que l'allée traîtresse. Alors que Dimitri n'avait toujours pas bougé, je me glissai dans la Honda et en refermai la portière le plus doucement possible. Dès qu'il m'estima en sécurité, il ouvrit la porte fracturée sans effort et disparut à l'intérieur.

Dévorée de curiosité, je comptai jusqu'à dix avant de ressortir du véhicule.

Même si je ne pouvais pas me risquer à le suivre, je devais savoir ce qui se passait dans cette maison. L'état de l'allée et du parking indiquait que les Badica étaient absents depuis plusieurs jours, ou bien qu'ils n'étaient pas sortis du bâtiment. Rien n'empêchait qu'ils aient été cambriolés par des humains. Ils pouvaient aussi avoir été effrayés par quelque chose… des Strigoï, par exemple. Le sérieux de Dimitri m'assurait que c'était ce scénario qu'il avait en tête, mais cela me paraissait peu probable dans le cas d'une famille protégée par Arthur Schœnberg.

Debout au milieu du parking, je levai les yeux vers le ciel. Le soleil était blafard, mais il était bien au-dessus de ma tête, à son zénith. Midi. Je n'avais pas à craindre une attaque strigoï en plein jour, seulement la colère de Dimitri.

Je contournai la maison en m'enfonçant dans la neige jusqu'aux chevilles sans que rien de particulier attire mon attention. Des stalactites de glace pendaient du bord du toit et les fenêtres teintées gardaient leurs secrets. Mes pieds heurtèrent soudain quelque chose et je baissai le regard : c'était un pieu en argent à moitié enfoui sous un petit tas blanc. Je le ramassai et l'essuyai en m'interrogeant. Que faisait-il donc là ? Les pieux étaient des armes de grande valeur, capables de tuer un Strigoï d'un seul coup dans le cœur… Ils ne pouvaient être forgés qu'avec le concours de quatre Moroï, qui y insufflaient chacun le pouvoir d'un élément. Même si je n'avais pas encore appris à les manier, je repris mon investigation avec davantage d'assurance.

À l'arrière de la maison, une grande terrasse s'étirait jusqu'à un ponton de bois où l'on devait bien s'amuser pendant l'été. La vitre de la porte-fenêtre qui donnait sur la terrasse avait été brisée, ce qui permettait à une personne de passer par l'ouverture aux bords irréguliers. Parfaitement consciente de ce que Dimitri allait me faire subir lorsqu'il découvrirait mes manœuvres, je montai sur la terrasse en me méfiant des marches verglacées. Malgré le froid, je sentais des gouttes de sueur perler sur ma nuque.

Il fait jour, il fait jour, me répétai-je.

Je n'avais aucune raison de m'inquiéter.

Une fois devant la porte-fenêtre, je me penchai pour examiner ses rebords, sans parvenir à déterminer ce qui l'avait cassée. La neige s'était engouffrée à l'intérieur pour former un petit tas sur un tapis bleu ciel. Je fis jouer la poignée : la porte était encore fermée à clé. À vrai dire, cela n'avait pas grande importance puisqu'il suffisait d'enjamber le cadre pour entrer. Par peur de me couper, je préférai déverrouiller et faire coulisser la porte-fenêtre. Son léger frottement me parut assourdissant dans ce silence de mort.

Je fis deux pas à l'intérieur, m'arrêtai dans le carré de lumière que la porte ouverte dessinait sur le sol et laissai mes yeux s'habituer à la pénombre. Des bourrasques s'engouffraient dans la pièce en faisant voler des rideaux autour de moi. Peu à peu, je reconnus les différents meubles d'un salon : un canapé, un téléviseur, un fauteuil à bascule.

Et un corps.

Il s'agissait d'une femme. Elle était allongée sur le dos, au pied de la télé, sa chevelure brune en désordre. Ses yeux étaient grands ouverts sur le plafond et son visage bien trop pâle, même pour une Moroï. Pendant quelques secondes, je crus que ses cheveux recouvraient aussi son cou, puis je compris que la traînée sombre sur sa peau était du sang séché. On l'avait égorgée.

Cette horrible scène était si irréelle que je mis un certain temps à admettre ce que je voyais. La position qu'elle avait prise en tombant donnait presque l'impression qu'elle dormait… Alors je vis un deuxième corps : à quelques pas de là, un homme gisait sur le côté dans une mare de sang. J'aperçus une nouvelle dépouille, de la taille d'un enfant, roulée en boule derrière le canapé, et encore une à l'autre bout de la pièce. Il y avait des corps partout. Des corps et du sang.

Lorsque je compris combien de cadavres il y avait autour de moi, mon cœur s'affola. Ce n'était pas possible… Il faisait jour. Rien de si terrible ne pouvait se passer en plein jour… Alors qu'un cri se formait dans ma gorge, une main gantée vint se plaquer sur ma bouche. Je me débattis quelques instants avant de reconnaître l'odeur de la lotion après-rasage de Dimitri.

— Pourquoi n'écoutes-tu jamais ce qu'on te dit ? Tu serais morte *s'ils* étaient encore ici…

Sa main et ma terreur m'empêchèrent de répondre. J'avais déjà vu quelqu'un se faire tuer, mais je n'avais jamais été confrontée à un tel carnage. Dimitri attendit presque une minute avant de retirer sa main et resta prudemment derrière moi. Alors que je n'avais plus la moindre envie de contempler ce spectacle, j'étais incapable d'en détourner les yeux. Des corps partout. Des corps et du sang.

Je parvins finalement à me tourner vers lui.

— Il fait jour, murmurai-je. De telles horreurs ne peuvent pas se produire en plein jour…

J'entendis dans ma voix les accents désespérés d'une petite fille qui supplie qu'on la rassure en lui disant qu'elle vient de faire un cauchemar.

— De telles horreurs peuvent se produire n'importe quand et celle-ci n'a pas eu lieu en plein jour. Ce massacre date sans doute de deux ou trois nuits.

Je jetai un coup d'œil furtif aux cadavres et sentis mon estomac se nouer. Deux ou trois nuits… Deux ou trois nuits à être mort sans que personne le sache. J'arrêtai mes yeux sur le corps d'un homme qui gisait devant la porte d'un couloir. Il était grand et beaucoup trop musclé pour un Moroï.

— Arthur Schœnberg, précisa Dimitri qui avait remarqué la direction de mon regard.

Sa gorge ensanglantée m'hypnotisa.

— Il est mort…, balbutiai-je comme si ce n'était pas parfaitement évident. Comment est-ce possible ? Comment un Strigoï a-t-il pu tuer Arthur Schœnberg ?

C'était inconcevable. On ne tue pas une légende…

Au lieu de répondre, Dimitri replia les doigts autour de ma main droite, dans laquelle je tenais encore le pieu. Je sursautai.

— Où as-tu trouvé ça ? me demanda-t-il en prenant l'arme tandis que je desserrais le poing.

— Par terre, planté dans le sol.

Il leva l'objet qui étincela à la lumière, et le fit tourner lentement dans sa main.

— C'est grâce à lui qu'on a pu franchir les protections, déclara-t-il.

Mon esprit encore en état de choc mit quelques secondes à donner un sens à ses mots. Je finis néanmoins par comprendre : les barrières magiques dont les Moroï entouraient leurs retraites étaient forgées à l'aide de l'air, du feu, de l'eau et de la terre, tout comme les pieux en argent des gardiens. Elles requéraient tout le savoir-faire en matière de magie de puissants Moroï, nécessitant souvent même le concours de deux experts pour chaque élément. Ces protections empêchaient les Strigoï d'approcher parce qu'elles étaient chargées de vie et de magie, c'est-à-dire du contraire même de leur nature. Malheureusement, elles faiblissaient rapidement et demandaient beaucoup de maintenance, ce qui dissuadait nombre de Moroï de les utiliser. Cependant, dans certains endroits comme à l'académie, on y avait encore recours.

Les Badica en avaient mis en place tout autour de leur maison, ce qui ne leur avait été d'aucun secours, puisque quelqu'un les avait neutralisées à l'aide de ce pieu. Les deux magies avaient dû entrer en conflit, et celle de l'arme l'avait emporté.

— Les Strigoï ne peuvent pas toucher les pieux, lui objectai-je en me rendant compte que mon esprit s'accrochait désespérément à toutes les certitudes qu'il pouvait trouver. (Il m'était difficile de voir mes convictions mises à mal.) Et aucun dhampir ni aucun Moroï n'aurait accepté de le faire…

— Mais un humain, peut-être.

Mon regard rencontra le sien.

— Les humains ne s'allient pas aux Strigoï…

Je m'interrompis. Et voilà que je cherchais encore des certitudes. Je ne pouvais pas m'en empêcher… Dans notre lutte contre les Strigoï, nous ne pouvions compter que sur les faiblesses que nous leur connaissions : la lumière du soleil, les protections magiques, les pieux… C'étaient même elles qui nous permettaient de les combattre. Sauf que, s'ils s'étaient fait des alliés qui n'avaient pas ces faiblesses…

Dimitri était sur le qui-vive. Malgré la sévérité de son visage, je perçus une lueur de sympathie dans ses yeux sombres alors qu'il me regardait me débattre avec mes pensées.

— Ça change tout, n'est-ce pas ? conclus-je d'une voix étranglée.

— Oui. Ça change tout.

Chapitre 2

Dimitri n'eut qu'à passer un coup de fil pour qu'une équipe d'intervention débarque sur les lieux.

Celle-ci mit néanmoins deux heures à arriver et chaque minute me parut s'éterniser. N'y tenant plus, je finis par retourner dans la voiture. Après une nouvelle inspection des lieux, Dimitri se joignit à mon attente silencieuse. Les images du carnage se succédaient inlassablement dans mon esprit. J'étais terrifiée et je me sentais seule. Je me mis à rêver qu'il me prenait dans ses bras pour me réconforter.

Pour me le reprocher aussitôt. Je me répétai pour la millième fois qu'il était mon instructeur et qu'aucune situation, si extraordinaire soit-elle, ne justifiait qu'il m'enlace. Surtout, je voulais me montrer forte. Je ne devais pas me réfugier dans les bras du premier type venu au moindre coup dur.

Un groupe de gardiens apparut enfin.

— Tu devrais venir voir comment on procède, déclara Dimitri en ouvrant sa portière.

Je n'avais vraiment pas envie de revoir cette maison. Pourtant, je le suivis. Ces gardiens étaient pour moi de parfaits étrangers, mais pas pour Dimitri. Il semblait toujours connaître tout le monde. Les gardiens s'étonnèrent de trouver une novice sur les lieux, mais personne ne s'opposa à ce que j'assiste à l'investigation.

Je les suivis pendant l'inspection. Ils s'agenouillèrent près des corps, puis examinèrent les traces de sang et les vitres brisées en faisant bien attention à ne toucher à rien. Les Strigoï semblaient avoir envahi cette maison de tous les côtés à la fois.

De temps à autre, les gardiens échangeaient des phrases brèves d'une voix neutre, sans rien trahir du dégoût et de la peur que j'éprouvais. Ils ressemblaient à des machines. L'une d'entre eux – la seule femme du groupe – s'accroupit auprès d'Arthur Schœnberg. Je ne pus m'empêcher de l'observer avec curiosité : il y avait si peu de femmes dans la profession… Celle-ci devait avoir dans les vingt-cinq ans et j'avais entendu Dimitri l'appeler Tamara. Comme cela était courant chez les gardiennes, ses cheveux noirs frôlaient à peine ses épaules.

Elle contempla le visage du mort en laissant ses yeux gris s'emplir de tristesse.

— Oh ! Arthur…, soupira-t-elle avec le même talent que Dimitri pour exprimer tout un monde de sentiments en quelques mots. Je ne pensais pas voir ce jour… C'était mon mentor, vous savez.

Tamara se releva après un nouveau soupir et recouvra en un clin d'œil toute sa rigueur professionnelle. Personne ne se serait douté que l'homme qui l'avait formée gisait à ses pieds. Je n'en revenais pas… Arthur Schœnberg était son mentor ! Comment pouvait-elle faire preuve d'un tel sang-froid ? Un instant, je tâchai d'imaginer le cadavre de Dimitri à mes pieds. Non… je n'aurais jamais su garder mon calme. J'aurais sûrement piqué une crise, hurlé et détruit tout ce qui me serait passé sous la main… avant de frapper ceux qui auraient eu la mauvaise idée de me dire que tout allait s'arranger.

Par chance, j'étais tout à fait certaine que personne n'était de taille contre Dimitri. Je l'avais vu tuer un Strigoï sans le moindre effort. Dimitri était invincible, puisque c'était un dieu.

Bien sûr, Arthur Schœnberg en avait été un, lui aussi…

— Comment ont-ils pu faire ça ? m'écriai-je tout à coup. (Six paires d'yeux se tournèrent vers moi. Étrangement, Dimitri paraissait plus curieux qu'exaspéré.) Comment a-t-on pu le tuer, lui ?

Tamara haussa les épaules sans changer d'expression.

— De la même manière qu'on a abattu les autres : il était mortel, comme nous tous.

— Oui, mais… c'était Arthur Schœnberg !

— Réponds à ta propre question, Rose, intervint Dimitri. Tu as observé la maison… alors explique-nous comment ils ont procédé.

Leurs regards attentifs me donnèrent l'impression que je n'avais peut-être pas échappé à mon examen, finalement. Je repassai dans mon esprit tout ce que j'avais vu et entendu. Je déglutis, tâchant de comprendre comment l'impossible avait pu se produire.

— Puisque nous avons découvert quatre zones d'effraction, nous devons admettre que les Strigoï étaient au moins quatre. Il y avait sept Moroï… (la famille qui vivait là recevait des invités au moment de l'attaque, ce qui avait augmenté le nombre des victimes. Trois d'entre elles étaient des enfants)… et trois gardiens dans la maison. Ça fait beaucoup trop de monde à tuer pour quatre Strigoï. Six auraient pu réussir le coup, à condition de s'attaquer d'abord aux gardiens et de les prendre par surprise. Les Moroï ont dû être trop terrifiés pour se défendre.

— Et comment ont-ils pu prendre les gardiens par surprise ? insista Dimitri.

J'hésitai : c'était une sorte de principe qu'un gardien n'était jamais pris par surprise.

— Les protections avaient été neutralisées. Si les lieux n'en avaient pas été pourvus, il y aurait sûrement eu un gardien posté dehors, qui aurait pu donner l'alerte.

J'attendis la question évidente qu'impliquait ma réponse. Comment les protections avaient-elles été neutralisées ? Mais Dimitri ne la posa pas. C'était inutile : nous avions tous vu le pieu. Un nouveau frisson de terreur me parcourut. Des humains s'étaient alliés à des Strigoï, à un groupe important.

Dimitri exprima son approbation par un discret mouvement de tête, puis tous reprirent l'inspection. Lorsque nous atteignîmes la salle de bains, je jugeai préférable de détourner les yeux. Pour l'avoir déjà visitée avec Dimitri, je n'avais nulle envie de renouveler l'expérience, car je savais qu'elle contenait le cadavre d'un homme dont le sang avait giclé sur les carreaux blancs des murs. Surtout, c'était la pièce la plus centrale de la maison, elle n'était pas aussi fraîche que celles donnant sur le patio. Le corps, s'il ne sentait pas encore mauvais, ne sentait pas tout à fait bon non plus.

Malgré mes réticences, j'aperçus du coin de l'œil des traces d'un rouge sombre presque brun sur le miroir. Je ne les avais pas remarquées auparavant parce que mon attention était restée focalisée sur le cadavre. C'était une inscription en lettres de sang.

« Pauvres, pauvres Badica… Si peu d'entre eux sont encore en vie… Une famille royale a presque disparu. Les autres suivront. »

Tamara se détourna de la glace avec une grimace de dégoût pour examiner de nouveaux détails dans la pièce. Alors que nous quittions les lieux, ces mots me trottaient dans la tête. *« Une famille royale a presque disparu. Les autres suivront. »*

De fait, les Badica étaient l'un des plus petits clans de la noblesse. Cela dit, les sept personnes qui venaient de se faire tuer étaient loin d'en être les derniers membres. Il devait bien en rester au moins deux cents… C'était une famille de taille moyenne, moins importante que celle des Ivashkov, par exemple, qui constituaient une dynastie impressionnante, mais elle comptait plus de descendants que d'autres.

Comme les Dragomir… dont Lissa était la dernière représentante.

Si les Strigoï avaient en tête d'exterminer les familles royales les unes après les autres, le plus simple était encore de commencer par elle. Puisque le sang des Moroï accroissait leurs pouvoirs, il était assez naturel que les Strigoï en soient avides. Je supposai que le fait de viser spécifiquement les membres de familles royales était un raffinement dû à leur nature sadique. Néanmoins, je ne pouvais m'empêcher de trouver ironique qu'ils cherchent à détruire les fondements de la société moroï, dont ils étaient issus pour la plupart.

L'avertissement du miroir m'obséda jusqu'à la fin de notre inspection et transforma peu à peu ma terreur en colère. Comment avait-on pu faire cela ? Comment pouvait-il exister des êtres assez maléfiques pour vouloir éradiquer une lignée tout entière ? Comment une créature qui avait été de la même nature que Lissa ou moi pouvait-elle en arriver à commettre un tel massacre ?

Penser à mon amie et aux Strigoï qui pouvaient s'en prendre à elle pour décimer sa famille me fit bouillir de rage. L'émotion troublante était d'une telle intensité que j'en fus tout ébranlée. J'avais l'impression qu'un nuage d'humeur noire enflait en moi, comme une tempête sur le point de se déchaîner. Tout à coup, je brûlai du désir de tailler en pièces tous les Strigoï du monde.

Lorsque je repris enfin place à bord de la Honda pour rentrer à Saint-Vladimir, je claquai la portière si fort que les charnières ne résistèrent que par miracle.

— Qu'est-ce qui ne va pas ? s'inquiéta Dimitri en me jetant un regard surpris.

— Tu veux rire ! m'exclamai-je, incrédule. Comment peux-tu me poser une question pareille ? Tu étais là, toi aussi... Tu as bien vu la même chose que moi ?

— Oui, mais je ne m'en prends pas à la voiture pour autant.

J'attachai ma ceinture en écumant de rage.

— Je les hais ! Je les hais tous ! Comme j'aurais aimé être là ! Je me serais fait un plaisir de leur trancher la gorge...

Je m'étais presque mise à hurler. Même s'il me dévisageait avec son impassibilité ordinaire, je sentais Dimitri surpris par ma réaction.

— Tu es sérieuse ? Tu crois vraiment que tu aurais pu faire mieux qu'Art Schœnberg, maintenant que tu as vu ce massacre ? Après ce que Natalie t'a fait ?

Je me sentis mal à l'aise, tout à coup. Je m'étais brièvement confrontée à Natalie, la cousine de Lissa, lorsqu'elle s'était transformée en Strigoï, c'est-à-dire juste avant que Dimitri tombe du ciel pour me sauver la mise. Alors même qu'elle n'était qu'une jeune Strigoï, faible et inexpérimentée, elle m'avait projetée contre les murs comme une vulgaire poupée de chiffon.

Je fermai les yeux et inspirai profondément. Ma remarque était stupide. J'avais vu de mes propres yeux ce dont les Strigoï étaient capables… Je n'aurais gagné qu'une mort prématurée, à me précipiter dans cette mêlée. J'allais probablement devenir une gardienne redoutable, mais il me restait encore beaucoup à apprendre, et c'était l'évidence même qu'une fille de dix-sept ans n'aurait rien pu faire contre six Strigoï.

J'ouvris les yeux.

— Je suis désolée, grommelai-je en reprenant le contrôle de mes émotions.

Ma rage se dissipa alors même que je ne savais pas d'où elle était venue. Je devais bien reconnaître que je m'emportais facilement et, curieusement, que j'avais vraiment du mal à encaisser ce que je venais de voir.

— Ça va aller, me rassura Dimitri en posant sa main sur la mienne pendant quelques secondes, avant de démarrer. La journée a été longue. Pour nous tous…

À notre arrivée à Saint-Vladimir, vers minuit, tout le monde était déjà au courant du massacre. La journée de cours vampirique venait juste de s'achever. Pour ma part, je n'avais pas dormi depuis plus de vingt-quatre heures. Comme j'avais les yeux rougis et l'énergie d'une limace, Dimitri m'ordonna d'aller me coucher immédiatement. Lui, bien sûr, semblait toujours en pleine forme et prêt à tout affronter. Parfois, je me prenais à douter qu'il lui arrive de dormir… Il me quitta rapidement pour aller discuter de l'attaque avec les autres gardiens. Dès qu'il se fut éloigné, je pris la direction de la bibliothèque au lieu de me rendre à mon dortoir comme je le lui avais promis. Le lien qui m'unissait à Lissa m'indiqua qu'elle s'y trouvait bien, et j'avais terriblement besoin de la voir.

Les différents bâtiments qui servaient à éduquer et loger les élèves de second cycle étaient disposés autour d'une vaste cour de verdure rectangulaire. J'empruntai l'une des allées pavées qui permettaient de la traverser dans une obscurité totale. Les pelouses disparaissaient sous la neige. Le soin méticuleux avec lequel on avait balayé et salé les allées de l'académie me rappela, par contraste, l'état de négligence dans lequel nous avions trouvé les abords de la maison des Badica.

Les bâtiments qui m'entouraient, immenses et gothiques, semblaient davantage destinés au tournage d'un film en costumes qu'à l'éducation de la jeunesse. À l'intérieur, cette aura de mystère antique imprégnait les pièces où les murs de pierre et les tableaux rivalisaient avec les ordinateurs et les néons. La technologie moderne avait réussi à s'installer dans cet endroit, mais on sentait bien qu'elle n'en prendrait jamais le contrôle.

Après avoir franchi le portail électronique de la bibliothèque, je me dirigeai vers le secteur de la géographie et y trouvai Lissa assise par terre devant une pile de livres.

— Salut ! me lança-t-elle en levant le nez de l'atlas qu'elle tenait ouvert sur un de ses genoux.

Christian, son petit ami, qui était allongé à côté d'elle, la tête posée sur son autre genou, se contenta de m'adresser un vague signe de la main. À dire vrai, vu les tensions qu'il y avait parfois entre nous, cela revenait presque à me serrer dans ses bras. Lissa écarta une mèche rebelle de son visage en essayant de sourire, effort bien inutile puisque notre lien me révélait toutes ses inquiétudes.

— Tu sais déjà, constatai-je en m'asseyant en tailleur face à elle.

Comme son malaise s'intensifiait, elle abandonna vite son sourire. Même si j'étais contente que notre lien m'aide à mieux la protéger, il y avait des jours où j'aurais préféré qu'il ne vienne pas amplifier mes propres émotions.

— C'est horrible…, murmura-t-elle en frissonnant. (Christian s'empressa de lui prendre la main et je la sentis s'abandonner pendant quelques instants à ce contact avant de poursuivre. Ces deux-là étaient si amoureux l'un de l'autre que j'avais souvent l'impression d'être engluée dans leur douceur mielleuse. Cela dit, ils étaient moins démonstratifs que d'habitude, ce que je devais sûrement à la nouvelle du massacre.) On raconte que les Strigoï étaient au moins six ou sept… et que des humains les auraient aidés à neutraliser les protections de la maison.

Les nouvelles circulaient vraiment vite…

— C'est vrai, confirmai-je alors qu'un vertige soudain me forçait à m'adosser aux rayonnages.

— Vraiment ? s'étonna Christian. Je croyais qu'il ne s'agissait que d'exagérations paranoïaques…

— Non. (Je pris subitement conscience que tout le monde ignorait encore où j'avais passé la journée.) J'y… J'y étais.

Je sentis la surprise de Lissa avant de voir ses yeux s'écarquiller. Même Christian, l'archétype du « petit malin », mit un certain temps à réagir. Si la situation avait été moins dramatique, j'aurais éprouvé un vif plaisir à l'avoir pris de court.

— Tu veux rire ? hasarda-t-il finalement.

— Je croyais que tu devais passer ta Qualification…, ajouta Lissa sans achever sa phrase.

— Je devais. Je me suis simplement retrouvée au mauvais endroit au mauvais moment… Le gardien chargé de me faire passer l'entretien travaillait là-bas. Lorsque Dimitri et moi sommes entrés…

Les images de sang et de mort qui s'imposèrent à mon esprit m'empêchèrent de poursuivre. L'angoisse de Lissa m'ébranla, autant à travers notre lien que par l'expression de son visage.

— Tu es sûre que ça va, Rose ? me demanda-t-elle dans un murmure.

Lissa avait beau être ma meilleure amie, je ne voulais surtout pas qu'elle sache à quel point cette journée m'avait affectée. Je devais me montrer forte pour nous deux…

— Ça va, lui assurai-je en serrant les dents.

— Comment c'était ? m'interrogea Christian.

En plus d'une curiosité évidente, sa voix trahissait sa mauvaise conscience, comme s'il savait parfaitement à quel point sa question était incongrue. Pourtant, il n'avait pas pu s'empêcher de la poser… L'impulsivité était l'un des défauts que nous avions en commun.

— C'était… (Je secouai vivement la tête.) Je n'ai pas envie d'en parler.

Comme Christian s'apprêtait à insister, Lissa le fit taire en glissant sa main dans ses cheveux noirs. Après quelques secondes de silence gêné, je sentis l'esprit de Lissa se mettre en quête d'un nouveau sujet.

— Il paraît que ça va complètement bouleverser les vacances de Noël, remarqua-t-elle finalement. La tante de Christian a maintenu sa visite, mais la plupart des gens vont avoir trop peur pour voyager et vont préférer que leurs enfants restent ici, en sécurité. Tout le monde est terrifié à l'idée que ce groupe de Strigoï puisse frapper n'importe où et n'importe quand…

Je n'avais pas encore songé aux conséquences indirectes de cette attaque. Nous n'étions plus qu'à une semaine des vacances de Noël, période de grandes migrations dans la société moroï. Normalement, la plupart des élèves seraient rentrés chez eux ou auraient reçu la visite d'un parent.

— Effectivement, murmurai-je. Ça ne va pas favoriser la fête de Noël en famille…

— Ni les mondanités de la noblesse…, ajouta Christian à qui cette idée fit recouvrer toute sa gaieté. Vous savez comment sont les aristocrates, à cette période… Chacun veut en mettre plein la vue aux autres en organisant les réceptions les plus somptueuses. Nos pauvres camarades ne vont pas savoir comment s'occuper…

Il avait raison. Je n'étais pas la seule dont la vie consistait à se battre, sauf que les Moroï, en particulier les membres des familles nobles ou royales, s'affrontaient à coups de mots et d'alliances politiques. Pour ma part, je préférais nettement me servir de mes poings. Lissa et Christian, tous deux de sang royal, étaient contraints de naviguer en eaux troubles. Leur seule existence attirait l'attention, aussi bien en dehors de l'académie qu'entre ses murs.

Leur situation était même pire que celle de la plupart des nobles. Dans le cas de Christian, parce que sa famille était méprisée de tous, à cause du crime que ses parents avaient commis. Ceux-ci s'étaient volontairement transformés en Strigoï… Ils avaient renoncé à leur magie et à leur personnalité en échange de l'immortalité. Ils étaient morts, à présent, mais cela n'empêchait pas les gens de se méfier de leur fils. On se comportait généralement envers lui comme s'il risquait de se transformer en Strigoï d'un moment à l'autre en entraînant tout le monde dans sa perte. Il fallait bien reconnaître que ses sarcasmes et son obstination à s'habiller en noir n'arrangeaient rien.

Lissa, pour sa part, attirait l'attention pour une raison simple : elle était la dernière survivante de sa famille. Aucun autre Moroï n'avait assez de sang de Dragomir dans les veines pour se réclamer de ce nom. Lissa finirait sans doute par épouser un cousin éloigné pour être sûre de le transmettre à ses enfants mais, en attendant, son statut d'unique représentante de la lignée faisait d'elle une véritable curiosité.

Cette idée me rappela l'inscription du miroir, qui m'inspira une colère noire assortie d'une vague nausée. Je tâchai de m'en délivrer par une plaisanterie.

— De temps en temps, vous devriez essayer nos méthodes pour résoudre vos problèmes : je suis sûre qu'une bonne bagarre ferait le plus grand bien à vos camarades.

Christian s'en amusa autant que Lissa avant de tourner vers elle un sourire aux canines provocantes.

— Qu'en penses-tu ? Je suis sûr que je pourrais te battre...

— Dans tes rêves ! riposta-t-elle.

Je fus soulagée de la sentir recouvrer sa bonne humeur.

— J'en rêve peut-être..., la taquina-t-il en l'observant fixement de ses yeux clairs.

La sensualité calculée de sa voix affola Lissa en réveillant ma jalousie dans les mêmes proportions. Lissa et moi étions amies depuis toujours et j'avais le pouvoir de lire dans son esprit... Pourtant, je devais me rendre à l'évidence : Christian avait pris une place considérable dans son monde et y jouait un rôle que je ne pouvais pas prendre à ma charge, tout comme il lui était impossible d'assumer le mien. Nous acceptions cette situation, aussi contrariés l'un que l'autre de devoir nous partager les attentions de Lissa, ce qui rendait assez fragile la trêve que nous avions conclue pour son bien.

— Sois sage..., murmura Lissa en lui caressant la joue.

— Je le suis ! se défendit-il. Quelquefois. Mais tu préfères parfois que je…

— Assez ! grognai-je en me relevant. Il est temps que je m'en aille.

Lissa cligna des yeux avant de les détourner de Christian pour me jeter un regard embarrassé.

— Désolée, balbutia-t-elle. (Ses joues, aussi pâles que celles de tous les Moroï, prirent un rose délicat qui la rendit encore plus jolie, ce dont elle n'avait guère besoin.) Tu peux rester…

— Ne t'en fais pas, la rassurai-je en remarquant que mon départ ne semblait pas briser le cœur de Christian. Je suis épuisée… On se voit demain.

Lissa me retint dans ma fuite.

— Rose ! Es-tu sûre que ça va ? Après… tout ce qui s'est passé ?

Je me retournai pour soutenir son regard de jade, le cœur serré par l'inquiétude qu'elle éprouvait. Même si j'étais la personne dont elle était le plus proche, il n'était pas question qu'elle se fasse du souci pour moi. C'était à moi de veiller sur elle et non à elle de me protéger, surtout si une bande de Strigoï planifiait une extermination méthodique des familles royales.

Je lui décochai le plus jovial de mes sourires.

— Tout va bien. Je n'ai peur que d'une chose : vous voir vous arracher vos vêtements avant que j'aie eu le temps de fuir.

— Alors tu ferais bien de filer, conclut sèchement Christian, ce qui lui valut un regard hostile de ma part et un coup de coude de celle de Lissa.

— Bonne nuit ! leur lançai-je.

Mon sourire s'évanouit dès que je leur eus tourné le dos. Le cœur lourd, je regagnai mon dortoir en espérant ne pas rêver des Badica.

Chapitre 3

La salle commune de mon dortoir bourdonnait d'activité, le lendemain, lorsque je la traversai pour me rendre au gymnase. L'hystérie collective ne m'étonna pas. Même si une bonne nuit de sommeil m'avait aidée à me remettre des visions cauchemardesques de la veille, j'étais encore ébranlée par ce qui s'était passé du côté de Billings et me doutais que mes camarades devaient l'être autant que moi.

Pourtant, je découvris quelque chose d'étrange en observant les visages. Un nouveau sentiment y concurrençait l'inquiétude et l'horreur : l'excitation. Je dépassai deux jeunes novices qui chuchotaient en même temps en trépignant de joie. Non loin de là, des garçons de mon âge gesticulaient avec enthousiasme.

J'avais sûrement raté quelque chose, ou alors rêvé toute la journée de la veille. Je dus déployer des trésors de volonté pour ne pas sauter sur quelqu'un afin de lui soutirer les derniers ragots. Je n'aurais pas manqué d'être en retard à l'entraînement... Néanmoins, la curiosité me torturait. Avait-on neutralisé les Strigoï et leurs alliés humains ? Cela aurait été une excellente nouvelle, incontestablement, mais j'avais l'impression qu'il s'agissait d'autre chose. Je poussai les portes du dortoir en regrettant de devoir attendre jusqu'au petit déjeuner pour comprendre.

— Hath-away, at-tends-moi ! chantonna une voix derrière moi.

Je jetai un coup d'œil par-dessus mon épaule et rendis son sourire à Mason Ashford, un de mes bons amis, qui se précipitait pour me rejoindre.

— On dirait que tu as douze ans à te voir courir comme ça, le taquinai-je en poursuivant mon chemin vers le gymnase.

— C'est presque ça… Ton beau sourire m'a manqué, hier. Où étais-tu ?

Apparemment, ma présence chez les Badica était encore inconnue du grand public. Même si je ne voulais pas en faire un secret, je n'avais pas très envie de discuter de détails sordides.

— Je me suis entraînée avec Dimitri.

— Ce salaud ne te lâche pas d'une semelle, grommela-t-il. A-t-il conscience qu'il nous prive de tes charmes ?

— Mon beau sourire ? Mes charmes ? Tu ne trouves pas que tu en fais trop, ce matin ? m'écriai-je en riant.

— Je suis seulement sincère, se défendit-il. Tu devrais te féliciter que quelqu'un d'aussi beau et aussi intelligent que moi s'intéresse à toi…

Mon sourire s'élargit. Mason, qui était un grand séducteur, aimait particulièrement flirter avec moi. Comme c'était un jeu pour lequel j'étais douée, je ne manquais jamais de l'encourager. Mais je savais aussi que ses sentiments pour moi étaient plus qu'amicaux, ce qui me perturbait assez. Comme notre sens de l'humour était très semblable, nous avions l'habitude d'attirer l'attention sur nous, à la fois pendant les cours et en dehors. Il avait de beaux yeux bleus et des cheveux roux qui semblaient impossibles à coiffer. Je le trouvais plutôt mignon…

Sauf que je me voyais mal sortir avec quelqu'un tant que je continuais à me souvenir avec nostalgie de la nuit où je m'étais retrouvée à moitié nue dans le lit de Dimitri.

— Beau et intelligent ? ripostai-je en secouant la tête. J'ai l'impression que tu t'intéresses moins à moi qu'à ton *ego*, et qu'il est temps que quelqu'un te ramène à la réalité…

— Ah oui ? Eh bien, tu pourras toujours essayer sur les pistes…

Je m'arrêtai net.

— Les quoi ?

— Les pistes, répéta-t-il en inclinant la tête. Tu sais : le séjour à la montagne.

— Quel séjour à la montagne ?

J'étais visiblement passée à côté de quelque chose d'important.

— Mais où étais-tu, ce matin ? me demanda-t-il en ayant l'air de me prendre pour une folle.

— Dans mon lit ! Ça fait cinq minutes que je suis debout ! Maintenant, reprends tout depuis le début et explique-moi ce qui se passe. (Je frissonnai d'être restée trop longtemps immobile.) Et remettons-nous en route, s'il te plaît.

Nous reprîmes notre chemin.

— Tu as au moins compris que tout le monde a peur de faire voyager ses enfants pendant les prochaines vacances ? Bon. Il se trouve qu'il existe une immense résidence de sports d'hiver dans l'Idaho, qui n'accueille que l'élite de la société moroï. Les propriétaires ont décidé d'en ouvrir les portes aux élèves de l'académie, à leurs familles et pratiquement à n'importe quel Moroï qui aurait envie d'y aller. Avec tout ce monde concentré au même endroit, nous allons avoir une véritable armée de gardiens pour nous protéger, sécurité garantie.

— Tu te fous de moi, grognai-je en poussant la porte du gymnase pour me mettre à l'abri du froid.

Mason secoua vigoureusement la tête.

— Je te jure que c'est vrai ! Il paraît que c'est un endroit fabuleux ! (Il me décocha celui de ses sourires auquel je répondais par réflexe.) Nous allons vivre comme la noblesse, Rose ! Au moins pendant une semaine... Nous partons le lendemain de Noël.

J'en restai stupéfaite. Cette idée brillante et inattendue allait permettre aux familles de se réunir en toute sécurité. Et quel cadre ! Une résidence de sports d'hiver réservée à la noblesse... Moi qui pensais passer mes vacances entre les murs de l'académie à regarder la télé avec Lissa et Christian... Au lieu de cela, j'allais goûter à tous les luxes dont jouissaient les familles royales : le homard au dîner, les massages, les moniteurs de ski beaux comme des dieux...

Je sentis l'enthousiasme de Mason me contaminer. La fièvre me gagna peu à peu, puis retomba brutalement.

Mason remarqua aussitôt le changement.

— Qu'est-ce qui ne va pas ? C'est une nouvelle géniale !

— C'est vrai... et je comprends pourquoi tout le monde est si excité. Mais nous allons dans cet endroit génial parce que des gens sont morts. Tu ne trouves pas ça un peu… étrange ?

Mason en perdit un peu de sa jovialité.

—C'est vrai… Mais nous sommes en vie, Rose ! Nous n'allons pas cesser de respirer parce que des gens sont morts, et nous devons nous assurer que d'autres personnes ne seront pas abattues. Voilà pourquoi c'est une idée géniale ! Là-bas, nous ne courrons aucun risque. (Son regard s'assombrit subitement.) Comme j'ai hâte qu'on nous envoie sur le terrain ! Quand j'ai appris ce qui s'était passé, j'aurais voulu exterminer tous les Strigoï du monde. J'aimerais tellement qu'on nous laisse aider… Il n'y a pas de raison, après tout ! On pourrait mettre à contribution la main-d'œuvre supplémentaire et nous savons presque tout ce dont nous avons besoin…

Même s'il n'était pas aussi bouleversé que je l'étais la veille, sa ferveur me rappela la crise que j'avais piquée dans la voiture. Sauf que sa soif d'action était naïve, spontanée, alors que la mienne était issue d'une violence sourde et irrationnelle que je ressentais au fond de moi sans bien la comprendre.

Mon silence surprit Mason.

—Ça ne te donne pas envie de te battre ?

—Je n'en sais trop rien, Mase, répondis-je en examinant mes chaussures pour éviter son regard. Je veux dire… Je n'aime pas non plus qu'il y ait des Strigoï, là, dehors, qui s'amusent à attaquer les gens. Et je voudrais tout faire pour les arrêter, en théorie… Mais nous sommes loin d'être prêts. J'ai vu ce dont ils sont capables… Je ne pense pas que foncer dans le tas soit la solution. (Je secouai la tête en m'entendant tenir un discours si prudent et si rationnel. Voilà que je me mettais à parler comme Dimitri...) C'est sans importance, de toute façon, puisque ça ne va pas se produire. J'imagine que nous n'avons plus qu'à nous réjouir de ces vacances inespérées...

Par chance, Mason changeait facilement d'humeur.

— Et tu ferais bien de te rappeler comment on skie, parce que je te mets au défi de froisser mon *ego* sur les pistes ! répliqua-t-il en recouvrant toute sa gaieté. Non pas que tu aies la moindre chance...

— Mon pauvre... Comme ce sera triste de te voir perdre toute dignité ! Je me sens déjà coupable...

Il ouvrit la bouche pour riposter, puis la referma en apercevant quelque chose, ou plutôt quelqu'un, apparaître derrière moi. Un coup d'œil par-dessus mon épaule m'apprit que Dimitri fonçait droit sur nous de l'autre bout du gymnase.

— Voici ton seigneur et maître, conclut Mason en me faisant une révérence. À plus tard, Hathaway ! Commence à mettre au point tes stratégies pour le ski...

Il ouvrit la porte et disparut dans l'obscurité glacée tandis que je me tournais vers Dimitri.

Comme tous les novices dhampirs, je passais la moitié de ma journée à apprendre le travail de gardien, soit en m'entraînant à combattre, soit en étudiant les différentes stratégies que nos prédécesseurs avaient développées contre les Strigoï. Il arrivait aussi que des novices aient des entraînements supplémentaires après les cours. Néanmoins, ma situation était tout à fait singulière.

Je ne regrettais toujours pas la décision que j'avais prise de fuir Saint-Vladimir : les menaces que Victor Dashkov avait proférées contre Lissa à cette époque étaient trop inquiétantes. Mais ces vacances prolongées avaient eu des conséquences : j'avais pris deux ans de retard dans ma formation, et l'académie m'avait ordonné de me mettre à niveau en m'entraînant à la fois avant et après les cours.

Avec Dimitri.

Personne ne se doutait qu'on m'enseignait du même coup à résister à la tentation... Ce problème mis à part, j'apprenais vite et ses leçons m'avaient déjà presque permis de rattraper les autres.

Comme il ne portait pas de manteau, j'en déduisis que nous allions nous exercer à l'intérieur et ne manquai pas de m'en réjouir, vu la température. Mais ce plaisir ne fut rien en comparaison de celui que j'éprouvai en découvrant le matériel qu'il avait installé dans l'une des salles d'entraînement.

Des mannequins étonnamment ressemblants étaient alignés contre le mur du fond. Au lieu d'être de grossiers épouvantails, ils représentaient des hommes et des femmes portant des vêtements ordinaires et dont les couleurs de peau, d'iris et de cheveux variaient d'un modèle à l'autre. Ils avaient même des expressions colériques, réjouies ou terrifiées. J'avais déjà donné des coups de pied et de poing à ces mannequins pendant mes cours, mais je ne les avais jamais frappés avec ce que Dimitri tenait dans la main : un pieu en argent.

— Génial..., murmurai-je.

L'objet était en tout point identique à celui que j'avais trouvé devant la maison des Badica. Il avait un manche, qui ressemblait un peu à celui d'une dague, sans la garde. La parenté des deux armes s'arrêtait là : au lieu d'une lame plate, le pieu avait un corps arrondi qui se terminait en pointe et rappelait assez un pic à glace. Le tout était un peu plus court que mon avant-bras.

Dimitri s'appuya nonchalamment contre un mur, position qu'il adoptait avec une aisance remarquable malgré ses deux mètres, et lança le pieu d'une main en lui faisant faire plusieurs tours sur lui-même pour le rattraper par le manche.

— Je t'en supplie ! Dis-moi que tu vas m'apprendre à faire ça aujourd'hui…

Je vis une lueur d'amusement briller dans ses yeux sombres et songeai qu'il devait parfois avoir du mal à garder son sérieux en ma présence.

— Tu auras de la chance si je te laisse poser la main dessus aujourd'hui, riposta-t-il en le lançant encore.

Je suivis ses évolutions aériennes avec envie. Il était assez tentant d'opposer à Dimitri que j'en avais déjà touché un, mais je savais bien que ce genre de logique ne me mènerait nulle part.

Je me contentai donc de poser mon sac, de retirer mon manteau et de croiser les bras en attendant son bon vouloir. Je portais un pantalon de survêtement, un sweat-shirt à capuche, et mes cheveux sombres étaient tirés en queue-de-cheval. J'étais prête à tout.

— Tu veux que je te dise comment on s'en sert et pourquoi on doit manier de telles armes avec prudence, annonçai-je.

Dimitri arrêta son petit jeu pour me dévisager avec étonnement.

J'éclatai de rire.

— Allons... Tu crois que je n'ai pas compris comment tu fonctionnes, depuis le temps ? Ça fait presque trois mois qu'on travaille ensemble. Je ne peux rien faire d'amusant sans que tu m'aies obligée à parler de sécurité et de responsabilité.

— Je vois... Puisque tu as tout compris, je te laisse faire... Préviens-moi quand tu auras besoin de moi.

Il rangea le pieu dans l'étui en cuir qui pendait à sa ceinture, fourra les mains dans ses poches et se cala encore plus confortablement contre le mur. Croyant à une plaisanterie, j'attendis quelques secondes avant de comprendre qu'il n'allait rien dire de plus. Avec un haussement d'épaules, je me mis à réciter ce que je savais sur la question.

— L'argent a de nombreux et puissants effets sur les créatures magiques. Il peut les blesser ou les protéger suivant les pouvoirs dont on le charge. Ces pieux sont d'une puissance exceptionnelle parce qu'il faut quatre Moroï, c'est-à-dire l'usage de tous les éléments, pour les forger. (Une idée soudaine me fit froncer les sourcils.) Enfin... à part l'esprit... Bref, ces choses sont surpuissantes et sans doute les seules armes impropres à décapiter qui puissent avoir un effet sur un Strigoï. Néanmoins, elles ne sont mortelles que plantées dans le cœur.

— Ont-elles un effet sur toi ?

Je secouai la tête.

— Non. Enfin… si tu m'enfonces un pieu dans le cœur, oui. Mais ils n'ont pas sur moi l'impact qu'ils ont sur un Moroï, qui hurlerait de douleur pour une simple égratignure. C'est sur les Strigoï qu'ils sont le plus efficaces. Et ils n'ont pas plus d'effet magique sur les humains que sur les dhampirs.

Je laissai mon regard se perdre par la fenêtre devant laquelle se tenait Dimitri. Le givre dessinait sur la vitre des motifs brillants et cristallins que je remarquai à peine. Le seul fait de mentionner des humains et des pieux m'avait renvoyée dans la maison des Badica. Des images de mort et de sang envahirent mon esprit.

Comprenant tout à coup que Dimitri attendait en silence, je chassai ces souvenirs encombrants pour me concentrer sur la leçon. Je repris ma récitation, ponctuée par des questions et des hochements de tête de Dimitri, en suivant l'aiguille de la pendule du coin de l'œil. Quand allait-il mettre fin à mon supplice et me laisser essayer ? Il attendit les dix dernières minutes du cours pour me conduire devant un mannequin blond à la barbe taillée en pointe. Dimitri tira le pieu de son étui sans me le tendre pour autant.

— Où vas-tu le planter ? me demanda-t-il.

— Dans le cœur, grommelai-je avec agacement. Je te l'ai déjà dit cent fois… Est-ce que je peux le prendre, maintenant ?

— Et où se trouve le cœur ? insista-t-il en se permettant de sourire.

Mon regard incrédule ne lui inspira qu'un haussement d'épaules.

D'un geste théâtral, je désignai le côté gauche du torse du mannequin. Dimitri secoua la tête.

— Il n'est pas là.

— Bien sûr que si ! C'est là que les gens posent la main pour prêter serment ou chanter l'hymne national…

Il se contenta de me regarder avec l'air d'attendre mieux.

J'observai le mannequin avec perplexité. De vieux cours de secourisme me revenant en mémoire, j'indiquai le centre du torse, là où l'on m'avait appris à poser les mains pour un massage cardiaque.

— Est-ce qu'il est là ?

Dimitri leva un sourcil. Cette expression, que je trouvais plutôt cool d'habitude, m'agaça prodigieusement.

— Je ne sais pas. À ton avis ?

— Pourquoi crois-tu que je te le demande ?

— Ça ne devrait pas être nécessaire. Ne suivez-vous pas des cours de physiologie ?

— Oui. En première année. J'étais en « vacances », tu te souviens ? (Je décidai de passer à la supplication.) Est-ce que je peux le toucher, maintenant ? S'il te plaît…

Je vis le pieu tournoyer une dernière fois avant de disparaître dans son étui.

— À notre prochain entraînement, je veux que tu saches où se trouve le cœur exactement, et aussi ce qui se trouve sur son chemin.

Je lui jetai mon regard le plus féroce qui, à en juger par sa réaction, ne devait pas l'être tant que cela. Neuf fois sur dix, je quittais Dimitri en pensant qu'il était l'homme le plus sexy de la terre. Et puis il y avait les dixièmes, comme ce matin…

Je me rendis à mon premier cours, un entraînement au combat, d'assez mauvaise humeur. J'avais horreur de passer pour ignorante aux yeux de Dimitri et je tenais beaucoup à toucher ce pieu. Comme je passais mes nerfs sur tous ceux qu'on m'autorisait à frapper, personne ne voulut bientôt plus m'affronter. J'avais donné un coup si brutal à Meredith, l'une des rares filles de ma classe, qu'elle l'avait senti malgré son protège-tibia. Elle n'allait pas manquer d'avoir un bleu et semblait croire que je l'avais fait exprès malgré toutes mes excuses.

À la fin du cours, Mason me rejoignit encore.

— Eh bien ! on peut savoir qui t'a mise dans cet état ?

Je lui déballai aussitôt mon histoire de pieu en argent et de cœur introuvable.

À mon grand dépit, ma mésaventure le fit rire.

— Comment peux-tu ignorer où se trouve le cœur ? Après en avoir brisé autant…

Comme à Dimitri, je lui jetai un regard féroce qui, cette fois, fit son effet. Mason blêmit.

— Belikov est un psychopathe maléfique que l'on devrait précipiter dans un nid de vipères enragées pour l'offense impardonnable qu'il t'a faite ce matin.

— Merci. (Je réfléchis un instant.) Est-ce qu'une vipère peut être enragée ?

— Je ne vois pas ce qui l'en empêcherait… Tous les animaux peuvent l'être, non ? (Il m'ouvrit la porte du bâtiment avec galanterie.) Néanmoins, je pense que des oies du Canada fourniraient un meilleur supplice.

Je lui jetai un regard sceptique.

— Les oies du Canada seraient plus dangereuses que des vipères ?

— As-tu déjà essayé d'en nourrir ? s'offusqua-t-il en essayant vainement de garder son sérieux. Ce sont des bêtes vicieuses… Le nid de vipères offre une mort rapide. Les oies s'acharneraient sur toi pendant des jours ! L'agonie serait plus cruelle.

— Eh bien ! je ne sais pas si je dois être impressionnée ou terrifiée à l'idée qu'un supplice pareil te soit venu à l'esprit…

— J'essaie seulement de trouver des manières créatives de venger ton honneur.

— Je n'avais pas encore remarqué à quel point tu étais créatif, Mase…

Nous nous tenions devant la porte de notre deuxième cours. Sans rien perdre de sa légèreté naturelle, Mason me donna la réplique sur un ton lourd de sous-entendus.

— Ma créativité s'étend à toutes sortes de domaines quand je suis près de toi, Rose…

Je riais encore de son idée de vipères et je m'étranglai de surprise. J'avais toujours trouvé Mason mignon, mais la chaleur que je découvrais dans son regard le rendait séduisant d'une manière que je n'avais jamais vraiment remarquée.

— Voyez-vous ça ! s'écria-t-il en comprenant qu'il m'avait prise de court. Rose qui ne trouve plus rien à dire… Ashford, 1, Hathaway, 0.

— Eh ! je te préserve pour le voyage. Je n'aimerais pas te briser avant qu'on atteigne les pistes…

Il entra dans la classe en riant. C'était un cours de théorie de la protection personnelle, qui avait lieu dans une salle ordinaire. Avec tout l'exercice physique qu'on nous imposait, j'appréciais l'occasion qu'il m'offrait de rester simplement assise. Ce jour-là, trois gardiens extérieurs à l'académie se tenaient derrière le bureau du prof. Il devait s'agir de gardiens de visiteurs… Des parents d'élèves commençaient déjà à arriver pour accompagner leurs enfants à la résidence de sports d'hiver. Ma curiosité s'éveilla aussitôt.

L'un des trois personnages était un type immense, au visage de centenaire, qui semblait encore pouvoir triompher de n'importe qui. Le deuxième devait avoir l'âge de Dimitri. Il avait la peau très mate et sa musculature alléchante semblait faire chavirer la moitié des filles de la classe.

Le troisième gardien était une femme. Ses cheveux roux et frisés étaient coupés court. Perdue dans ses pensées, elle ne regardait personne. Comme beaucoup de femmes dhampirs renonçaient à devenir gardiennes pour avoir des enfants, j'étais toujours curieuse de rencontrer celles, comme Tamara, qui avaient choisi la même voie que moi.

Sauf que cette femme n'était pas Tamara. C'était une personne que je connaissais depuis des années et qui n'inspirait que de l'admiration sur son passage. Je sentis s'éveiller en moi un mélange de colère, d'indignation et de ressentiment.

La gardienne qui se tenait debout devant ma classe était ma mère.

Chapitre 4

Je n'arrivais pas à y croire… Janine Hathaway. Ma mère, cette femme célébrissime et mère absente. Même si elle n'était pas aussi vénérée qu'Arthur Schœnberg, elle avait su se faire une réputation impressionnante dans le monde des gardiens. Comme elle était toujours engagée dans des missions insensées, je ne l'avais pas vue depuis des années. Et voilà qu'elle débarquait à l'académie, juste devant mon nez, sans même avoir pris la peine de m'avertir de son arrivée. Bel exemple d'amour maternel…

Que diable faisait-elle là ? La réponse me vint aussitôt. Ma mère était au service d'un noble du clan des Szelsky, dont plusieurs membres étaient venus passer les vacances avec leurs enfants. Comme d'habitude, elle ne faisait que son travail.

Je me tassai au fond de ma chaise en broyant du noir. Elle m'avait forcément vue entrer, ce qui ne l'avait même pas détournée de ses pensées. Elle portait un jean, un tee-shirt beige et la veste en jean la plus quelconque que j'aie jamais vue. Avec son mètre cinquante, elle était minuscule à côté de ses deux collègues. Pourtant, sa manière de se tenir et sa présence donnaient l'impression qu'elle les dépassait d'une tête.

Stan, notre professeur, nous présenta ses invités et expliqua qu'ils étaient là pour nous faire profiter de leur expérience. Il faisait les cent pas devant son bureau sans cesser de froncer les sourcils.

— Vous devez bien prendre conscience de la chance qui est la vôtre, développa-t-il. D'ordinaire, les gardiens de nos visiteurs ne peuvent pas se permettre de vous consacrer du temps. Mais les récents événements ont incité nos trois invités d'aujourd'hui à venir vous voir. (Il s'interrompit. Personne n'eut besoin de se faire préciser qu'il parlait du massacre des Badica. Stan se racla la gorge avant de reprendre.) Après cette tragédie, il nous paraît utile de vous faire entendre les récits de ceux qui travaillent sur le terrain.

La classe vibra d'excitation. Écouter des histoires, surtout des histoires brutales et sanglantes, promettait d'être bien plus intéressant qu'analyser les textes théoriques de notre manuel. Plusieurs des gardiens de l'académie semblaient être du même avis, puisqu'ils étaient plus nombreux que d'habitude à attendre en silence au fond de la classe. Dimitri se trouvait parmi eux.

Le plus âgé fut le premier à parler et je ne tardai pas à me laisser prendre par son récit. Il nous raconta le jour où le plus jeune fils de la famille dont il avait la charge s'était perdu dans un endroit public où des Strigoï avaient été repérés.

— Le soleil était sur le point de se coucher, déclara-t-il d'une voix théâtrale en faisant un geste des deux bras qui visait sans doute à nous expliquer comment un soleil se couchait. Nous n'étions que deux, et nous n'avions que quelques instants pour décider de la procédure à suivre.

Je posai mon menton dans mes mains pour mieux m'abandonner à son exposé. Les gardiens travaillaient souvent en duo. L'un des deux, le gardien rapproché, restait auprès du Moroï qu'il protégeait tandis que l'autre, le gardien éloigné, surveillait les environs. Comme les deux gardiens n'étaient pas censés se perdre de vue, la situation les forçait à sortir des stratégies prévues par le manuel. À leur place, j'aurais choisi de laisser le gardien rapproché emmener le reste de la famille en sécurité pendant que le gardien éloigné partait à la recherche du garçon.

— Nous avons décidé que mon partenaire resterait avec la famille à l'intérieur d'un restaurant pendant que j'inspecterais le reste de la zone, poursuivit notre intervenant avec des gestes exagérés.

Je me sentis assez fière d'avoir trouvé la bonne réponse. Cette histoire finissait bien, avec un petit garçon sain et sauf, et sans Strigoï.

Le deuxième gardien, celui que ma voisine de table, comme plusieurs autres, regardait avec des yeux enamourés, raconta comment il était tombé par hasard sur un Strigoï en chasse.

— Je n'étais même pas en service, expliqua-t-il. Je rendais visite à un ami, gardien dans une autre famille. En quittant l'immeuble, j'ai aperçu un Strigoï qui se dissimulait dans l'ombre. Il ne s'attendait pas à trouver un gardien dehors. J'ai fait le tour du bâtiment pour le surprendre par-derrière et…

Il fit le geste de frapper en plein cœur avec beaucoup plus de talent dramatique que le vieux gardien, et alla jusqu'à mimer les tressautements de la victime et les torsions vicieuses qu'il avait imprimées à son arme.

Alors ce fut le tour de ma mère. Je n'attendis pas qu'elle ouvre la bouche pour froncer les sourcils et ma grimace empira tout au long de son récit. Si je ne l'avais pas sue incapable de tant d'imagination, comme ses choix vestimentaires suffisaient à le prouver, j'aurais juré qu'elle mentait. Son histoire n'avait rien d'une anecdote. C'était une aventure épique, de celles dont on fait les films récompensés par des oscars.

Cela se passait un jour où le Moroï dont elle avait la charge, le seigneur Szelsky, s'était rendu avec sa femme à un bal qu'organisait une autre famille en vue. Plusieurs Strigoï étaient tapis en embuscade. Ma mère en découvrit un, l'exécuta rapidement et donna l'alerte aux autres gardiens. Leurs efforts conjoints leur permirent de débusquer ses complices, qu'elle tua elle-même pour la plupart.

— Ça n'a pas été facile, expliqua-t-elle. (De la part de n'importe qui d'autre, cette phrase aurait sonné comme une vantardise. Pas dans sa bouche. Elle s'exprimait d'une manière sèche et efficace qui ne laissait place à aucune fioriture, et une pointe d'accent écossais rappelait qu'elle avait passé son enfance à Glasgow.) Nous savions qu'il en restait encore trois dans les locaux. À cette époque, nous n'étions pas habitués à voir des Strigoï chasser en groupe. Le massacre des Badica confirme que c'est de plus en plus fréquent… (Quelques élèves sursautèrent en l'entendant parler du drame si crûment tandis que des images du carnage recommençaient à défiler dans mon esprit.) Nous devions nous débarrasser de ces Strigoï aussi vite et aussi discrètement que possible, pour ne pas alerter les autres. Si vous bénéficiez de l'effet de surprise, la meilleure manière d'exécuter un Strigoï est d'arriver par-derrière pour lui briser la nuque, avant de lui planter un pieu dans le cœur. Le premier mouvement ne le tuera pas, évidemment, mais il l'étourdira assez longtemps pour vous laisser finir, tout en l'empêchant de crier. Puisque l'ouïe des Strigoï est bien plus développée que la nôtre, le plus difficile est de les approcher discrètement. Comme je suis plus petite et plus légère que la plupart des gardiens, j'ai l'avantage de pouvoir me déplacer sans bruit. Voilà pourquoi nous avons jugé préférable que j'exécute les deux premiers moi-même.

La manière parfaitement neutre dont elle décrivait ses propres qualités m'énervait. J'étais certaine que j'aurais mieux supporté de l'entendre se vanter d'être un super-héros. Émerveillés, mes camarades devaient être plus occupés à s'imaginer tordre le cou d'un Strigoï qu'à analyser les talents d'oratrice de ma mère.

Celle-ci poursuivit son histoire. Après avoir tué leurs trois Strigoï, elle et ses collègues découvrirent que deux Moroï avaient été enlevés. C'était une pratique assez courante, soit parce que les Strigoï voulaient se garder un en-cas pour plus tard, soit parce qu'ils étaient au service de Strigoï plus puissants auxquels ils devaient ramener des proies. Toujours était-il que deux Moroï manquaient au bal et que leurs gardiens avaient été blessés.

—Nous ne pouvions évidemment pas laisser ces Moroï entre les griffes des Strigoï, déclara-t-elle. Nous les avons traqués jusqu'à leur repaire et avons découvert qu'ils y vivaient à plusieurs. Vous savez à quel point ce cas de figure est rare…

Il l'était. La nature égoïste et maléfique des Strigoï les incitait presque autant à s'entre-tuer qu'à faire des victimes. S'organiser pour mener en commun une attaque précise était le mieux qu'ils pouvaient faire, à condition que la mission soit courte et sanglante. Mais vivre en groupe ? C'était quasiment impossible à imaginer.

— En libérant les deux captifs, nous avons découvert que ces Strigoï avaient fait d'autres prisonniers, poursuivit ma mère. Comme nous ne pouvions pas laisser à eux-mêmes les deux Moroï que nous venions de délivrer, le gardien qui m'accompagnait les a conduits en lieu sûr en me laissant seule dans la place.

Évidemment, songeai-je avec amertume. Ma mère, ce héros, se retrouvait seule contre tous. Elle s'était fait capturer, mais s'était échappée et avait délivré tous les Moroï. Elle avait accompli au passage ce qui devait être la prouesse du siècle : elle s'était débarrassée des Strigoï en employant successivement les trois méthodes efficaces : la crémation, la décapitation et le pieu dans le cœur.

— Je venais juste de me débarrasser d'un Strigoï lorsque les deux autres se sont jetés sur moi, expliqua-t-elle. Je n'avais plus le temps de récupérer mon pieu. Par chance, je me trouvais près d'une cheminée allumée où j'ai pu pousser l'un des Strigoï. Son congénère m'a pourchassée jusqu'à un vieil appentis, où j'ai déniché une hache qui m'a servi à lui couper la tête. J'y ai aussi trouvé un bidon d'essence, avec lequel je suis rentrée dans la maison. Celui que j'avais précipité dans l'âtre n'avait pas complètement brûlé, mais il est mort assez vite une fois que je l'ai eu arrosé de carburant.

Mes camarades étaient béats d'admiration. Les mâchoires se décrochaient et les yeux sortaient de leurs orbites. Il n'y avait plus un bruit dans la salle, comme si le temps s'était arrêté pour tout le monde sauf pour moi. Je semblais être la seule que ses exploits n'impressionnaient pas et la vénération que je lisais sur les visages m'exaspérait. Dès qu'elle eut fini, une dizaine de mains se levèrent en même temps et on la harcela de demandes sur ses techniques, ses impressions...

Après une dizaine de questions, je perdis patience et levai la main à mon tour. Elle mit un certain temps à me donner la parole et ne sembla pas vraiment étonnée de me trouver là. Je devais déjà m'estimer heureuse qu'elle me reconnaisse.

— Dites-moi, gardienne Hathaway, commençai-je, pourquoi ne vous êtes-vous pas assurés de la sécurité de l'endroit pour commencer ?

Je la sentis sur ses gardes.

— Que voulez-vous dire ? répondit-elle en fronçant les sourcils.

Je haussai les épaules, puis m'enfonçai dans ma chaise en tâchant de prendre un air dégagé.

— À vous écouter, on a l'impression que vous avez raté quelque chose... Pourquoi n'avez-vous pas inspecté les lieux avant le bal pour vous assurer qu'il ne s'y trouvait pas de Strigoï ? Ça vous aurait épargné bien des ennuis...

Ma mère resta sans voix quelques instants, pendant lesquels tous les regards se tournèrent vers moi.

— Si nous n'avions pas eu ces « ennuis », il y aurait sept Strigoï de plus dans le monde et les deux Moroï qui s'étaient fait capturer seraient morts ou transformés à l'heure qu'il est.

— Je sais, je sais… Vous avez tué les méchants et sauvé tout le monde. Je voulais seulement revenir aux principes… C'est notre cours de théorie, non ? (Je jetai un coup d'œil en direction de Stan qui me couvait d'un regard particulièrement hostile. Nous avions un lourd passé conflictuel et j'avais l'impression que nous étions sur le point de l'alourdir encore.) J'essaie juste de comprendre ce qui a causé toute cette suite de problèmes.

Je dus reconnaître à ma mère une maîtrise d'elle-même bien plus grande que la mienne. À sa place, j'aurais marché droit sur moi pour me mettre une gifle. Elle resta parfaitement impassible et ne trahit son agacement que par une infime crispation des lèvres.

— C'était difficile, répondit-elle. La résidence où se tenait le bal avait une architecture compliquée et peu maîtrisable. Nous en avions fait le tour une première fois sans rien remarquer d'anormal. Je pense que les Strigoï sont arrivés après le début des festivités, ou qu'ils se cachaient dans des passages secrets que nous n'avons pas découverts.

L'idée de passages secrets, qui enthousiasma mes camarades, ne m'impressionna guère.

— Si je comprends bien ce que vous dites, soit vous avez échoué à les repérer lors de votre première inspection, soit ils sont passés au travers du cordon de « sécurité » que vous aviez mis en place. Il semble bien que quelqu'un ait raté quelque chose…

Ses lèvres se crispèrent davantage.

— Nous avons fait de notre mieux face à des circonstances inhabituelles, répliqua-t-elle d'une voix plus sèche encore. Je comprends bien qu'il est difficile pour quelqu'un de votre niveau de percevoir la complexité de la situation que je décris, mais, lorsque vous en saurez assez pour dépasser la théorie, vous verrez à quel point tout est différent là, dehors, lorsque des vies sont en jeu.

— Je n'en doute pas, ironisai-je. Après tout, qui suis-je pour mettre en cause vos méthodes ? C'est vous qui avez toutes ces molnija, n'est-ce pas ?

— Mademoiselle Hathaway ! rugit Stan. Veuillez ramasser vos affaires et attendre la fin du cours dans le couloir !

J'écarquillai les yeux.

— Vous êtes sérieux ? Qu'y a-t-il de mal à poser des questions ?

— C'est votre attitude qui pose un problème. Sortez ! répéta-t-il en me montrant la porte.

Un silence plus profond que celui qui avait accueilli le récit de ma mère s'abattit sur la classe. Je fis de mon mieux pour garder la tête haute sous les yeux des gardiens et des novices. Ce n'était pas la première fois que j'étais virée du cours de Stan, même pas la première fois que j'en étais virée devant Dimitri. Je jetai mon sac sur mon épaule et franchis la distance qui me séparait de la porte, quelques pas qui me semblèrent des kilomètres, en évitant le regard de ma mère.

Cinq minutes avant la fin du cours, elle se glissa hors de la salle et vint se planter devant moi, les poings sur les hanches, dans une pose que je détestais parce qu'elle la faisait paraître plus grande que nature. Ce n'était pas juste, que quelqu'un qui mesurait une tête de moins que moi me donne l'impression que j'étais minuscule, même si j'étais assise par terre dans un couloir...

— Je vois que tes manières ne se sont pas arrangées avec le temps.

Je me relevai, prête à mordre.

— Je suis ravie de te revoir, moi aussi. Mais je suis surprise que tu me reconnaisses... En fait, je n'étais même pas certaine que tu te souvenais de moi, puisque tu n'as pas pris la peine de m'avertir de ton arrivée.

Elle croisa les bras sur sa poitrine, ce qui la rendit encore plus impressionnante.

— Je ne pouvais pas négliger mon devoir pour venir te chouchouter.

— Me chouchouter ? m'écriai-je.

C'était une activité si contraire à sa nature que je fus même étonnée qu'elle connaisse le mot.

— Je n'espérais pas que tu comprennes. D'après ce que j'ai entendu dire, l'idée du devoir ne t'est pas très familière.

— Elle me l'est plus qu'à la plupart des gens, répliquai-je avec hauteur.

Ma mère écarquilla les yeux pour feindre la surprise. Comme j'employais volontiers ce regard sarcastique, il me déplut profondément d'en être la cible à mon tour.

— Vraiment ? Et où étais-tu ces deux dernières années ?

— Et où étais-tu, toi, pendant les cinq dernières ? Tu n'aurais même pas su que j'étais partie si l'académie ne t'avait pas prévenue.

— Ne reporte pas tes fautes sur moi. J'étais ailleurs parce que mon devoir l'exigeait. Tu étais ailleurs pour pouvoir faire du shopping et sortir le soir.

Mon amertume et mon embarras se changèrent en fureur. Allait-on me faire payer toute ma vie ma fugue avec Lissa ?

— Tu ignores tout des raisons de mon départ ! ripostai-je en élevant la voix. Et tu n'as pas le droit de me juger sans savoir de quoi tu parles…

— J'ai lu les rapports de l'académie. Tu avais des raisons de t'inquiéter mais tu as pris la mauvaise décision. (Son ton était aussi solennel et aussi tranchant que celui de mes professeurs.) Tu aurais dû demander de l'aide.

— Je ne pouvais en parler à personne tant que je n'avais pas de preuve, et on nous apprend à agir par nous-mêmes.

— C'est ça…, ricana-t-elle. Vante-toi de ce que tu as appris après avoir manqué deux ans de cours… Tu n'es guère en position de me faire la leçon sur les protocoles du métier.

Je passais mon temps à me disputer avec des gens, quelque chose dans ma nature rendait cela inévitable. Cela m'avait au moins donné l'habitude d'essuyer des insultes et de me défendre. J'étais une coriace… Pourtant, les rares fois où je m'étais retrouvée face à elle, j'avais toujours eu l'impression d'avoir trois ans. Son attitude me semblait la pire des humiliations et son acharnement à me rappeler mes deux ans d'entraînement manqués, sujet plutôt sensible, ne faisait qu'aggraver les choses. Je croisai les bras dans une imitation assez convaincante de sa propre posture et la défiai du regard.

— Ah oui ? Il se trouve que mes professeurs ne sont pas de cet avis… Même en ayant raté deux ans, j'ai déjà rattrapé le niveau des élèves de ma classe.

Elle ne répondit pas tout de suite, et reprit d'une voix parfaitement neutre.

— Si tu n'étais pas partie, tu aurais surpassé tout le monde.

Sur ces mots, elle fit demi-tour pour s'éloigner d'une démarche presque militaire. La sonnerie retentit quelques instants plus tard et mes camarades jaillirent de la classe de Stan.

Même Mason ne parvint pas à me dérider après cela. Je passai le reste de la journée à ruminer et me morfondre, bien certaine que ma mère et moi alimentions copieusement les ragots. Je décidai de sauter le déjeuner pour aller consulter un livre de physiologie et d'anatomie à la bibliothèque.

Lorsque vint l'heure de mon deuxième entraînement avec Dimitri, je courus presque jusqu'au mannequin pour le frapper du poing très légèrement à gauche du centre de son torse.

— Là ! m'écriai-je. Le cœur est là, sous les côtes et le sternum. Est-ce que je peux avoir ce pieu, maintenant ?

Je croisai les bras avec orgueil en m'attendant à être félicitée pour mes progrès. Au lieu de me complimenter, Dimitri haussa les épaules avec l'air de penser que j'aurais dû le savoir depuis longtemps. De fait, j'aurais dû…

— Et comment fais-tu pour franchir les côtes et le sternum ?

Je soupirai. Je n'avais trouvé la réponse à sa question que pour atteindre la suivante. Typique…

Il consacra l'essentiel de l'heure à développer ce point et me montra les techniques qui entraînaient la mort la plus rapide. Chacun de ses mouvements était aussi gracieux que mortellement efficace. Il les réalisait sans effort apparent, mais j'avais appris à le connaître.

Lorsqu'il me tendit le pieu, il me fallut un certain temps pour comprendre son geste.

— Tu me le donnes vraiment ?

Ses yeux pétillèrent d'amusement.

— J'ai du mal à croire que tu ne te sois pas déjà enfuie avec…

— Tu n'arrêtes pas de me demander de contrarier mes impulsions…

— Pas pour tout.

— Mais pour certaines choses.

La lourdeur de mon sous-entendu me surprit moi-même. J'avais accepté depuis longtemps l'idée qu'il m'était impossible, pour de nombreuses raisons, d'éprouver pour lui ce genre de sentiments. Néanmoins, il m'arrivait de temps à autre d'avoir une faiblesse et de souhaiter qu'il en ait une aussi. Cela m'aurait tellement soulagée de savoir qu'il me désirait encore, qu'il était toujours fou de moi… Je scrutai son visage sans découvrir la moindre faille. Il était tout à fait possible que je ne lui fasse plus le moindre effet. Cette pensée me déprima.

— Évidemment, répondit-il comme si nous ne parlions que de mes entraînements. Il faut de la mesure en toutes choses. Chacun doit déterminer avec prudence quand se fier à ses impulsions et quand les oublier.

Il prononça ces derniers mots avec une intonation particulière.

Nos regards se croisèrent brièvement et un frisson électrique me parcourut. Il savait très bien de quoi je parlais… Sauf que, comme toujours, il agissait en parfait instructeur comme si de rien n'était, et comme il en avait le devoir. Avec un soupir, je chassai de mon esprit les sentiments qu'il m'inspirait et tâchai de me rappeler que j'étais sur le point de toucher l'arme qui me fascinait depuis l'enfance. Le massacre des Badica me revint en mémoire. Il y avait des Strigoï dans les environs. Je devais me concentrer.

Je lui pris le pieu d'une main hésitante, presque avec dévotion. Le métal froid me picota la peau. Le manche était strié pour assurer une meilleure prise, mais le reste de l'arme, sur laquelle je fis courir mes doigts, était lisse comme du verre. Je levai le pieu à la hauteur de mes yeux pour l'examiner et m'habituer à son poids.

— Par quoi veux-tu que je commence ? demandai-je timidement à Dimitri en contrariant la part fébrile de moi-même qui n'aspirait qu'à empaler tous les mannequins l'un après l'autre.

Comme toujours, il s'appesantit lourdement sur les bases en m'expliquant comment je devais tenir et manier l'arme. Lorsqu'il me laissa enfin attaquer un mannequin, je pus vérifier que les mouvements qu'il m'avait montrés demandaient beaucoup d'efforts. L'évolution avait fait du beau boulot en dissimulant le cœur sous le sternum et sous les côtes. Dimitri me guida pas à pas avec une grande patience en me corrigeant dans les plus petits détails.

— Frappe de bas en haut pour franchir les côtes, me conseilla-t-il en me voyant peiner à glisser le pieu dans une fente entre deux os. Comme tu seras plus petite que la plupart de tes adversaires, ce sera plus simple, et la cage thoracique est moins résistante au niveau des côtes flottantes.

À la fin de l'heure, il me reprit le pieu avec un air satisfait.

— Bien, me félicita-t-il. Très bien.

Je le considérai sans dissimuler ma surprise. Il était plutôt avare de compliments, d'ordinaire.

— Vraiment ?

— On dirait que tu fais ça depuis des années.

Je sentis me venir un sourire extatique. Alors que nous allions quitter la salle, un mannequin roux et bouclé me rappela cruellement ce qui s'était passé pendant le cours de Stan.

— Est-ce que je pourrai m'entraîner sur celui-là, la prochaine fois ? demandai-je en me renfrognant.

Il enfila son manteau sans se presser. C'était une longue veste brune en cuir élimé, qui ressemblait beaucoup à un cache-poussière de cow-boy, même si Dimitri avait toujours refusé de l'admettre. Il avait une fascination secrète pour le Far West, que je comprenais presque aussi mal que ses goûts musicaux.

— Je trouve cette idée plutôt malsaine.

— Ça l'est toujours moins que si je m'en prenais directement à elle, grommelai-je en jetant mon sac sur mon épaule.

Nous nous dirigeâmes vers la sortie du gymnase.

— La violence n'est pas la réponse à tous les problèmes, Rose, déclara-t-il d'une voix empreinte de sagesse.

— C'est elle qui a des problèmes, grognai-je. Et je croyais avoir appris que la violence est une solution.

— La violence n'est bonne que pour se défendre. Or ta mère ne t'a pas attaquée… Vous vous ressemblez un peu trop, c'est tout.

Je m'arrêtai net.

— Je n'ai rien à voir avec elle ! C'est vrai que nous avons les mêmes yeux… mais je suis beaucoup plus grande qu'elle, et mes cheveux sont très différents des siens !

J'indiquai ma queue-de-cheval, au cas où il lui aurait échappé que mes épais cheveux bruns rappelaient assez peu les boucles rousses de ma mère.

Son expression trahissait autant de sévérité que d'amusement.

— Je ne parle pas de votre apparence et tu le sais très bien.

Il me parut plus prudent d'éviter son regard. Dimitri m'avait attirée dès notre rencontre, et pas seulement parce qu'il était si sexy. J'avais l'impression qu'il comprenait une part de moi qui m'échappait complètement, et parfois celle, enivrante, que j'en faisais autant.

Malheureusement, il avait l'art de m'expliquer ceux de mes sentiments que je ne voulais pas comprendre.

— Tu crois que je suis jalouse d'elle ?

— Est-ce que tu l'es ? (Je détestais qu'il réponde à mes questions par une autre question.) Et si c'est le cas, de quoi, au juste, es-tu jalouse ?

Je soutins son regard.

— Je n'en sais rien. De sa réputation, peut-être… Ou alors du fait qu'elle lui a consacré tout son temps au lieu de s'occuper de moi. Je ne sais pas.

— Tu penses qu'elle n'a pas fait ce qu'elle aurait dû ?

— Oui. Non. Je ne sais pas… J'ai parfois l'impression qu'elle n'a entrepris tout ça que pour la gloire, pour se vanter… pour les molnija, expliquai-je en faisant la moue.

Les molnija étaient des tatouages que les gardiens gagnaient le droit de porter en tuant des Strigoï. Ils ressemblaient à des éclairs entrecroisés, se plaçaient sur la nuque et indiquaient le degré d'expérience de chaque gardien.

— Tu crois qu'on peut affronter des Strigoï pour une simple marque ? N'as-tu donc rien appris, chez les Badica ?

Je me sentis stupide, tout à coup.

— Ce n'est pas ce que je voulais dire…

— Suis-moi.

Je me figeai.

— Où ?

Nous marchions vers mon dortoir. Du menton, il m'indiqua la direction opposée.

— Je voudrais te montrer quelque chose.

— Quoi ?

— Que toutes les marques ne servent pas à gagner de la reconnaissance.

Chapitre 5

Je suivis docilement Dimitri sans avoir la moindre idée de ce qu'il projetait.

À ma grande surprise, il m'emmena hors du campus pour nous faire entrer dans les bois avoisinants. L'académie possédait un terrain immense qui n'était pas entièrement exploité à des fins pédagogiques. J'avais parfois l'impression que cette institution perdue dans le Montana était le dernier bastion de la civilisation dans un monde revenu à l'état sauvage.

Pendant de longues minutes, nous marchâmes en silence dans une épaisse couche de neige vierge de toute empreinte. Quelques oiseaux chantaient pour accueillir le soleil levant mais je ne voyais guère que des conifères alourdis par la neige. À cause de celle-ci, il m'était difficile de suivre l'allure alerte de Dimitri. Finalement, une grande forme sombre se dessina au loin. Une sorte de bâtiment.

— Qu'est-ce que c'est ?

Je découvris avant qu'il me réponde qu'il s'agissait d'une petite cabane faite de rondins. Un examen plus minutieux me révéla que les murs étaient troués par endroits et que le toit s'incurvait légèrement.

— Un vieux poste de sécurité, m'expliqua-t-il. Autrefois, des gardiens vivaient là pour surveiller les abords de l'académie et pour avoir un œil sur les Strigoï.

— Pourquoi n'est-il plus entretenu ?

— L'académie n'a plus assez de gardiens, et ses protections magiques sont assez puissantes pour que les autorités n'estiment pas nécessaire de poster des sentinelles.

À condition que des humains ne les neutralisent pas, complétai-je mentalement.

Un bref instant, j'eus l'espoir que Dimitri m'entraînait dans une promenade romantique... Mais je ne tardai pas à entendre des voix de l'autre côté de la cabane. Des impressions familières m'envahirent. Lissa se trouvait là.

Une scène étonnante m'attendait derrière le poste de garde. Le bâtiment dissimulait une petite mare gelée sur laquelle Christian et Lissa patinaient en compagnie d'une inconnue. Celle-ci me tournait le dos, de sorte que je ne voyais d'elle qu'une masse de cheveux noirs qui ondulaient gracieusement au rythme de ses mouvements.

— Rose ! s'écria Lissa en me souriant joyeusement.

Le coup d'œil que me jeta Christian me donna l'impression qu'il m'en voulait d'interrompre un moment romantique.

Lissa, qui n'était pas très à l'aise sur des patins à glace, regagna lentement le bord de la mare.

J'étais stupéfaite et dévorée de jalousie.

— Merci de m'avoir invitée à la fête...

— Je croyais que tu étais occupée, se défendit-elle. Et puis c'est un secret... On n'a pas le droit d'être ici.

Je l'avais deviné.

Christian et l'inconnue la rejoignirent après un dernier tour de mare.

— Tu ramènes des gâcheurs d'ambiance, maintenant, Dimka ?

Je me demandai à qui elle s'adressait jusqu'à ce que j'entende Dimitri éclater de rire. Comme cela lui arrivait rarement, ma stupeur redoubla.

— Il est impossible de tenir Rose à l'écart des endroits qu'elle ne devrait pas fréquenter... Elle finit toujours par les trouver.

La femme répondit par un large sourire en repoussant ses cheveux derrière son épaule, ce qui me permit de voir l'ensemble de son visage pour la première fois. Je dus mobiliser toute ma fragile maîtrise de moi-même pour ne pas réagir. Elle avait une figure en forme de cœur et de grands yeux du même bleu pâle que ceux de Christian. Les lèvres qui me souriaient étaient charmantes, délicates, et d'un rose parfaitement assorti à son teint.

Mais tout le côté gauche de son visage, qui aurait dû être du même blanc laiteux que le droit, était couvert de cicatrices d'un rouge vif. Leur aspect et leur disposition donnaient la nette impression que quelqu'un avait essayé de lui arracher la joue à coups de dents. Il me fallut quelques instants pour admettre l'idée que c'était effectivement ce qui s'était produit.

Je déglutis péniblement en comprenant à qui j'avais affaire : la tante de Christian. Lorsque ses parents s'étaient transformés en Strigoï, ils étaient venus le chercher avec l'intention de le cacher jusqu'à ce qu'il soit en âge d'être métamorphosé à son tour. Je ne connaissais pas l'histoire dans tous ses détails, mais je savais que sa tante s'était interposée. Comme j'étais bien placée pour le savoir, les Strigoï étaient de terribles adversaires. Elle était parvenue à les distraire jusqu'à l'arrivée des gardiens mais ne s'en était pas tirée indemne.

— Tasha Ozéra, se présenta-t-elle en me tendant sa main gantée. J'ai beaucoup entendu parler de toi, Rose…

Je jetai un regard meurtrier à Christian, qui la fit rire.

— Ne t'inquiète pas : on ne m'a dit de toi que du bien.

— C'est faux ! se défendit Christian.

Elle secoua la tête, d'un air exaspéré.

— Je ne sais vraiment pas d'où il tient de si mauvaises manières, soupira-t-elle. Certainement pas de moi !

C'était criant.

— Alors, qu'est-ce que vous faites là ? demandai-je.

— Je voulais passer un peu de temps avec ces deux-là… (Elle fronça légèrement les sourcils.) Mais je n'aime pas trop fréquenter l'académie. Il ne s'y trouve pas que des gens chaleureux…

Il me fallut quelques secondes pour comprendre. En général, le personnel de l'établissement se pliait en quatre pour satisfaire les visiteurs de sang royal. Puis l'évidence m'apparut.

— À cause… À cause de ce qui s'est passé ?

Vu l'hostilité générale à laquelle Christian devait faire face à cause de son passé familial, j'aurais pu me douter que sa tante subissait le même sort.

Tasha haussa les épaules.

— Ainsi va la vie… (Elle frotta ses mains l'une contre l'autre en soupirant, et son souffle s'échappa en formant un nuage glacial.) Mais ne restons pas à geler dehors alors que nous pouvons profiter d'un bon feu à l'intérieur.

Je jetai un dernier regard chargé de regrets à la mare gelée avant de suivre tout le monde dans la cabane. Celle-ci contenait à la fois très peu de meubles et une quantité impressionnante de poussière. Il y avait une seule pièce, avec un lit étroit sans draps dans un coin et quelques étagères fixées aux murs, où on devait entreposer de la nourriture. Mais il y avait aussi une cheminée, où un bon feu ne tarda pas à crépiter. Nous nous assîmes tous les cinq à même le sol en nous serrant les uns contre les autres pour mieux profiter de la chaleur et Tasha nous fournit un sac de *marshmallows* à faire griller.

Ce festin improvisé et la tiédeur des flammes créaient une délicieuse atmosphère. Christian et Lissa se parlaient avec l'aisance et la complicité qui leur étaient habituelles. À ma grande surprise, Tasha et Dimitri en faisaient autant. Il était évident qu'ils se connaissaient depuis très longtemps. Je n'avais jamais vu Dimitri si animé. Même lorsqu'il se montrait affectueux envers moi, il ne baissait pas tout à fait sa garde. Avec Tasha, il s'amusait d'un rien et semblait presque heureux.

Et moi, plus je l'écoutais parler, plus elle m'était sympathique.

— Allez-vous nous accompagner aux sports d'hiver ? lui demandai-je lorsqu'il me devint impossible de rester en dehors de la conversation.

Elle acquiesça, réprima un bâillement, puis s'étira comme un chat.

— Je n'ai pas skié depuis une éternité ! Je n'ai pas le temps... Mais j'ai réservé mes vacances pour ce voyage.

— Vos vacances ? m'étonnai-je. Vous... travaillez ?

— Malheureusement oui, répondit Tasha d'une voix qui n'était pas spécialement attristée. J'enseigne les arts martiaux.

J'écarquillai les yeux. Je n'aurais pas été plus surprise si elle m'avait dit qu'elle était médium ou astronaute.

La plupart des Moroï de sang royal ne travaillaient simplement pas et ceux qui le faisaient investissaient en Bourse ou dans des affaires susceptibles d'accroître le patrimoine de leur famille. Quant aux Moroï qui exerçaient vraiment une activité, ce n'était certainement pas dans le domaine des arts martiaux et ils évitaient autant que possible les emplois exigeant beaucoup d'efforts physiques. Les Moroï avaient beaucoup de qualités : des sens exceptionnels – l'odorat, la vue et l'ouïe – ainsi que des pouvoirs magiques. Mais leur corps était délicat : ils étaient grands, minces, et souvent d'ossature fragile. Ils devaient aussi craindre le soleil, qui les affaiblissait terriblement. Bien sûr, cela n'empêchait pas de devenir un bon combattant ; cela en faisait seulement un défi plus difficile à relever. Les Moroï s'étaient retranchés depuis des siècles derrière la protection que leur offraient leur magie et leurs gardiens, au point que la violence physique inspirait un véritable dégoût à la plupart d'entre eux. Ils se terraient dans des lieux hautement sécurisés comme notre académie et comptaient sur la force et la détermination des dhampirs pour survivre.

— Qu'en penses-tu, Rose ? me demanda Christian, que ma surprise amusait beaucoup. Tu crois pouvoir la battre ?

— Difficile à dire…

Tasha me décocha un sourire.

— Tu es trop modeste. J'ai vu de quoi vous et les vôtres êtes capables… Pour moi, ce n'est qu'un loisir.

Dimitri pouffa.

— C'est toi qui es trop modeste ! Tu pourrais remplacer la moitié des profs de cette académie…

— Certainement pas ! Et je serais assez embarrassée de me faire botter les fesses par une bande d'adolescents…

— Tu parles ! Je me souviens encore de l'état dans lequel tu as laissé ce pauvre Neil Szelsky…

Tasha lui fit les gros yeux.

— Je ne lui ai pas fait grand mal en lui jetant mon verre au visage… Je n'en ai causé qu'à ses vêtements. Il est vrai que nous savons tous à quel point il tient à sa garde-robe…

Ils rirent tous les deux à une nouvelle plaisanterie qu'ils étaient les seuls à comprendre, mais je ne les écoutais déjà plus que d'une oreille. Le rôle que jouait Tasha dans la lutte contre les Strigoï m'intriguait.

— Avez-vous appris à vous battre avant ou après ce qui est arrivé à votre visage ? lui demandai-je lorsque ma curiosité eut finalement raison de mes bonnes manières.

— Rose ! s'écria Lissa.

Mais Tasha ne semblait pas contrariée. Étrangement, Christian souriait aussi, alors qu'il était toujours mal à l'aise quand il était question de ses parents. Elle me lança un regard énigmatique qui me rappela un peu celui que j'inspirais à Dimitri lorsque je faisais quelque chose qui le surprenait et qu'il approuvait.

— Après, répondit-elle sans détourner les yeux malgré la tristesse de sa voix. Que sais-tu de ce qui s'est passé ?

— Les grandes lignes, répondis-je en jetant un regard inquiet à Christian.

Tasha hocha la tête.

— Je savais... Je savais ce que Lucas et Moira étaient devenus, mais je n'étais pas prête à leur faire face. Que ce soit d'un point de vue mental, physique, ou émotionnel... Je crois que, si je devais revivre cette scène, je ne le serais toujours pas. Après cette nuit-là, je me suis regardée en face, au sens figuré, et j'ai compris à quel point j'étais vulnérable. J'avais passé ma vie entière à compter sur les gardiens pour qu'ils veillent sur moi et me défendent...

» Je ne sous-entends pas qu'ils n'en soient pas capables ! Comme je te l'ai dit, je suis sûre que tu pourrais me battre. Seulement, Lucas et Moira ont tué nos deux dhampirs avant que je comprenne ce qui se passait. Je les ai empêchés de prendre Christian... de justesse. Si d'autres gardiens n'étaient pas intervenus, je serais morte et lui... (Elle s'interrompit, fronça les sourcils et inspira profondément.) Ce jour-là, j'ai décidé que je ne voulais pas mourir de cette manière, pas sans m'être battue jusqu'au dernier souffle pour me défendre et protéger ceux que j'aime. J'ai donc appris toutes sortes de techniques de défense. Après quelque temps, je n'étais plus... tout à fait à ma place dans la haute société. J'ai donc déménagé à Minneapolis où je gagne ma vie en enseignant.

J'étais certaine que d'autres Moroï vivaient à Minneapolis – Dieu seul savait pourquoi – mais je compris ce qu'elle gardait sous silence. Tout comme Lissa et moi l'avions fait pendant deux ans, elle avait quitté sa région pour cesser de fréquenter des vampires et s'intégrer aux humains. Subitement, je me demandai s'il n'y avait pas autre chose à comprendre. Elle avait parlé de « toutes sortes de techniques de défense », ce qui ne désignait peut-être pas que les arts martiaux. La stratégie purement défensive des Moroï impliquait un refus catégorique de se servir de la magie comme d'une arme. C'était pourtant ce que faisaient les anciens Moroï, et certains perpétuaient cette tradition en secret. Je savais que Christian était l'un d'entre eux. Je devinai tout à coup qui avait pu lui enseigner les sorts qu'il connaissait.

Un silence pesant s'abattit sur la cabane. Il n'était pas facile de trouver quelque chose à dire après une histoire si triste… Mais Tasha était de ces natures heureuses qui savent toujours détendre l'atmosphère. Elle se mit à enchaîner les anecdotes amusantes et je ne l'en aimai que davantage. Comme elle ne se donnait pas de grands airs, contrairement à la plupart des nobles, elle n'hésitait pas à dire franchement ce qu'elle pensait des gens. Dimitri, qui connaissait les victimes de ces ragots, intervenait de temps à autre pour donner des détails. Comment quelqu'un de si asocial pouvait-il connaître tous les Moroï et tous les gardiens ? Leurs récits nous tinrent en haleine jusqu'à ce que Tasha baisse les yeux vers sa montre.

— Où est-ce qu'une fille pourrait aller faire du shopping dans les environs ? demanda-t-elle.

J'échangeai un regard entendu avec Lissa.

— Missoula ! s'écria-t-elle en même temps que moi.

Tasha soupira.

— C'est à deux heures de route... Cela dit, en partant maintenant, j'arriverai peut-être à faire quelques magasins avant la fermeture. Je suis terriblement en retard dans mes achats de Noël...

— Je tuerais pour aller faire du shopping, grommelai-je.

— Moi aussi, dit Lissa.

— Nous pourrions peut-être nous éclipser..., suggérai-je en lançant un regard plein d'espoir à Dimitri.

— Non.

Je soupirai profondément.

— Il va me falloir un bon café si je ne veux pas m'endormir au volant, remarqua Tasha après un nouveau bâillement.

— Pourquoi ne vous faites-vous pas conduire par un de vos gardiens ?

Elle secoua la tête.

— Je n'en ai pas.

— Vous n'en avez pas..., répétai-je en fronçant les sourcils. Vous n'en avez pas ?

— Non.

— Mais c'est impossible ! m'écriai-je. Vous êtes de sang royal ! Vous devriez en avoir au moins un... Deux, en fait.

C'était le Conseil des Gardiens qui attribuait ses gardes du corps à chaque Moroï, d'une manière assez énigmatique il faut l'avouer. Le résultat était souvent assez injuste au vu du nombre de Moroï à protéger et de celui des gardiens disponibles. Pour ceux qui n'appartenaient pas à la noblesse, cela revenait plus ou moins à une forme de loterie. Mais les Moroï de sang royal avaient tous des gardiens, dont le nombre augmentait en fonction de leur rang.

— On pense rarement aux Ozéra lorsqu'on attribue leurs postes aux nouveaux gardiens, remarqua Christian avec aigreur. Il y a comme une… rupture de stock depuis que mes parents sont morts.

— Mais ce n'est pas juste ! m'écriai-je, scandalisée. On ne peut pas vous punir pour ce que tes parents ont fait !

— Ce n'est pas une punition, Rose, à mon avis, intervint Tasha, qui ne semblait pas éprouver la colère que sa situation justifiait. C'est seulement… une réévaluation des priorités.

— On vous laisse sans défense ! Vous ne pouvez quand même pas vivre là-dehors toute seule…

— Je ne suis pas sans défense, Rose… Je te l'ai déjà dit. Et si je tenais vraiment à avoir un gardien, j'aurais matière à faire un beau scandale… Mais je n'en vois pas l'intérêt. Je m'en suis bien sortie, jusque-là…

— Est-ce que tu veux que je t'accompagne ? lui proposa Dimitri en lui jetant un coup d'œil.

— Pour que je t'oblige à passer une nuit blanche ? (Elle secoua la tête.) Je ne te veux pas autant de mal, Dimka…

— C'est pas un problème pour lui ! intervins-je, trouvant cette solution excellente.

Dimitri parut amusé que je réponde à sa place et ne chercha pas à me contredire.

— Elle a raison.

Tasha hésita.

— Très bien. Mais nous devons nous dépêcher…

Notre réunion secrète prit fin. Les Moroï partirent dans une direction et je suivis Dimitri dans une autre. Tasha et lui étaient convenus de se retrouver une demi-heure plus tard.

— Alors, qu'est-ce qu'elle t'inspire ? me demanda-t-il dès que nous nous fûmes éloignés.

— Je l'aime bien. Elle est cool… (Je réfléchis quelques instants.) Et je crois avoir compris ce que tu voulais dire à propos des marques.

— Vraiment ?

J'acquiesçai sans lever les yeux, pour continuer à regarder où je mettais les pieds. Même salées et dégagées, les allées pouvaient être parsemées de flaques d'eau verglacées.

— Tasha n'a pas résisté aux parents de Christian pour la gloire, mais simplement parce qu'elle devait le faire. Tout comme… ma mère. (Même si ces mots eurent du mal à franchir mes lèvres, je devais bien reconnaître que c'était la vérité. Janine Hathaway était sûrement la plus mauvaise mère de la terre, mais c'était une gardienne exceptionnelle.) Les marques n'ont aucune importance, qu'il s'agisse de molnija ou de cicatrices…

— Tu apprends vite, remarqua-t-il avec satisfaction.

Son compliment me fit l'effet d'un rayon de soleil.

— Pourquoi t'appelle-t-elle Dimka ?

Ma question le fit rire doucement. Je l'avais beaucoup entendu rire, ce soir-là, et je souhaitai que cela se produise plus souvent.

— C'est le diminutif de Dimitri.

— Ça n'a aucun sens ! Ça ne ressemble pas du tout à Dimitri… On devrait t'appeler Dimi ou quelque chose comme ça…

— Ce n'est pas comme ça que ça marche en russe.

— Le russe est une langue bizarre, de toute manière.

En russe, le diminutif de Vasilisa était Vasya, ce qui sonnait tout aussi bizarrement à mon oreille.

— L'anglais aussi, riposta Dimitri.

Je lui jetai un regard oblique.

— Si tu m'apprends à jurer en russe, je te promets de revoir mon jugement sur ta langue…

— Tu dis déjà beaucoup trop de grossièretés.

— J'ai seulement besoin de m'exprimer…

— Ah ! Roza…, soupira-t-il. (Je sentis un frisson me parcourir. En russe, « Rose » se disait « Roza » mais Dimitri ne prononçait que rarement mon nom dans sa langue.) Personne ne s'exprime davantage que toi…

Je sentis mon cœur manquer une pulsation et j'esquissai un sourire. C'était si bon de marcher simplement à ses côtés… Comme toujours, j'avais l'impression qu'il était naturel que nous soyons ensemble.

Je m'abandonnai à mon plaisir sans pouvoir empêcher mon esprit de vagabonder.

— Tu sais, je trouve que les cicatrices de Tasha ont quelque chose d'étrange…

— Quoi donc ?

— Elles la défigurent…, commençai-je d'une voix hésitante. (J'avais beaucoup de mal à traduire ma pensée en mots.) Je veux dire : il est évident que c'était une très jolie femme. Mais même avec ses cicatrices… Je ne sais pas. Elle est toujours jolie d'une certaine manière. C'est comme si elles faisaient partie d'elle… comme si elles la complétaient.

Mon idée me semblait à la fois démente et parfaitement juste.

Dimitri ne répondit pas tout de suite. Il me jeta un coup d'œil oblique que je lui retournai et, quand nos regards se croisèrent, je vis briller dans le sien tout le désir que je lui inspirais. Cela ne dura qu'un instant, mais j'étais bien certaine de ne pas m'être trompée. La fierté qui succéda au désir me fit presque autant de bien.

Lorsqu'il parla enfin, il ne fit que répéter son premier compliment.

— Tu apprends vite, Roza.

Chapitre 6

Je me sentais plutôt bien dans ma peau en me rendant à mon premier entraînement du lendemain. Je m'étais bien amusée pendant la réunion secrète de la veille, et j'étais fière de combattre le système en encourageant Dimitri à aller se promener avec Tasha. Je me réjouissais encore plus d'avoir manié mon premier pieu en ayant montré quelque talent pour l'exercice. Bref, j'étais pleine de confiance en moi et impatiente de recommencer.

Dès que j'eus enfilé mon survêtement habituel, je courus presque jusqu'au gymnase, que je trouvai plongé dans l'obscurité et silencieux. J'allumai la lumière et observai prudemment les alentours au cas où Dimitri aurait organisé une séance spéciale ou prévu une attaque-surprise. Non. Le gymnase était bien vide. Pas de maniement de pieu en perspective.

— Merde ! murmurai-je.

— Il n'est pas là.

Je faillis faire un bond de deux mètres, puis me retournai pour tomber nez à nez avec ma mère.

— Mais qu'est-ce que tu fais là ?

Ce ne fut qu'après avoir prononcé ces mots que je remarquai sa tenue. Elle portait un tee-shirt à manches courtes et un pantalon de survêtement assez semblable au mien.

— Merde ! répétai-je.

— Surveille ton langage ! lança-t-elle avec hargne. Puisque ton comportement témoigne déjà de ton manque de manières, essaie au moins de parler correctement.

— Où est Dimitri ?

— Le gardien Belikov est dans son lit. Il n'est rentré qu'il y a une heure et avait besoin de sommeil.

Je réprimai le commentaire que cette nouvelle m'inspirait. Bien sûr que Dimitri dormait… Il avait conduit Tasha jusqu'à Missoula dans l'après-midi pour lui permettre de faire des courses pendant les horaires d'ouverture des magasins des humains. Cet effort succédait à une journée de travail ordinaire à l'académie et il venait tout juste de rentrer… Ah ! si j'avais su ce qui allait en résulter, j'aurais soutenu cette idée avec beaucoup moins d'enthousiasme…

— Eh bien ! je suppose que mon entraînement est annulé…, déclarai-je avec empressement.

— Tais-toi et mets ça ! m'ordonna-t-elle en me tendant une paire de gants.

Ils ressemblaient à des gants de boxe, en moins épais et moins encombrant. Leur utilité était la même, néanmoins : protéger les mains et empêcher que l'on blesse son adversaire avec les ongles.

— Il était en train de m'apprendre à manier le pieu, grommelai-je en enfilant les protections.

— Et c'est à ça que tu vas t'entraîner aujourd'hui. Viens.

Je la suivis jusqu'au centre du gymnase en regrettant de ne pas m'être fait renverser par un bus sur mon trajet depuis le dortoir. Elle avait relevé ses cheveux bouclés pour qu'ils ne lui tombent pas dans les yeux, coiffure qui dégageait aussi sa nuque couverte de tatouages. Le premier était une ligne serpentine horizontale : la marque de la Promesse, que les gardiens recevaient au terme de leur formation dans des académies comme Saint-Vladimir, lorsqu'ils juraient de consacrer leur vie à protéger les Moroï. Elle surplombait les molnija qui indiquaient le nombre de Strigoï que le gardien avait tués. Celles-ci étaient formées de deux éclairs auxquels elles devaient leur nom. Je ne parvins pas à compter celles de ma mère, mais disons que c'était un miracle qu'il lui reste de la peau à tatouer... Elle n'avait vraiment pas chômé.

Lorsqu'elle atteignit l'endroit qui lui convenait, elle se tourna vers moi en adoptant une position d'attaque. Craignant de la voir se jeter sur moi sans préambule, je me mis en garde.

— Qu'est-ce qu'on fait ? m'inquiétai-je.

— Entraînement de base à l'attaque et à la parade. Ne sors pas du cercle rouge.

— C'est tout ?

Elle se jeta sur moi. Je me baissai juste à temps, trébuchai et m'empressai de recouvrer mon équilibre.

— Eh bien ! lança-t-elle d'une voix presque sarcastique. Je ne t'ai pas vue depuis cinq ans, comme tu n'as pas manqué de me le reprocher. Par conséquent, je n'ai pas la moindre idée de ce dont tu es capable.

Elle plaça une nouvelle offensive, que j'esquivai encore en ayant quelques difficultés à ne pas dépasser la ligne. Cela se transforma vite en routine. Elle ne me laissa pas une seule occasion de l'attaquer – ou peut-être mon niveau était-il trop médiocre pour que je saisisse ma chance. Je passai l'heure entière à me défendre, car, même si cela me contrariait profondément, je devais bien reconnaître qu'elle était douée. Très douée. Évidemment, il n'était pas question que je le lui dise.

— Alors quoi ? lui lançai-je. C'est ta manière de compenser la négligence dont tu as fait preuve jusqu'ici ?

— C'est ma manière de te forcer à te débarrasser de ton aigreur. Tu es odieuse avec moi depuis mon arrivée. Tu veux te battre ? (Son poing s'abattit sur mon bras.) Alors battons-nous. Touché.

— Touché, lui concédai-je en changeant mes appuis. Je ne veux pas qu'on se batte. J'essayais seulement de te parler.

— M'agresser en pleine classe n'est pas exactement ce que j'appelle parler. Touché.

Son coup me fit grogner de frustration. Quand j'avais commencé à m'entraîner avec Dimitri, je me plaignais souvent de l'injustice qu'il y avait à me faire affronter un adversaire qui me dépassait d'une trentaine de centimètres. Il avait souligné le fait que la plupart des Strigoï que je rencontrerais seraient eux aussi d'un gabarit supérieur, et que la taille n'avait pas vraiment d'importance. J'avais toujours cru qu'il me donnait de faux espoirs, mais la performance de ma mère commençait à me faire changer d'avis.

Je ne m'étais jamais battue contre quelqu'un qui mesurait une tête de moins que moi. Comme les rares autres filles de ma classe, je m'étais résignée à ce que mes opposants soient toujours plus grands et plus lourds. Le corps de ma mère, encore plus petit que le mien, ne semblait contenir que des muscles.

— J'ai seulement une manière un peu particulière de communiquer, me défendis-je.

— Tu as seulement l'impression typique chez une adolescente que la vie a été injuste à ton égard ces dix-sept dernières années. (Son pied heurta ma cuisse.) Touché. Alors qu'en réalité tu as été traitée comme n'importe quel dhampir. Mieux, même... J'aurais pu t'envoyer vivre chez mes cousines. Aurais-tu aimé devenir une catin rouge ?

L'expression « catin rouge » m'arrachait toujours une grimace. Elle servait souvent à désigner les mères célibataires dhampirs qui préféraient élever leurs enfants plutôt que devenir gardiennes. Ces femmes avaient souvent des liaisons peu durables avec des Moroï, pour lesquelles on les méprisait, même si elles pouvaient difficilement faire autrement, puisque les Moroï finissaient presque tous par épouser quelqu'un de leur propre espèce. Dans un emploi plus précis, ce terme désignait les femmes dhampirs qui laissaient leur partenaire boire leur sang pendant l'amour. Seuls les humains étaient censés fournir du sang aux Moroï. Une dhampir qui acceptait cela – surtout pendant l'acte sexuel – était considérée comme perverse et souillée. Celles qui le faisaient effectivement ne devaient pas être très nombreuses, mais le terme avait tendance à s'appliquer injustement à toutes. Pendant notre fugue, j'avais dû donner mon sang à Lissa pour lui permettre de survivre. Même s'il s'était agi d'une mesure d'extrême urgence, j'en ressentais encore une certaine honte.

— Bien sûr que non, grognai-je. (J'avais de plus en plus de mal à reprendre mon souffle.) Et il n'y en a que quelques-unes qui se conduisent vraiment comme ça...

— C'est quand même leur faute si elles ont si mauvaise réputation, grogna-t-elle. (J'esquivai sa frappe.) Elles devraient faire leur devoir de gardiennes au lieu de flirter avec des Moroï.

— Elles élèvent leurs enfants ! ripostai-je en me retenant de crier pour ne pas gaspiller mon oxygène. C'est quelque chose que tu ne peux pas comprendre... Et puis, es-tu si différente d'elles ? Je ne vois pas de bague à ton doigt... Mon père n'était-il pas un simple flirt pour toi ?

Son visage se durcit, ce qui donna un résultat assez impressionnant, d'autant qu'elle était déjà en train de cogner sa fille.

— *Ça*, grinça-t-elle, c'est quelque chose que *tu* ne peux pas comprendre. Touché.

Son coup me fit grimacer. Néanmoins, j'étais satisfaite d'avoir touché une corde sensible. Je ne savais absolument pas qui était mon père, en dehors du fait qu'il était turc. J'avais le visage ovale et les traits charmants de ma mère – même si je pouvais m'enorgueillir d'être beaucoup plus jolie qu'elle l'était désormais – mais je tenais ma peau légèrement hâlée, mes cheveux bruns et mes yeux sombres de mon père.

— Comment ça s'est passé ? Tu étais en mission en Turquie ? Tu l'as rencontré au bazar ? Ou est-ce que c'était encore plus sordide que ça ? Es-tu une darwinienne convaincue et l'as-tu sélectionné pour la qualité des gènes qu'il allait fournir à ta descendance ? Je veux dire... puisque tu ne m'as eue que par devoir, j'imagine que tu as voulu offrir aux gardiens le meilleur spécimen possible...

— Rosemarie..., m'avertit-elle entre ses dents. Pour une fois dans ta vie, ferme-la.

— Pourquoi ? Est-ce que je ternis ta précieuse réputation ? Ce que tu m'as dit vaut aussi pour toi : tu n'es pas différente des autres dhampirs. Tu t'es juste laissé...

Il y a du bon sens dans le proverbe qui dit : « La fierté précède la chute. » Je me préoccupais tant de mon lyrisme que je cessai de faire attention à mes pieds. Je finis par me retrouver trop près de la ligne rouge. Si je la franchissais, je lui donnais un nouveau point. Je tâchai donc d'avancer vers elle tout en évitant sa frappe. Malheureusement, ces deux manœuvres ne pouvaient pas fonctionner en même temps. Son poing s'abattit sur moi, vite, fort et, surtout, un peu plus haut que cela était admis pour ce type d'exercice. Bref, il m'atteignit en pleine figure avec la puissance d'un camion. Je partis vers l'arrière en battant des bras pour heurter le ciment du gymnase, d'abord sur le dos, puis avec la tête. Et j'avais dépassé la ligne. Mince !

Une douleur explosa à l'arrière de mon crâne et des points lumineux se mirent à danser devant mes yeux. Un instant plus tard, ma mère se penchait au-dessus de moi.

— Rose ? Rose ? Est-ce que ça va ?

Sa voix était rauque et pressante. Le monde tournoyait autour de moi.

Après quelque temps, d'autres personnes arrivèrent et je me retrouvai dans l'infirmerie sans bien comprendre comment. Alors quelqu'un me braqua une lumière dans les yeux et se mit à me poser des questions d'une débilité stupéfiante.

— Comment t'appelles-tu ?

— Quoi ? m'étonnai-je en grimaçant pour essayer d'échapper à la lumière.

— Quel est ton nom ?

Je reconnus le docteur Olendzki penché au-dessus de moi.

— Vous le connaissez.

— Je veux te l'entendre dire.

— Rose. Rose Hathaway.

— Connais-tu ta date de naissance ?

— Évidemment ! Pourquoi me posez-vous des questions si stupides ? Vous avez perdu vos dossiers, ou quoi ?

Le docteur Olendzki poussa un soupir d'exaspération puis s'éloigna en emportant son insupportable lumière.

— Je pense qu'elle va bien, annonça-t-elle à quelqu'un. Je vais la garder en observation jusqu'à ce soir pour m'assurer qu'elle n'a pas de commotion et pour l'empêcher de se rendre à l'entraînement.

Je passai la journée à dormir par intermittence puisque le docteur Olendzki ne cessait de me réveiller pour de nouveaux examens. Elle me fournit aussi un sac de glace en me conseillant de le garder le plus possible contre mon visage. À la fin des cours, elle m'estima assez rétablie pour me laisser partir.

— Tu devrais avoir une carte de fidélité, Rose, déclara-t-elle avec un sourire amusé. En dehors des élèves qui ont de l'asthme ou une allergie chronique, je n'ai jamais vu personne si souvent dans un si court laps de temps.

— Merci, balbutiai-je sans trop savoir si je devais me sentir flattée. Pas de commotion, alors ?

Elle secoua la tête.

— Non. Mais tu vas avoir mal. Je vais te prescrire quelque chose contre la douleur avant que tu t'en ailles. (Son sourire s'effaça pour laisser place à une certaine nervosité.) Pour être honnête, Rose, c'est ton… visage qui a le plus pâti de cette mésaventure.

Je bondis hors du lit.

— Qu'entendez-vous par « pâti de cette mésaventure » ?

Elle m'indiqua un miroir fixé au-dessus d'un lavabo à l'autre bout de la pièce. J'y courus pour observer mon reflet.

— Salope !

Des taches rouges tendant vers le violacé couvraient une large portion de la moitié gauche de ma figure, particulièrement autour de l'œil. Je me retournai vers le docteur Olendzki.

— Ça va partir vite, n'est-ce pas ? lui demandai-je, au désespoir. Si je continue à mettre de la glace ?

Elle secoua encore la tête.

— La glace aidera. Mais j'ai peur que tu n'échappes pas à l'œil au beurre noir… C'est demain qu'il se verra le plus et il devrait s'estomper en une semaine. Ça ne sera bientôt qu'un mauvais souvenir…

Je quittai l'infirmerie dans un état d'hébétude qui ne devait rien au coup que j'avais reçu sur la tête. S'estomper en une semaine ? Comment le docteur Olendzki pouvait-il en parler si légèrement ? Ne comprenait-elle pas ? J'allais avoir une tête de mutante pour Noël et pendant l'essentiel du séjour au ski. J'avais un œil au beurre noir. Un énorme œil au beurre noir.

Et c'était à ma mère que je le devais.

Chapitre 7

Furieuse, j'enfonçai presque les portes du dortoir des Moroï et me précipitai dans le hall en compagnie d'une bourrasque de neige. Les élèves qui traînaient là interrompirent leurs discussions pour me regarder et, comme je pouvais m'y attendre, la plupart m'observèrent en deux temps. Je déglutis et m'efforçai de rester de marbre. Tout allait bien se passer. Je n'avais aucune raison de m'affoler. Les novices recevaient des coups en permanence. Il était finalement bien rare que ce ne soit pas le cas. Bien sûr, celui que l'on m'avait administré était plus visible que beaucoup d'autres, mais je pouvais survivre avec un coquard jusqu'à ce qu'il disparaisse… Et puis personne ne savait comment je l'avais reçu.

— Hé ! Rose ! Est-ce que c'est vrai que ta mère t'a mis son poing dans la figure ?

Je me figeai. Il était impossible de confondre cette agaçante voix de soprano avec une autre… Je tournai lentement la tête pour plonger mon regard dans les yeux bleus de Mia Rinaldi. Des anglaises blondes encadraient un visage qui aurait été joli sans son sourire mauvais.

Mia, d'un an plus jeune que nous, était en guerre contre Lissa, et contre moi par conséquent. Une guerre qu'elle avait déclarée. Son but avoué était de nous gâcher la vie le plus efficacement possible. Pour ce faire, elle avait volé le petit ami de Lissa, dont celle-ci ne voulait plus, et lancé toutes sortes de rumeurs.

Il fallait reconnaître que la haine de Mia n'était pas tout à fait injustifiée. André, le grand frère de Lissa, tué dans l'accident où j'avais moi-même trouvé la mort, s'était très mal comporté envers elle quelques années plus tôt. Si elle n'était pas devenue une vraie salope, j'en aurais été navrée pour elle. Vu ce qu'André lui avait fait, je comprenais bien sa colère, mais je trouvais inadmissible qu'elle la passe sur Lissa.

Lissa et moi avions fini par gagner cette guerre. Néanmoins, contre toute attente, Mia avait trouvé les ressources pour se remettre en selle. Elle ne fréquentait plus l'élite de l'académie, mais elle s'était constitué un nouveau cercle d'amis. Certaines personnes, même aigries et mesquines, ont assez de charisme pour toujours trouver des partisans.

J'avais fini par me rendre à l'évidence qu'il valait mieux ignorer sa présence neuf fois sur dix. Sauf que nous venions de tomber sur la dixième : comment faire semblant de ne pas voir quelqu'un qui annonce au monde entier que votre mère vous a mis son poing dans la figure, même si c'est vrai ? Je m'arrêtai pour lui faire face. Elle était appuyée contre un distributeur de confiseries, visiblement ravie de me mettre hors de moi. Je ne fis pas l'effort de me demander comment elle avait pu apprendre l'origine de mon coquard. Rien ne restait longtemps secret dans cette académie…

Ses yeux s'écarquillèrent d'émerveillement lorsqu'elle découvrit ma figure en entier et l'étendue des dégâts.

— Eh bien ! ça, c'est un visage que seule une mère peut aimer…

Très drôle. De la part de n'importe qui d'autre, cette vanne m'aurait sûrement fait rire.

— Je ne sais pas. C'est toi l'experte en matière de blessures au visage… Comment va ton nez ?

Le sourire glacial de Mia trembla légèrement, mais elle garda l'essentiel de son assurance et de son agressivité. Je lui avais cassé le nez un mois plus tôt, au bal de l'académie, s'il vous plaît. Il avait guéri assez vite, mais un petit peu de travers. La chirurgie esthétique pouvait sûrement rectifier ça mais, d'après ce que j'avais compris, les finances de ses parents ne permettraient pas une résolution rapide du problème.

— Il va mieux. Par chance, c'est une salope psychopathe qui me l'a cassé, et non un membre de ma famille.

Je lui offris mon plus beau sourire de psychopathe.

— Quel dommage… Quand un membre de la famille frappe, c'est un accident, alors qu'une salope psychopathe a tendance à vouloir revenir en passer une deuxième couche.

La menacer de violence physique était une bonne tactique dans l'absolu, mais il y avait trop de monde autour de nous pour que je puisse joindre le geste à la parole, et Mia le savait bien. J'étais évidemment capable d'agresser quelqu'un en public, et je l'avais fait de nombreuses fois, mais j'essayais vraiment de contrôler mon impulsivité ces derniers temps.

— J'ai beaucoup de mal à croire qu'il s'agisse d'un accident… Ne suivez-vous pas certaines règles dans ce genre d'exercices ? Ce coup m'a l'air d'avoir été porté très au-dessus de la limite.

J'ouvris la bouche pour riposter, sans rien trouver à dire. Elle marquait un point. Il était interdit de frapper au-dessus des épaules et mon œil au beurre noir était vraiment loin de cette frontière...

Dès que Mia sentit mon hésitation, son visage s'illumina comme si on lui offrait ses cadeaux de Noël avec une semaine d'avance. Jusqu'alors, dans toute l'histoire de notre antagonisme, il n'était jamais arrivé que je ne trouve rien à lui répondre.

— Mesdemoiselles ! intervint une voix sévère et féminine. (La Moroï qui surveillait le hall se pencha par-dessus son bureau pour nous jeter un regard hostile.) Vous n'êtes pas dans un salon. Montez ou sortez !

L'espace d'un instant, casser le nez de Mia pour la deuxième fois me parut la meilleure idée du monde, au mépris des sanctions inévitables et du renvoi éventuel que cela aurait occasionnés. Après une profonde inspiration, j'estimai plus digne de battre en retraite et quittai le dortoir des filles pour me diriger vers l'escalier.

— Ne t'en fais pas, Rose ! lança Mia dans mon dos. Ça va partir... Et puis ce n'est pas ton visage qui intéresse les garçons !

Trente secondes plus tard, je tambourinai sur la porte de Lissa avec une telle violence que celle-ci ne résista que par miracle. Lissa l'ouvrit doucement et observa le couloir d'un air méfiant.

— Tu es toute seule ? J'ai bien cru qu'il y avait une armée à... Oh ! mon Dieu ! (Elle haussa les sourcils en découvrant la moitié gauche de mon visage.) Mais qu'est-ce qui s'est passé ?

— Tu ne le sais pas encore ? Tu dois être la seule de toute l'académie ! grommelai-je. Laisse-moi entrer.

Je m'étendis sur son lit pour lui raconter les événements de la journée, qui la consternèrent.

— Je savais que tu avais reçu un coup, mais je croyais que c'était dans des circonstances ordinaires…

Franchement déprimée, je regardais les aspérités du plafond avec insistance.

— Le pire, c'est que Mia a raison : ce n'était pas un accident.

— Ta mère l'aurait fait exprès ? (Comme je ne répondais pas, elle poursuivit d'une voix sceptique.) Allons… elle ne ferait jamais une chose pareille ! C'est impensable.

— Pourquoi ? Parce que c'est Janine Hathaway, la perfection même, dont la moindre action est absolument maîtrisée ? D'une manière ou d'une autre, elle a perdu le contrôle…

— Il me paraît plus vraisemblable qu'elle ait glissé et manqué son coup. Pour le faire exprès, il aurait fallu qu'elle soit vraiment furieuse…

— Nous étions en train de parler. En général, discuter avec moi suffit à rendre les gens furieux. Je venais de l'accuser d'avoir couché avec mon père parce qu'il était le meilleur choix disponible en matière de sélection naturelle.

— Rose ! me gronda-t-elle. Tu avais oublié de le préciser en me racontant la scène… Pourquoi lui as-tu dit une chose pareille ?

— Parce que c'est sûrement la vérité.

— Et parce que tu savais que ça allait l'énerver. Pourquoi passes-tu ton temps à la provoquer ? Pourquoi n'arrives-tu pas à faire la paix avec elle ?

Je me redressai.

— Faire la paix avec elle ? Elle m'a collé un œil au beurre noir ! Et volontairement, sans doute ! Comment peut-on faire la paix avec quelqu'un comme elle ?

Lissa se contenta de secouer la tête avant d'aller s'assurer de la perfection de son maquillage devant le miroir. Notre lien me révéla de la frustration, de l'exaspération, mais aussi une pointe d'excitation. Ayant fini de vider mon sac, j'eus la patience de l'observer plus attentivement. Elle portait un chemisier en soie couleur lavande et une jupe noire qui lui arrivait au genou. Ses cheveux étaient parfaitement lisses, d'une perfection à laquelle on ne peut prétendre qu'en y consacrant une heure de sa vie, armée d'un fer et d'un sèche-cheveux.

— Tu es magnifique. Que se passe-t-il ?

Je perçus que l'agacement que je lui inspirais s'apaisait un peu.

— Je vais bientôt retrouver Christian.

Pendant quelques minutes, je m'étais sentie pleinement complice de Lissa, comme au bon vieux temps. Il n'y avait qu'elle et moi, et nous traînions et discutions. Mais elle avait mentionné Christian et j'avais pris conscience qu'elle allait bientôt me quitter pour le rejoindre, lui. Cela éveilla en moi un sinistre sentiment que je reconnus à contrecœur comme de la jalousie. Naturellement, je tâchai de n'en rien laisser paraître.

— Eh bien ! qu'a-t-il fait pour mériter tout ça ? Est-ce qu'il a sorti des orphelins d'un bâtiment en flammes ? Si c'est le cas, tu devrais commencer par t'assurer qu'il ne l'a pas incendié lui-même.

Christian s'était spécialisé en feu, ce qui lui allait à merveille, puisque c'était le plus destructeur des éléments.

Lissa éclata de rire et se tourna vers moi pour me surprendre en train de tâter mon visage du bout des doigts. Son sourire s'adoucit.

— Ce n'est pas si affreux…

— Peu importe. Et souviens-toi que je sais quand tu mens. D'après le docteur Olendzki, ce sera encore pire demain. (Je me laissai retomber sur l'oreiller.) Il ne doit pas y avoir assez de fond de teint dans le monde pour masquer un coquard pareil ! Tasha et moi allons devoir investir dans des masques, du genre Fantôme de l'opéra…

Elle vint s'asseoir à côté de moi en soupirant.

— Quel dommage que je ne puisse pas le guérir, tout simplement !

Cela me fit sourire.

— Ce serait génial, lui accordai-je.

Le charisme et le pouvoir de suggestion que lui donnait l'esprit avaient beaucoup d'avantages, mais c'était son pouvoir de guérison qui m'impressionnait le plus. En fait, la variété de prodiges dont elle était capable était stupéfiante.

Lissa aussi songeait à tout ce que permettait son élément.

— J'aimerais tellement qu'il existe une autre manière de contrôler l'esprit ! une manière qui me laisserait l'employer…

— Je sais. (Je comprenais très bien son désir d'aider les gens et d'accomplir de grandes choses. Il irradiait de sa personne. Bien sûr, j'aurais aussi apprécié de voir ce coquard disparaître en quelques minutes plutôt qu'en quelques jours…) Moi aussi, j'aimerais bien.

Elle soupira encore.

— Ce n'est pas seulement que j'aimerais pouvoir soigner des gens et me servir de l'esprit, tu sais. La magie me manque. Elle est toujours en moi, même neutralisée par les cachets. Je la sens brûler au fond de mon âme. Elle me réclame et j'ai besoin d'elle, mais c'est comme s'il y avait un mur entre nous. Tu ne peux pas imaginer ce que j'éprouve…

— En fait, si.

C'était vrai. En plus d'avoir en permanence une impression générale de ce qu'elle éprouvait, il m'arrivait de me « glisser » dans sa tête. C'était difficile à expliquer, et encore plus difficile à vivre. Lorsque cela se produisait, je voyais le monde à travers ses yeux et ressentais la même chose qu'elle. Bref, je devenais Lissa. Comme il m'était souvent arrivé de me glisser dans sa tête alors qu'elle regrettait la perte de ses pouvoirs, je connaissais bien la sensation de manque qu'elle me décrivait. Elle se réveillait souvent la nuit tant la magie, qu'elle ne pouvait plus atteindre, lui manquait.

— Ah oui ! répondit-elle tristement. J'oublie, parfois…

Je sentis l'amertume la gagner. Celle-ci était moins dirigée contre moi que contre la situation qu'elle vivait comme un échec. Il s'y ajouta bientôt de la colère. Lissa n'aimait pas plus que moi se sentir impuissante… Son sentiment s'intensifia encore, pour se transformer en quelque chose de plus sinistre qui me déplut profondément.

— Ça va ? m'inquiétai-je en lui effleurant le bras.

Elle ferma brièvement les yeux, puis les rouvrit.

— C'est juste que je déteste ressentir ça.

L'intensité de ses émotions me remit en mémoire la conversation que nous avions eue avant que je parte pour la maison des Badica.

— As-tu encore l'impression que tes cachets font moins d'effet ?

— Je n'en suis pas sûre. Un peu…

— Est-ce que tu sens que ça empire ?

— Non, m'assura-t-elle en secouant la tête. Je ne peux toujours pas atteindre la magie. Je la sens plus proche, mais quelque chose m'en sépare encore.

— Et tout de même… ton humeur…

— C'est vrai. Ça ne va pas toujours. Mais ne t'inquiète pas ! ajouta-t-elle en me voyant grimacer. Je n'ai pas eu d'hallucinations, ni essayé de me faire du mal…

— Bien. (C'était précisément ce que je voulais entendre. Pourtant, même si elle ne pouvait pas aggraver les choses en se servant de ses pouvoirs, je n'aimais pas l'idée qu'elle redevienne instable. Envers et contre tout, je continuais à espérer que la situation allait finir par se réguler d'elle-même.) Je suis là, murmurai-je en la regardant dans les yeux. S'il se passe quoi que ce soit de bizarre, tu me préviens, d'accord ?

Son humeur sinistre disparut en un clin d'œil, en même temps qu'une sorte de vague parcourait notre lien. Je fus ébranlée par son énergie sans comprendre ce qui m'arrivait. Lissa, elle, ne s'aperçut de rien. Elle me souriait, sa bonne humeur recouvrée.

— C'est promis. Merci.

Je lui rendis son sourire en me réjouissant de la voir revenue dans son état normal. Pendant le silence qui suivit, j'éprouvai une envie soudaine de me confier à elle. J'avais tant de choses sur le cœur, ces derniers temps : ma mère, Dimitri, la maison des Badica… J'avais gardé pour moi les sentiments que cela m'inspirait et ils m'étouffaient. Il y avait longtemps que Lissa et moi n'avions pas connu un tel moment de détente. Tout à coup, j'eus envie de lui faire partager ce que moi j'éprouvais, pour changer.

Son humeur s'altéra encore avant que j'aie eu le temps d'ouvrir la bouche et je devinai à sa nervosité qu'elle avait quelque chose à me dire. Quelque chose qui la préoccupait beaucoup. Tant pis pour mon envie de m'épancher… Si quelque chose l'inquiétait, le moment était mal choisi pour l'ennuyer avec mes problèmes. Je me résignai donc à les mettre de côté et attendis qu'elle prenne la parole.

— J'ai découvert quelque chose, en faisant des recherches avec Mme Carmack. Quelque chose de bizarre…

— Ah ? répondis-je, ma curiosité piquée au vif.

Les Moroï se spécialisaient dans l'un des éléments à l'adolescence et intégraient aussitôt le cours correspondant. Comme Lissa était la seule spécialiste de l'esprit répertoriée, il n'existait pas de classe à laquelle elle aurait pu s'intégrer. La plupart des élèves croyaient encore qu'elle ne s'était pas spécialisée. Elle rencontrait donc Mme Carmack, le professeur de magie de Saint-Vladimir, en dehors des heures de cours pour tâcher de mieux comprendre son élément. Ensemble, elles compulsaient des dossiers à la recherche d'autres cas, qu'elles essayaient de repérer grâce aux symptômes déjà connus, comme l'incapacité à se spécialiser et l'instabilité mentale.

— Je n'ai pas encore identifié de spécialistes de l'esprit, mais j'ai découvert des… phénomènes inexpliqués.

Surprise, je clignai des yeux.

— Quel genre de choses ? l'interrogeai-je en me demandant ce que des vampires pouvaient considérer comme des « phénomènes inexpliqués ».

À l'époque où nous vivions parmi les humains, c'était nous qui nous serions vu attribuer ce label.

— Ce ne sont que des rapports d'incidents. Par exemple, il y avait un garçon qui était capable de provoquer des hallucinations chez les autres. Il arrivait à leur faire croire qu'ils voyaient des monstres, des gens ou tout ce que tu veux…

— Ça pourrait n'être que de la suggestion.

— De la suggestion vraiment efficace, alors… Je n'en serais pas capable, et pourtant je suis plus douée que tous les gens qu'on connaît ou, en tout cas, je l'étais. D'ailleurs, c'est l'esprit qui renforce ce pouvoir…

— Tu penses donc, conclus-je, que ton maître de l'illusion doit aussi être un spécialiste de l'esprit. (Elle acquiesça.)

Pourquoi n'essayez-vous pas de le rencontrer pour en savoir plus ?

— Parce que nous n'avons aucune information qui permettrait de le faire. C'est classé secret. Et il y a d'autres cas étranges. Par exemple, quelqu'un qui pouvait vider les gens de leur énergie jusqu'à les faire s'évanouir. Et une autre personne capable de figer en plein vol les objets qu'on jetait sur elle.

Son visage frémit d'excitation.

— Il pourrait s'agir d'un spécialiste de l'air.

— Peut-être.

Je la sentais dévorée de curiosité et d'enthousiasme. Elle avait tellement envie de croire qu'il existait d'autres gens comme elle…

J'esquissai un sourire.

— Qui se serait douté que les Moroï avaient leur propre Roswell et leur Zone 51 ? Je suis surprise qu'on ne m'y ait pas déjà enfermée pour étudier notre lien.

Ma remarque incita Lissa à me taquiner.

— Si tu savais comme je regrette de ne pas pouvoir me glisser dans ta tête, quelquefois… J'aimerais bien savoir ce que tu éprouves pour Mason, par exemple.

— C'est un ami, répondis-je avec assurance, un peu surprise par le brusque changement de sujet. Rien de plus.

Elle ne sembla pas convaincue.

— Tu avais l'habitude de flirter, voire plus, avec n'importe qui.

— Eh ! m'offusquai-je. Je n'étais pas une telle traînée !

— D'accord, peut-être pas. Mais on dirait quand même que les garçons ne t'intéressent plus.

Ce n'était pas le cas. Enfin, un seul garçon m'intéressait.

— Mason est très sympa, poursuivit-elle. Et il est fou de toi.

— C'est vrai, admis-je.

Je repensai au bref moment où je l'avais trouvé sexy devant la salle de Stan. Et puis Mason était vraiment drôle, et nous nous entendions très bien. Il était loin d'être le plus mauvais choix en matière de petit ami…

— Vous vous ressemblez beaucoup, d'ailleurs. Vous n'arrêtez pas de faire des choses dont vous feriez mieux de vous abstenir.

J'éclatai de rire. Elle avait encore raison. La témérité de Mason qui voulait tuer tous les Strigoï du monde me revint en mémoire. Je ne m'y sentais pas prête, même si j'avais piqué une crise dans la voiture, mais j'étais aussi impulsive que lui. Le moment était peut-être venu de lui donner sa chance, songeai-je. Je m'amusais bien à flirter avec lui, et cela commençait à faire longtemps que je n'avais embrassé personne. Je me languissais toujours de Dimitri, mais il n'y avait aucune chance qu'il se passe quelque chose de ce côté-là.

Lissa me regardait avec l'air de savoir ce qui se passait dans ma tête, sauf la partie concernant Dimitri, évidemment.

— J'ai entendu Meredith dire que tu es stupide de ne pas sortir avec lui. Elle prétend que tu t'estimes trop bien pour lui.

— Quoi ? Ce n'est pas vrai !

— Eh ! ce n'est pas moi qui l'ai dit. Quoi qu'il en soit, elle commence à y songer pour elle-même.

— Mason et Meredith ? ironisai-je. Ce serait un désastre ! Ils n'ont rien en commun.

C'était mesquin de ma part, mais je m'étais habituée à me faire draguer par Mason et l'idée que quelqu'un d'autre pouvait s'intéresser à lui m'agaçait.

— Tu es bien possessive, me fit remarquer Lissa en devinant encore le fil de mes pensées.

Je commençais à comprendre pourquoi elle détestait tant que je me glisse dans sa tête.

— Juste un peu, me défendis-je.

Elle éclata de rire.

— Tu sais, Rose, tu devrais vraiment sortir avec quelqu'un, même si ce n'est pas Mason. Il y a des tas de garçons très sympas qui tueraient pour un rendez-vous avec toi…

Je n'avais pas toujours fait les bons choix en matière de garçons. L'envie de partager mes soucis avec Lissa me reprit brutalement. J'avais hésité si longtemps à lui parler de Dimitri alors que ce secret me rongeait… Assise sur son lit, je reprenais conscience qu'elle était ma meilleure amie, après tout. Je pouvais lui raconter tout ce que je voulais en étant certaine qu'elle ne me jugerait pas. Malheureusement, comme la première fois, cette occasion de me confier à elle m'échappa.

Après un coup d'œil vers son réveil, elle bondit sur ses pieds.

— Je suis en retard ! s'écria-t-elle. Christian doit déjà m'attendre !

Une grande joie, à laquelle se mêlait un peu de nervosité, l'envahit. L'amour. Que pouvais-je faire ? Je tâchai de dompter ma jalousie qui relevait sa tête monstrueuse. Une fois encore, Christian me la prenait. Je n'allais pas pouvoir me délivrer de mon fardeau ce soir.

Nous quittâmes son dortoir et elle s'enfuit littéralement en me promettant que nous prendrions le temps de parler le lendemain. Je retournai donc dans mon propre dortoir, ma propre chambre, et fis une grimace en croisant mon reflet dans le miroir. Des taches violettes s'étendaient autour de mon œil. La conversation que nous venions d'avoir m'avait presque fait oublier l'incident avec ma mère. Je m'arrêtai pour observer mon visage plus attentivement. C'était peut-être narcissique, mais je me savais jolie. Je portais des soutiens-gorge bonnets C et avais un corps enviable dans une académie où la plupart des filles ressemblaient à des mannequins anorexiques. Mon visage aussi était agréable. En temps normal, il aurait mérité un neuf sur dix, et un dix sur dix dans mes bons jours.

À cet instant ? Je flirtais avec les notes négatives. J'allais être resplendissante pour le séjour aux sports d'hiver...

— Ma mère m'a battue, informai-je mon reflet, qui m'offrit un regard compatissant.

Après un soupir, je me résignai à me coucher. Je n'avais plus envie de rien faire ce soir-là, et mon coquard allait peut-être guérir plus vite avec un peu de sommeil supplémentaire. Je me rendis à la salle de bains pour me débarbouiller et me brosser les cheveux. De retour dans ma chambre, j'enfilai mon pyjama préféré dont la flanelle douce me réconforta un peu.

J'étais en train de préparer mon sac pour le lendemain lorsqu'une vague d'émotions m'assaillit par l'intermédiaire de notre lien. Elle me prit par surprise et ne me laissa aucune chance de lui résister. Après avoir eu l'impression d'être frappée de plein fouet par un ouragan, je pris conscience que je ne tenais plus mon sac à dos dans les mains. Je m'étais de nouveau « glissée » dans la tête de Lissa et j'éprouvais le monde à travers ses sens.

Alors l'expérience devint perturbante.

Parce que Lissa était avec Christian et que cela commençait à devenir… chaud.

Chapitre 8

Christian était en train de l'embrasser, et il fallait lui reconnaître que c'était un baiser… Il ne plaisantait pas. C'était le genre de baiser que les enfants ne devaient pas voir, que personne n'aurait dû voir, et encore moins éprouver à travers un lien psychique.

Comme je l'avais déjà remarqué, ce phénomène était favorisé par le fait que Lissa ressentait des émotions intenses. Mais, jusqu'à ce jour, seules les plus négatives m'avaient attirée dans sa tête : sa colère, sa tristesse ou son anxiété. Cette fois, elle n'éprouvait rien de tel.

Elle était heureuse, au contraire. Très heureuse.

Il fallait vraiment que je sorte de là…

Ils étaient dans le grenier de la chapelle de l'académie, que j'avais baptisé leur « nid d'amour ». C'était un endroit où l'un et l'autre s'étaient réfugiés à l'époque où ils étaient asociaux et éprouvaient le besoin d'échapper au regard des gens. Ils avaient fini par décider d'être asociaux ensemble, et une chose en avait entraîné une autre. Je ne savais pas qu'il leur arrivait encore de se retrouver là, alors que leur relation était désormais connue de tous. Peut-être s'étaient-ils donné ce rendez-vous par nostalgie…

Ils semblaient d'ailleurs célébrer quelque chose. De petites bougies parfumées au lilas illuminaient le grenier poussiéreux. Pour ma part, j'aurais hésité à allumer tous ces lumignons dans une pièce remplie de cartons et de livres qui ne demandaient qu'à s'enflammer, mais Christian se croyait probablement capable de contrôler tout début d'incendie.

Ils interrompirent finalement leur baiser vertigineux pour se regarder dans les yeux. Ils étaient allongés par terre, côte à côte, sur plusieurs couvertures entassées.

Christian observait Lissa avec une expression tendre et sincère, ses yeux bleu pâle brillant d'émotion. Ce n'était pas de cette manière que Mason me regardait. C'est vrai qu'il y avait aussi de l'adoration chez lui mais, chez Mason, elle ressemblait davantage à celle des fidèles qui entrent dans une église pour tomber à genoux d'émerveillement et de terreur devant quelque chose qu'ils vénèrent sans savoir pourquoi. Il était évident que Christian révérait Lissa à sa manière, mais il y avait un éclair d'intelligence dans ses yeux, une certitude de la comprendre et d'être compris d'elle si parfaitement que les mots étaient devenus superflus entre eux.

— Ne crois-tu pas que nous risquons d'être damnés pour ça ? demanda Lissa.

Il leva la main et laissa ses doigts glisser sur sa joue, son cou, et jusqu'au bord de son chemisier. Sa caresse si douce, si légère, éveilla en elle une passion dévorante et rendit sa respiration plus haletante.

— Pour ça ? demanda-t-il en effleurant sa peau du bout des doigts sous la soie du vêtement.

— Non ! répondit-elle en riant. Pour ça. (Elle embrassa d'un geste le grenier illuminé.) C'est un lieu saint. Nous ne devrions pas faire… ce genre de chose ici.

— C'est faux, argua-t-il en l'allongeant délicatement sur le dos pour venir se placer au-dessus d'elle. Le lieu saint est au rez-de-chaussée. Cette pièce n'est qu'un débarras. Dieu ne nous en voudra pas.

— Tu ne crois pas en Dieu, lui reprocha-t-elle.

Ses mains frôlaient son torse. Les gestes de Lissa étaient aussi légers et aussi assurés que ceux de Christian, et l'effet qu'ils produisaient sur lui n'était pas moins puissant.

Il poussa un soupir de bonheur en la sentant placer les mains sous sa chemise.

— Je plaisantais…

— Tu dirais n'importe quoi pour ne pas me contrarier à cet instant, l'accusa-t-elle.

Comme elle tirait sur le bord de son vêtement, il se redressa pour qu'elle puisse le lui enlever, puis s'allongea de nouveau, torse nu.

— C'est vrai, reconnut-il en ouvrant délicatement le premier bouton de son chemisier. (Il interrompit sa progression après celui-là pour lui donner un autre baiser vertigineux, puis poursuivit comme si de rien n'était, lorsqu'il s'écarta pour reprendre son souffle.) Qu'as-tu besoin d'entendre ? Je le dirai.

Il ouvrit le deuxième bouton.

— Il n'y a rien que j'aie besoin d'entendre ! se défendit-elle en riant tandis qu'un nouveau bouton sautait. Tu peux me dire tout ce que tu veux. Je préférerais seulement que ce soit vrai.

— La vérité, c'est ça ? Mais personne ne veut entendre la vérité ! Elle n'est jamais séduisante. En revanche, toi…

(Le dernier bouton vaincu, il écarta le chemisier de sa poitrine.) Tu es bien trop séduisante pour être vraie.

Son ton était aussi sarcastique que d'habitude, mais son regard le contredisait absolument. Même si j'assistais à cette scène à travers les yeux de Lissa, j'imaginais très bien ce qu'il voyait : sa peau douce et blanche, son buste délicat et sa taille fine… un soutien-gorge blanc à dentelle… La dentelle la démangeait, d'ailleurs, mais elle n'y prêtait pas attention.

Le visage de Christian exprimait le désir et l'adoration. Des émotions similaires chassèrent toute pensée cohérente de l'esprit de Lissa, qui avait le souffle de plus en plus court, et dont le cœur s'affolait. Christian se pencha pour presser son corps contre le sien et chercha encore sa bouche. Lorsque leurs lèvres et leurs langues se rencontrèrent, je sus que je devais à tout prix sortir de là.

Parce que je comprenais alors pourquoi Lissa s'était fait belle et pourquoi Christian avait illuminé le grenier comme pour une veillée de Noël. C'était le grand jour. Après être sortis ensemble pendant un mois, ils allaient finalement faire l'amour. Je savais que Lissa l'avait déjà fait avec son ancien petit ami. Je ne connaissais rien du passé amoureux de Christian, mais je doutais sincèrement que beaucoup de filles aient cédé à son charme corrosif.

Je sentais que cela n'avait pas la moindre importance pour Lissa en cet instant. Ils étaient seuls au monde et ne se souciaient plus que de ce qu'ils ressentaient l'un pour l'autre. Lissa, qui avait bien plus de soucis qu'elle aurait dû à son âge, était totalement sûre d'elle-même. Ce qui était sur le point de se passer était bien ce qu'elle désirait, et depuis longtemps.

Et je n'avais aucun droit d'y assister.

À quoi bon jouer ma vertueuse ? Je n'avais aucune envie d'y assister. Je n'éprouvais pas de plaisir à voir des gens faire l'amour et je ne voulais surtout pas faire cette expérience avec Christian. J'y aurais virtuellement perdu ma virginité…

Mais Lissa ne me rendait vraiment pas les choses faciles pour m'extirper de sa tête. Elle n'avait aucune envie de se détacher de ses émotions et celles-ci me retenaient davantage à mesure qu'elles gagnaient en intensité. Je me concentrai de toutes mes forces pour tâcher de mettre de la distance entre nous et de repartir en moi-même.

D'autres vêtements disparurent.

Allez, allez ! m'encourageai-je.

Le préservatif fit son entrée… Oh ! oh !

Tu es une personne à part entière, Rose. Retourne dans ta tête !

Ils commencèrent à bouger sur le même rythme, les membres enchevêtrés…

Fils de…

Je m'arrachai à elle pour recouvrer mon propre esprit. J'étais revenue dans ma chambre, mais mon sac à dos avait perdu tout intérêt à mes yeux. Mon univers était bouleversé. Je me sentais bizarre, presque violée, et ne savais plus très bien si j'étais Rose ou Lissa. Et j'étais toujours jalouse de Christian. Je n'avais certainement pas envie de faire l'amour avec Lissa, mais je ne pouvais pas m'empêcher de souffrir de ne plus être le centre de son monde.

Je délaissai mon sac sans même l'ouvrir pour aller me coucher et me roulai en boule en espérant faire passer la douleur qui m'oppressait la poitrine.

Je m'endormis assez vite et me réveillai d'autant plus tôt. Alors que je devais d'habitude me traîner hors du lit pour rejoindre Dimitri, je fus une des premières dans les douches et arrivai même au gymnase avant lui. Tandis que je l'attendais, je vis Mason traverser la cour en direction d'un autre bâtiment.

— Ça alors ! l'interpellai-je. Depuis quand es-tu si matinal ?

— Depuis que j'ai un contrôle de maths à rattraper, répondit-il en se dirigeant vers moi avec un sourire malicieux. Mais je ferais peut-être bien de le sécher, si ça me permet de passer du temps avec toi…

J'éclatai de rire et me rappelai la conversation que j'avais eue avec Lissa. Oui, je pouvais certainement faire bien pire que d'accepter de sortir avec Mason.

— Non. Tu risquerais d'avoir des problèmes et je n'aurais plus de véritable adversaire sur les pistes…

Il me fit les gros yeux sans cesser de sourire.

— C'est moi qui n'ai pas de véritable adversaire, tu te souviens ?

— Tu serais prêt à parier ou tu as trop peur de moi ?

— Fais attention à ce que tu dis : je pourrais renoncer à te donner ton cadeau de Noël.

— Tu m'as acheté un cadeau de Noël ?

Je ne m'y attendais pas.

— Oui. Mais je pourrais aussi l'offrir à quelqu'un d'autre.

— À Meredith, par exemple ? le taquinai-je.

— Elle ne joue pas dans la même cour que toi et tu le sais très bien.

— Même depuis que j'ai un œil au beurre noir ? insistai-je en grimaçant.

— Même si tu avais les deux yeux au beurre noir.

Son regard, à cet instant, n'était ni moqueur ni même vraiment dragueur. Il était simplement gentil. Gentil, amical et intéressé. Il se souciait vraiment de moi. Après tout le stress que je venais de subir à travers les émotions de Lissa, je découvris que j'aimais cela. Comme je me sentais négligée par Lissa, il me plaisait davantage que quelqu'un s'intéresse autant à moi.

— Qu'est-ce que tu fais pour Noël ? lui demandai-je.

Il haussa les épaules.

— Rien. Ma mère vient me voir, d'habitude, mais elle a annulé au dernier moment à cause de ce qui s'est passé.

La mère de Mason n'était pas une gardienne. C'était une dhampir qui avait choisi d'élever ses enfants et travaillait comme domestique. Je savais donc qu'il la voyait assez régulièrement. Je ne pus m'empêcher de savourer l'ironie de la situation : ma mère, elle, se trouvait entre ces murs, mais pour une raison qui aurait pu la retenir n'importe où ailleurs.

— Et si tu venais avec moi ? lui suggérai-je sans réfléchir. Je vais fêter Noël avec Lissa, Christian et sa tante. On devrait s'amuser.

— Vraiment ?

— Et même beaucoup s'amuser…

— Ce n'est pas ce que je te demande.

— Je sais, répliquai-je en souriant. Viens, c'est tout. D'accord ?

— Absolument d'accord, conclut-il en s'inclinant avec galanterie comme il aimait le faire.

Mason s'éloigna juste au moment où Dimitri apparaissait. Notre échange m'avait rendue joyeuse, légère, et m'avait permis d'oublier mon visage pendant quelques minutes. Face à Dimitri, je repris conscience de mon apparence. J'aurais tant voulu être parfaite à ses yeux… Lorsque nous entrâmes dans le gymnase, je pris soin de détourner la tête pour qu'il ne puisse pas voir toute l'étendue des dégâts. Cette contrariété me mit de mauvaise humeur, ce qui réveilla aussitôt tous mes autres sujets d'inquiétude et de mécontentement.

Il m'entraîna vers la salle où se trouvaient les mannequins et m'annonça qu'il voulait que je répète les mouvements qu'il m'avait enseignés deux jours plus tôt. Heureuse qu'il ne m'interroge pas sur ma mésaventure, je m'attelai à la tâche avec zèle et montrai à ces mannequins ce qu'il en coûtait de se frotter à Rose Hathaway. Je savais que mon ardeur à combattre ne venait pas seulement de mon désir de bien faire. Après ma querelle avec ma mère et ce dont j'avais été témoin entre Lissa et Christian la nuit précédente, j'avais beaucoup de mal à maîtriser mes émotions. Dimitri, assis sur une chaise, m'observait en critiquant ma technique ou en m'offrant une suggestion de temps à autre.

— Tu as les cheveux dans les yeux, me fit-il remarquer à un moment. Non seulement tu limites ta vision périphérique, mais tu cours le risque d'offrir une prise à l'ennemi.

— Je les relèverais si je devais vraiment me battre, ripostai-je en plantant le pieu entre deux « côtes » du mannequin avec une grande précision. (J'ignorais de quoi étaient faits ces os artificiels, mais ils rendaient l'exercice particulièrement ardu. Je songeai un instant à ma mère pour ajouter un peu de force à mon coup.) J'ai seulement décidé de les garder détachés aujourd'hui.

— Rose. (Faisant semblant de ne pas l'entendre, je frappai encore. Il m'interpella une seconde fois, d'une voix plus sévère.) Rose ! Arrête.

Je m'écartai du mannequin, un peu surprise d'être si essoufflée. Je ne m'étais pas rendu compte que je m'acharnais autant. Mon dos rencontra le mur. N'ayant nulle part où fuir, j'échappai à son regard en observant fixement le sol.

— Regarde-moi ! m'ordonna-t-il.

— Dimitri…

— Regarde-moi.

Ce qui s'était passé entre nous importait peu : il restait mon mentor avant tout. Je ne pouvais pas désobéir à un ordre direct. Lentement, à contrecœur, je relevai les yeux vers lui en gardant la tête légèrement inclinée pour que mes cheveux pendent sur les côtés de mon visage. Il se leva de sa chaise pour venir se planter devant moi.

J'évitai son regard et suivis des yeux sa main qu'il approchait pour écarter mes cheveux. Il interrompit son geste et je cessai de respirer au même instant. Notre brève aventure avait été embarrassée d'interrogations et de réserves, mais j'étais certaine d'une chose : Dimitri avait aimé mes cheveux. Il les aimait peut-être encore. Il fallait reconnaître qu'ils étaient beaux, longs, bruns et soyeux. Il lui était arrivé de se servir de prétextes futiles pour les toucher et il m'avait déconseillé de les couper, comme le faisaient la plupart des gardiennes.

Il ne bougea pas la main, et j'attendis de voir ce qu'il allait faire, en ayant l'impression que le monde s'était arrêté de tourner. Après ce qui me sembla une éternité, il laissa lentement retomber son bras. Malgré ma cruelle déception, je venais d'apprendre quelque chose : il avait hésité. Il avait eu peur de me toucher, ce qui pouvait vouloir dire qu'il en avait encore envie… Et qu'il avait préféré s'interdire de le faire.

Je relevai lentement la tête pour rencontrer son regard. La plupart de mes cheveux s'écartèrent de mon visage, mais pas tous. Sa main trembla et j'espérai qu'il allait la tendre vers moi de nouveau. Mais il interrompit son mouvement. Mon espoir mourut.

— Est-ce que ça fait mal ? me demanda-t-il.

Le parfum de son après-rasage, auquel se mêlait une légère odeur de transpiration, m'envoûta. Comme j'aurais aimé qu'il me touche…

— Non, mentis-je.

— Ça n'est pas si affreux, m'assura-t-il. Et puis ça va passer.

— Je la hais, déclarai-je en restant stupéfaite de la charge d'agressivité que pouvaient porter ces trois mots.

Même sous le charme de Dimitri, je n'arrivais pas à me délivrer de l'amertume qu'elle suscitait en moi.

— C'est faux, dit-il avec douceur.

— Je t'assure.

— Nous n'avons pas le temps de haïr qui que ce soit dans notre profession, me sermonna-t-il d'une voix toujours aussi douce. Tu devrais te réconcilier avec elle.

Lissa m'avait fait la même suggestion… La révolte vint s'ajouter à mes autres sentiments et, comme j'étais d'humeur sinistre, mon esprit commença à s'agiter.

— Me réconcilier avec elle ? Alors qu'elle m'a volontairement collé un œil au beurre noir ? Pourquoi suis-je la seule à voir à quel point cette situation est tordue ?

— Elle ne l'a absolument pas fait exprès, déclara-t-il d'une voix dure. Peu importe ce que tu éprouves pour elle, tu dois bien te mettre ça dans le crâne. Elle ne ferait jamais une chose pareille, et je l'ai vue, ce jour-là. Elle s'inquiétait pour toi.

— Elle devait surtout craindre que quelqu'un l'accuse de maltraitance, grommelai-je.

— Ne crois-tu pas que cette période de l'année soit le moment idéal pour pardonner ?

Je soupirai bruyamment.

— Ce n'est pas un conte de Noël ! On parle de ma vie, là. Les miracles et la bonté n'existent pas dans le monde réel.

— Dans le monde réel, chacun peut faire ses propres miracles, répliqua-t-il sans rien perdre de son calme.

Ma frustration atteignit une telle intensité que j'abandonnai tout effort pour la maîtriser. J'en avais assez de m'entendre tenir des propos raisonnables chaque fois que quelque chose tournait mal dans ma vie. Au fond de moi, je savais bien que Dimitri ne cherchait qu'à m'aider. Je n'étais simplement pas d'humeur pour un discours lénifiant. Je voulais qu'on me réconforte et non qu'on m'incite à devenir une personne meilleure. J'avais seulement envie qu'il me prenne dans ses bras et me dise de cesser de m'inquiéter.

— Est-ce que tu peux arrêter avec ça, juste pour cette fois ? m'insurgeai-je en plantant mes poings sur mes hanches.

— Arrêter quoi ?

— Tes conseils zen débiles. Je n'ai pas l'impression d'être une vraie personne quand tu me parles. Tu ne fais que débiter des leçons de sagesse vides de sens. C'est vrai qu'à t'entendre on se croirait dans un conte de Noël ! (Même si je savais qu'il n'était pas tout à fait juste de me décharger de ma colère sur lui, je me mis presque à crier.) Je t'assure que, parfois, j'ai l'impression que tu aimes seulement t'écouter parler. Pourtant, je sais que tu n'es pas toujours comme ça. Quand tu t'adressais à Tasha, tu te comportais de manière tout à fait normale. Mais avec moi ? Tu ne fais que ton travail. Tu te moques de ce que je ressens. Tu veux seulement jouer ton rôle stupide de mentor.

Il me dévisagea avec une expression de surprise que je lui voyais rarement.

— Je me moque de ce que tu ressens ?

— Oui. (Je devins vraiment mesquine, alors que je connaissais la vérité : il se souciait réellement de moi et n'arrivait pas à se cantonner dans son rôle de mentor. Sauf que je ne pouvais plus m'arrêter. Les mots se bousculaient dans ma bouche.) Pour toi, je ne suis qu'une élève parmi d'autres, l'accusai-je en lui frappant la poitrine du doigt. Tu ne fais que répéter tes leçons de vie idiotes et…

De la main dont j'espérais qu'il caresserait mes cheveux, il attrapa mon doigt. Il me plaqua le bras contre le mur avec un regard qui me surprit par son expressivité. Ce n'était pas précisément de la colère qui brillait dans ses yeux, mais c'était bien une forme de frustration.

— Ne prétends pas savoir ce que je ressens, grogna-t-il.

Je compris alors que seule une moitié de mes accusations étaient vraies. Il était toujours calme, toujours maître de lui, même lorsqu'il se battait. Mais je me souvins qu'il m'avait raconté avoir un jour frappé son père moroï. Il avait dû me ressembler, autrefois. Plus jeune, il devait agir impulsivement et toujours risquer de se mettre dans des situations qu'il aurait mieux fait d'éviter.

— Alors c'est ça ? ricanai-je.

— Quoi ?

— Tu dois toujours te surveiller pour rester maître de toi. Tu es exactement comme moi.

— Non, riposta-t-il alors qu'il était encore visiblement ébranlé. J'ai appris à me contrôler.

La découverte que je venais de faire me donna de l'audace.

— C'est faux, déclarai-je. Tu fais bonne figure, et tu maîtrises effectivement tes émotions la plupart du temps. Mais parfois tu n'y arrives pas et parfois… (je m'appuyai à lui et baissai la voix)… tu n'en as pas envie.

— Rose…

Il avait le souffle court et je savais que son cœur battait aussi vite que le mien. Surtout, il ne s'écartait pas. J'étais consciente que j'agissais mal et je connaissais toutes les raisons pour lesquelles nous ne devions pas nous approcher l'un de l'autre. À cet instant, je m'en moquais éperdument. Je n'avais envie ni de me contrôler, ni de prouver que j'étais raisonnable.

Je l'embrassai sans lui laisser le temps de comprendre ce qui lui arrivait. J'aurais eu tort de ne pas le faire, puisqu'il me rendit mon baiser. Il me pressa contre le mur en maintenant mon bras, et glissa son autre main dans mes cheveux. Son baiser trahissait des émotions intenses : de la colère, de la passion, du soulagement...

Il y mit pourtant un terme. Il s'écarta de moi et recula aussitôt de plusieurs pas, l'air abasourdi.

— Ne refais plus jamais ça, m'ordonna-t-il avec raideur.

— Alors ne me rends pas mes baisers, le défiai-je.

Il soutint mon regard pendant ce qui me parut une éternité.

— Ce n'est pas pour m'écouter parler que je donne des « conseils zen », ni parce que tu n'es qu'une élève parmi d'autres. Je le fais pour essayer de t'enseigner la maîtrise de soi.

— Tu fais du très bon boulot, ironisai-je.

Il ferma brièvement les yeux, soupira, puis grommela quelque chose en russe. Ensuite il quitta la salle sans me jeter un regard.

Chapitre 9

Je ne revis pas Dimitri pendant un long moment après cela. Il me fit transmettre un message plus tard dans la journée pour annuler nos deux entraînements suivants, au motif qu'il devait s'occuper d'organiser notre départ prochain de l'académie avec les autres gardiens. Les cours étaient bientôt finis, de toute manière, disait-il… Il semblait assez naturel de lever le pied.

Je savais bien qu'il ne s'agissait que d'un prétexte. Puisqu'il s'était cherché une excuse pour m'éviter, j'aurais préféré qu'il invente une alerte de sécurité ou un entraînement ninja top secret.

Mais peu importait la médiocrité de son message, je savais qu'il me fuyait à cause de ce fichu baiser. Je ne le regrettais pas vraiment. Dieu seul sait combien j'en avais envie… Seulement je comprenais à présent que je le lui avais donné pour de mauvaises raisons. Je l'avais embrassé parce que j'étais en colère et que je voulais lui prouver que je pouvais le faire. J'en avais eu assez de me montrer raisonnable. Malgré mes progrès récents dans ce domaine, j'avais fait une rechute.

Je n'avais pas oublié l'explication qu'il m'avait fournie. Ce n'était pas seulement à cause de l'âge que nous ne pouvions rien vivre ensemble. Cela n'aurait pas manqué d'interférer avec notre travail. En lui volant ce baiser, j'avais attisé une flamme qui pouvait mettre Lissa en danger. Je n'aurais pas dû. La veille, j'avais été incapable de m'en empêcher. À présent que je le comprenais, j'avais du mal à y croire.

Mason vint me retrouver le matin de Noël et nous allâmes rejoindre les autres. Cela me fournit une bonne occasion de chasser Dimitri de mon esprit. J'aimais beaucoup Mason, et il ne s'agissait pas de l'épouser, de toute manière. Comme Lissa me l'avait fait remarquer, il était sain que je songe à sortir avec quelqu'un.

Tasha avait organisé son repas de Noël dans un salon élégant du bâtiment réservé aux invités. Plusieurs autres fêtes et réjouissances se déroulaient dans l'académie, mais j'avais vite remarqué que la présence de Tasha suscitait de la gêne. Les gens l'observaient à la dérobée ou changeaient de direction pour éviter de la croiser. Elle les défiait à certains moments et se résignait à d'autres. Ce jour-là, elle avait décidé de rester à l'écart des Moroï de sang royal pour mieux profiter de ceux, peu nombreux, qui ne la fuyaient pas.

Dimitri était sur la liste des invités. Mes bonnes résolutions faiblirent dès que je l'aperçus. Il s'était même habillé pour l'occasion. D'accord : « habillé » était peut-être un peu exagéré, mais je ne l'avais jamais vu porter ce genre de vêtements. D'ordinaire, il avait seulement l'air un peu sauvage et prêt à se jeter dans une bataille à n'importe quel moment. Ce jour-là, ses cheveux étaient précisément attachés derrière sa nuque, comme s'il avait fait un effort pour les discipliner. Il portait un jean et ses bottes habituelles, mais un beau pull noir au lieu du premier tee-shirt venu. C'était un pull ordinaire, qui ne devait pas avoir coûté une fortune, mais il ajoutait à sa tenue une touche d'élégance que je lui avais rarement vue et lui allait à la perfection.

Sans se montrer hostile envers moi, il ne fit pas le moindre effort pour me rejoindre et engager la conversation. Il discuta avec Tasha, bien sûr, et je fus une fois de plus fascinée par l'aisance avec laquelle ils se parlaient. J'avais appris depuis la fois précédente que l'un de ses meilleurs amis était un lointain cousin de Tasha et qu'ils s'étaient rencontrés par son intermédiaire.

— Cinq ? répéta Dimitri, stupéfait, alors qu'ils parlaient justement des enfants de cette personne. Je l'ignorais...

Tasha secoua la tête.

— C'est fou. Je jurerais que sa femme n'a pas eu six mois de répit entre ses grossesses. Comme elle est petite, elle aussi, elle n'a pas arrêté de s'élargir...

— Quand je l'ai rencontré, il jurait ne pas en vouloir !

— Je sais ! s'écria-t-elle, tout excitée. Moi aussi j'ai eu du mal à y croire. Tu le verrais aujourd'hui... Un vrai papa gâteau. La moitié du temps, je n'arrive même pas à comprendre ce qu'il dit. Je te jure qu'il babille plus qu'il parle !

Dimitri esquissa l'un de ses rares sourires.

— Les enfants ont tendance à faire ça aux gens...

— Je n'imagine pas que ça puisse t'arriver à toi ! s'exclama-t-elle en riant. Tu es toujours si stoïque. Bien sûr, comme tu babillerais en russe, personne ne s'en rendrait compte...

La plaisanterie les fit rire et je me détournai en étant soulagée de pouvoir parler à Mason. Sa présence me distrayait de tout le reste, puisque Dimitri n'était pas le seul à faire comme si j'étais transparente. Lissa et Christian s'étaient eux aussi enfermés dans leur bulle. Ils semblaient encore plus amoureux depuis qu'ils avaient fait l'amour, au point que je commençais à douter de pouvoir passer la moindre minute avec mon amie pendant nos vacances. À un moment, elle parvint tout de même à s'arracher à lui pour me remettre mon cadeau.

J'ouvris la boîte et aperçus une enfilade de boules marron qui dégageaient une vague odeur de rose.

— Qu'est-ce que… ?

Je soulevai les boules et découvris qu'une lourde croix en or pendait au bout de l'objet. Elle m'avait offert un *chotki*. C'était l'équivalent d'un rosaire, mais réduit à la taille d'un bracelet.

— Cherches-tu à me convertir ? ricanai-je.

Lissa n'avait rien d'une bigote, mais elle croyait en Dieu et assistait régulièrement à la messe. Comme la plupart des Moroï originaires de Russie ou d'Europe de l'Est, elle était de confession orthodoxe.

Quant à moi, j'étais pour ainsi dire une agnostique orthodoxe. Je pensais que Dieu existait sans doute, mais je n'avais ni le temps ni l'envie d'en découvrir plus. Le présent de Lissa était d'autant plus incongru qu'elle respectait cela et n'avait jamais essayé de m'imposer sa foi.

— Retourne-la, suggéra-t-elle en s'amusant beaucoup de ma stupeur.

Je m'exécutai. Au dos, un dragon couronné de fleurs était gravé dans l'or de la croix : le symbole des Dragomir. Je la regardai sans comprendre.

— C'est un héritage familial, expliqua-t-elle. Un ami de mon père avait gardé quelques-unes de ses affaires dans des cartons. Je l'ai trouvé parmi d'autres souvenirs. Il a appartenu au gardien de mon arrière-grand-mère.

— Liss…, balbutiai-je en comprenant la signification du cadeau, bien différente de celle que je lui avais d'abord donnée. Je ne peux pas… Tu ne peux pas me donner un tel objet…

— Je ne vais certainement pas le garder pour moi. Il est fait pour être porté par un gardien. Mon gardien.

J'enroulai le *chotki* autour de mon poignet et frissonnai au contact du métal froid de la croix.

— Tu sais qu'il y a de bonnes chances qu'on me renvoie de l'académie avant que je devienne ta gardienne, blaguai-je.

— Tu n'auras qu'à me le rendre à ce moment-là, répondit-elle en souriant.

Tout le monde éclata de rire. Tasha commença à dire quelque chose, puis s'arrêta net en regardant fixement la porte.

— Janine !

Ma mère se tenait dans l'embrasure, aussi droite et aussi impassible que d'ordinaire.

— Désolée pour mon retard, s'excusa-t-elle. J'avais du travail.

Du travail. Comme toujours. Même à Noël.

Je sentis mon estomac se retourner et le sang me monter aux joues à mesure que les détails de notre affrontement me revenaient en mémoire. Elle ne m'avait pas fait parvenir le moindre message depuis que cela s'était produit, deux jours plus tôt, pas même quand j'étais encore à l'infirmerie. Pas un mot d'excuses. Rien. Je grinçai des dents.

Elle s'installa parmi nous et se joignit rapidement à la conversation. Je savais déjà qu'elle n'était pas capable de parler d'autre chose que de son travail. Avait-elle un seul passe-temps ? L'attaque des Badica était encore présente à l'esprit de tout le monde. Elle ne tarda pas à raconter une agression similaire dans laquelle elle avait été impliquée. À ma grande consternation, Mason était pendu à ses lèvres.

— Il n'est pas aussi facile qu'on le croit de décapiter quelqu'un, déclara-t-elle avec sa froideur habituelle. (Pour ma part, je n'avais jamais pensé que cela pouvait être simple, mais son ton suggérait que tout le monde à part elle imaginait que c'était du gâteau.) Il faut sectionner les cordes vocales et les tendons.

Notre lien m'apprit que Lissa commençait à se sentir mal à l'aise. La pauvre n'était pas amatrice de sujets macabres.

— Quelle est la meilleure arme pour décapiter quelqu'un ? demanda Mason, les yeux brillants d'excitation.

Ma mère y réfléchit un instant.

— La hache. Elle permet de prendre plus d'élan, expliqua-t-elle en mimant le mouvement.

— Génial..., murmura-t-il. J'espère qu'on me laissera porter une hache.

Tous les inconvénients qu'il y avait à se promener avec une telle arme rendaient cette idée comique et ridicule. Pendant une seconde, l'image de Mason marchant dans la rue avec une hache sur l'épaule allégea mon humeur. Malheureusement, mon amusement se dissipa vite.

Je n'arrivais vraiment pas à croire que nous avions une conversation pareille le jour de Noël. L'arrivée de ma mère avait tout gâché. Par chance, la fête s'acheva rapidement. Christian et Lissa partirent de leur côté, et nous quittâmes Dimitri et Tasha qui semblaient avoir encore des choses à se raconter. Mason et moi étions sur le chemin de notre dortoir lorsque ma mère nous rejoignit.

Aucun de nous trois ne prononça un mot. Le ciel était parsemé d'étoiles dont l'éclat semblait répondre à celui de la neige et de la glace qui recouvraient le sol. Mon manteau blanc doublé de fausse fourrure me réchauffait efficacement mais ne pouvait pas grand-chose contre les rafales qui me fouettaient le visage. Pendant tout le trajet, j'attendis que ma mère se dirige vers les bâtiments destinés aux gardiens. En vain : elle entra dans le dortoir avec nous.

— J'aimerais te parler, annonça-t-elle finalement.

Je me mis aussitôt sur la défensive. Qu'est-ce que j'avais encore fait ?

Même si elle n'ajouta rien, Mason en tira immédiatement les conséquences qui s'imposaient. Il n'était ni stupide ni malpoli, ce que je regrettai amèrement à cet instant. Comme il était ironique qu'il veuille combattre tous les Strigoï du monde alors qu'il avait peur de ma mère…

Il me lança un regard désolé.

— Je dois aller... quelque part, s'excusa-t-il en haussant les épaules. À plus tard !

Je le regardai s'éloigner, chagrinée de ne pas pouvoir lui courir après. Ma mère allait probablement me plaquer au sol et m'infliger un second coquard si j'essayais de lui échapper. Mieux valait faire les choses à sa manière et en finir. Nerveuse, j'attendis qu'elle prenne la parole en m'agitant et en faisant tout pour éviter son regard. Je remarquai que quelques personnes nous observaient. Tout le monde savait déjà que c'était à elle que je devais mon œil au beurre noir... Je décidai subitement que personne ne serait témoin de la bonne leçon qu'elle s'apprêtait à me donner.

— Veux-tu... venir dans ma chambre ? lui proposai-je.

Elle parut surprise, presque intimidée.

— D'accord.

Je la conduisis à l'étage en tâchant de maintenir le plus de distance possible entre nous. La tension monta progressivement. Elle ne fit aucune remarque en arrivant dans la pièce, mais je vis qu'elle en examinait chaque détail comme si elle craignait qu'un Strigoï soit caché quelque part. Ne sachant trop quoi faire, je m'assis sur le lit et attendis la fin de son inspection. Elle fit courir ses doigts sur une pile de livres qui traitaient du comportement animal et de l'évolution.

— Est-ce que c'est pour un devoir ? me demanda-t-elle.

— Non. Ça m'intéresse, c'est tout.

Elle leva les sourcils. Elle l'ignorait. Mais comment aurait-elle pu le savoir ? Elle ne me connaissait absolument pas. Elle s'arrêtait devant des objets qui semblaient la surprendre : une photo de Lissa et moi déguisées en fées pour Halloween, un paquet de bonbons… C'était comme si ma mère me découvrait pour la première fois.

— Tiens ! dit-elle en se tournant brusquement, le bras tendu vers moi.

Abasourdie, je plaçai ma main sous la sienne et sentis quelque chose de petit et de froid y tomber. C'était un pendentif pas plus grand qu'une piécette, un cercle en argent qui enserrait un disque de verre coloré. Je passai mon pouce sur sa surface en fronçant les sourcils. Les anneaux emboîtés l'un dans l'autre le faisaient étrangement ressembler à un œil. Au centre, le petit disque qui rappelait une pupille était d'un bleu si foncé qu'il semblait presque noir. Il était entouré d'un cercle plus large d'un bleu pâle, lui-même ceint d'un second cercle blanc, puis d'une ligne très fine du même bleu foncé. Pourquoi donc m'offrait-elle un œil ?

— Merci, balbutiai-je. (Je m'attendais à ne rien recevoir de sa part. Même si son cadeau était bizarre, c'en était tout de même un.) Je ne t'ai rien acheté…

Elle acquiesça avec son impassibilité habituelle.

— Ne t'inquiète pas. Je n'ai besoin de rien.

Elle me tourna le dos pour recommencer à arpenter la chambre. Elle n'avait pas beaucoup de place pour le faire, mais sa petite taille lui permettait de petites foulées. Chaque fois qu'elle passait devant la fenêtre qui surplombait mon lit, ses cheveux roux s'embrasaient, frappés par la lumière extérieure. En l'observant avec curiosité, je me rendis compte qu'elle était aussi nerveuse que moi.

— Comment va ton œil ? me demanda-t-elle en s'arrêtant tout à coup pour se tourner vers moi.

— Mieux.

— Bien.

En la voyant ouvrir la bouche, j'eus l'impression qu'elle était sur le point de s'excuser. Sauf qu'elle n'en fit rien.

Lorsqu'elle recommença à faire les cent pas, je ne parvins plus à supporter ma propre inactivité et commençai à ranger mes cadeaux. J'en avais reçu un certain nombre ce matin-là, dont une robe en soie rouge à fleurs brodées que m'avait offerte Tasha. Ma mère me regarda la pendre dans ma petite armoire.

— C'est très gentil de la part de Tasha…

— C'est vrai, reconnus-je. Je ne m'attendais pas qu'elle m'offre quelque chose. Je la trouve très sympathique.

— Moi aussi.

Je me détournai de l'armoire pour dévisager ma mère, dont la stupeur valait la mienne. Si je n'avais pas su à qui j'avais affaire, j'aurais juré que nous venions de tomber d'accord sur quelque chose. Peut-être y avait-il vraiment des miracles à Noël, finalement…

— Le gardien Belikov et elle iront très bien ensemble.

— Quoi ? m'écriai-je, comprenant mal de quoi elle parlait. Dimitri ?

— Le gardien Belikov, me reprit-elle avec sévérité, n'appréciant visiblement pas ma familiarité à son égard.

— Comment ça, ensemble ? insistai-je.

Elle leva un sourcil.

— Tu n'étais pas au courant ? Comme elle n'a pas de gardien, elle lui a demandé d'entrer à son service.

J'eus l'impression qu'elle venait de me donner un nouveau coup.

— Mais il est en poste ici… et il est aussi le gardien de Lissa.

— Il y a toujours moyen de s'arranger. Quelle que soit la réputation des Ozéra, elle est de sang royal. Si elle insiste, elle obtiendra qu'il lui soit attribué.

— Je comprends, ils sont amis et tout ça, balbutiai-je, le regard dans le vide.

— Plus que ça. Du moins, ça pourrait changer…

Encore un coup.

— Quoi ?

— Disons qu'il l'intéresse… (D'après le ton qu'elle avait employé, il était évident que les affaires de cœur ne présentaient pas le moindre intérêt pour ma mère.) Elle voudrait avoir des enfants dhampirs. Il serait donc possible qu'ils passent un… arrangement s'il devenait son gardien.

Oh ! mon Dieu !

Le monde s'arrêta de tourner et mon cœur de battre.

Je pris subitement conscience que ma mère attendait une réponse. Elle m'observait, appuyée contre mon bureau. C'était peut-être une chasseuse de Strigoï exceptionnelle, mais les sentiments humains lui échappaient totalement.

— Est-ce qu'il va le faire ? demandai-je faiblement. Est-ce qu'il va devenir son gardien ?

Ma mère haussa les épaules.

— Je crois qu'il n'a pas encore donné sa réponse, mais il le fera certainement. C'est une grande chance pour un gardien.

— Bien sûr…

Pourquoi Dimitri refuserait-il cette incroyable occasion de devenir le gardien d'une amie et d'avoir un bébé ?

Il me sembla que ma mère ajoutait quelque chose que je n'entendis pas. J'étais devenue sourde tout d'un coup. Je ne cessais de penser à Dimitri qui allait quitter l'académie, et me quitter, moi. Je me rappelai comme Tasha et lui s'entendaient bien. Lorsque mon esprit eut fini de me repasser les moments où je les avais vus ensemble, il se mit à improviser de nouvelles scènes. Tasha et Dimitri en train de se toucher, de s'embrasser, nus l'un contre l'autre. Et d'autres choses encore…

Je fermai les yeux de toutes mes forces pendant une seconde, puis les rouvris.

— Je suis vraiment fatiguée.

J'avais interrompu ma mère au milieu d'une phrase sans avoir la moindre idée de ce qu'elle était en train de dire.

— Je suis vraiment fatiguée, répétai-je en découvrant ma propre voix atone, vide de toute émotion. Je te remercie pour l'œil… enfin, le cadeau. Si tu ne m'en veux pas…

Ma mère me dévisageait, complètement déroutée. Son armure de professionnalisme se remit en place en un claquement de doigts. Jusqu'à cet instant, je ne m'étais même pas rendu compte qu'elle l'avait abandonnée. Elle l'avait pourtant mise de côté. Pendant quelques minutes, elle s'était montrée vulnérable devant moi. C'était terminé.

— Bien sûr, répondit-elle avec raideur. Je ne voudrais pas t'ennuyer.

J'avais envie de lui dire qu'elle se trompait, que je ne la jetais pas dehors pour assouvir une vengeance personnelle, et même à quel point j'aurais aimé qu'elle soit une mère aimante, compréhensive, dont on a des nouvelles et à qui on peut se confier… J'aurais même voulu lui parler de mes problèmes amoureux.

À cet instant, j'avais un tel besoin de m'épancher auprès de quelqu'un, n'importe qui…

Mais je m'étais bien trop enfoncée dans mon drame personnel pour pouvoir dire un mot. J'avais l'impression qu'on m'avait arraché le cœur pour le jeter à l'autre bout de la pièce. Je ne savais pas comment apaiser la douleur atroce qui me déchirait la poitrine. C'était une chose d'accepter l'idée que Dimitri et moi ne pouvions pas être ensemble, c'en était une bien différente de prendre conscience qu'il pouvait avoir une relation avec une autre.

Ayant perdu l'usage du langage, je n'ajoutai rien. J'aperçus un éclat de colère dans les yeux de ma mère et vis ses lèvres recouvrer l'expression de déplaisir qu'elle arborait souvent. Sans rien dire non plus, elle sortit en claquant la porte. J'étais certaine que je l'aurais claquée aussi, à sa place. Nous devions bien partager quelques gènes, finalement.

Je l'oubliai presque immédiatement. Je restai assise sur mon lit, à réfléchir et à imaginer.

Je ne fis presque rien d'autre de la journée. Je sautai le dîner, versai quelques larmes, et consacrai l'essentiel de mon temps à réfléchir, en me sentant de plus en plus déprimée. Je découvris que la seule chose qui me faisait plus mal que d'imaginer Dimitri et Tasha ensemble était de me souvenir du jour où j'avais été avec lui. Il ne me toucherait ni ne m'embrasserait plus jamais de cette manière…

C'était le pire Noël de ma vie.

Chapitre 10

Le départ pour les sports d'hiver n'aurait pas pu mieux tomber. Je n'arrivais pas à chasser Dimitri et Tasha de mon esprit, mais la nécessité de préparer mon sac de voyage me permettait de n'y consacrer que quatre-vingt-quinze pour cent de mes capacités intellectuelles.

J'eus quelques autres distractions. Il arrivait que la légitime tendance surprotectrice de l'académie à notre égard ait des conséquences appréciables. Par exemple, l'établissement possédait quelques jets privés, ce qui évitait que des Strigoï puissent nous attaquer dans un aéroport, et nous permettait de voyager avec style. Ils étaient plus petits que les avions qui assuraient les vols réguliers, mais les sièges étaient confortables et on n'y manquait pas de place pour étendre ses jambes. Les dossiers s'inclinaient presque jusqu'à l'horizontale pour nous permettre de dormir. Lorsque le voyage était long, on nous fournissait de petits écrans sur lesquels on pouvait voir des films et on nous servait parfois des repas fantaisistes. J'étais cependant prête à parier que ce trajet allait être trop court pour un film ou un véritable repas.

Nous quittâmes l'académie assez tard le 26 décembre. En montant dans l'avion, je cherchai Lissa des yeux pour lui parler. Nous n'en avions pas vraiment eu l'occasion depuis le repas de Noël. Je ne fus pas surprise de la trouver assise à côté de Christian, ni d'avoir l'impression qu'ils ne voulaient pas être dérangés. Je n'entendais pas ce qu'ils se disaient, mais il avait passé son bras autour de ses épaules et arborait l'expression détendue qu'elle était la seule à pouvoir faire naître sur son visage. Je restais pleinement convaincue qu'il ne pouvait pas la protéger aussi bien que moi, mais je devais bien admettre qu'il la rendait heureuse. Je me forçai à sourire et leur adressai un signe de tête en remontant l'allée, avant de me diriger vers Mason qui me faisait de grands signes. Je dus aussi passer devant Tasha et Dimitri, assis côte à côte. Je fis comme s'ils n'existaient pas.

— Salut ! lançai-je à Mason en me glissant sur le siège voisin.

— Salut ! me répondit-il en souriant. Alors, prête à me défier sur les pistes ?

— Je ne pourrais pas l'être davantage !

— Ne t'en fais pas. Je vais y aller doucement.

J'appuyai la tête contre le dossier en pouffant.

— Tu délires !

— Les garçons sains d'esprit sont mortellement ennuyeux.

Il me surprit en posant sa main sur la mienne. La chaleur de sa peau me fit fourmiller les doigts. J'en fus stupéfaite, tant je m'étais convaincue que Dimitri était désormais le seul homme à pouvoir éveiller quelque chose en moi.

Il est temps de passer à autre chose, songeai-je. *C'est ce que Dimitri est en train de faire, et tu aurais dû le faire toi-même depuis longtemps.*

Je surpris Mason à mon tour en serrant ses doigts.

— Ça va être amusant, lui promis-je.

Cela l'était.

Je faisais de gros efforts pour me rappeler que nous étions là à cause d'une tragédie et que des Strigoï alliés à des humains pouvaient encore frapper à tout moment. Personne d'autre ne semblait s'en souvenir et il m'arrivait parfois de l'oublier.

La résidence était somptueuse. Sa structure était semblable à celle d'une cabane en rondins, mais aucun abri de pionnier n'aurait pu accueillir des centaines de personnes, ni disposer d'aménagements si luxueux. Les trois étages de la résidence, recouverts d'un bois doré, se dressaient au milieu de grands sapins. Les grandes fenêtres en ogive étaient teintées pour filtrer les rayons du soleil susceptibles de gêner les Moroï. Des lanternes en cristal, électriques mais faites pour ressembler à des torches, étaient suspendues au-dessus de toutes les entrées du bâtiment et lui donnaient un air de joyau scintillant.

Des montagnes, que je distinguais à peine dans la nuit malgré ma vue exceptionnelle, s'élevaient tout autour. Ce devait être un paysage à couper le souffle à la lumière du jour... D'un côté de la résidence, on accédait aux remonte-pentes qui menaient aux pistes et aux parcours de bosses. De l'autre côté se trouvait une patinoire dont je me délectai par avance tant j'avais été frustrée de ce plaisir le jour où nous avions rejoint Tasha près de la cabane. Des collines plus douces, réservées aux luges, s'élevaient juste derrière.

Et ce n'était encore que l'extérieur.

À l'intérieur, tout était fait pour répondre aux besoins des Moroï. Des sources étaient tenues à la disposition de la clientèle vingt-quatre heures sur vingt-quatre, les pistes étaient ouvertes la nuit et des gardiens surveillaient tout le périmètre. Tout ce qu'un vampire vivant pouvait désirer était fourni.

Le salon principal avait un plafond de cathédrale d'où pendait un énorme chandelier. Le sol était couvert de carreaux de marbre qui formaient des motifs complexes et il y avait toujours quelqu'un derrière le bureau d'accueil, prêt à satisfaire la moindre requête. Les couloirs et les autres salons de la résidence étaient élégamment tapissés de rouge, de noir et d'or. Je ne pus m'empêcher de me demander si la dominante rouge sombre, proche de la couleur du sang, était purement accidentelle. Les murs étaient ornés de tableaux et de miroirs, et de petites tables décoratives avaient été disposées çà et là. Elles supportaient des vases remplis d'orchidées vert pâle tacheté de violet, qui dégageaient un parfum épicé.

La chambre que je devais partager avec Lissa était plus grande que nos deux chambres de l'académie mises bout à bout, et tapissée des mêmes couleurs chaleureuses que le reste de la résidence. La moquette était si douce et si épaisse que je décidai de laisser mes chaussures à la porte pour avoir le plaisir de sentir mes pieds s'y enfoncer. Nos lits immenses avaient des duvets garnis de plumes et il s'y entassait tant d'oreillers et de coussins que j'étais certaine qu'un imprudent pouvait s'y perdre et disparaître pour toujours. Des portes-fenêtres ouvraient sur un balcon spacieux. Comme notre chambre était située au dernier étage, il aurait été fabuleux par des températures positives, mais je devinai que le Jacuzzi deux places que j'apercevais à son extrémité devait beaucoup aider à supporter le froid.

Le logement était si luxueux que je ne remarquai ses autres avantages que dans une sorte d'état d'ivresse : la baignoire en marbre, l'écran plasma, la boîte de chocolats et les diverses friandises. Lorsque nous nous décidâmes à aller skier, je dus m'arracher à la chambre. J'aurais pu y passer toutes les vacances en me sentant parfaitement heureuse.

Je me retrouvai donc dehors et commençai à m'amuser dès que j'eus réussi à chasser Dimitri et ma mère de mon esprit. Cela aidait beaucoup que la résidence soit si grande : j'avais assez peu de chances de les rencontrer par hasard.

Pour la première fois depuis des semaines, j'eus l'occasion de me concentrer sur Mason et d'apprécier son humour. Je voyais aussi davantage Lissa que tous ces derniers temps, ce qui améliorait encore mon humeur.

Lissa, Christian, Mason et moi ressemblions à deux couples d'amis. Nous passâmes presque toute la première journée à skier même si les deux Moroï eurent quelque peine à nous suivre. Vu les coups que nous encaissions pendant nos cours, ni Mason ni moi n'avions froid aux yeux, et notre nature compétitive nous incitait à nous lancer des défis pour nous mesurer l'un à l'autre.

— Vous êtes suicidaires ! finit par nous dire Christian.

Il faisait nuit, mais de grands réverbères nous permirent de profiter de son air hébété.

Lissa et lui nous avaient attendus au pied du parcours de bosses pour nous regarder. Nous l'avions descendu à une vitesse insensée. La part de moi qui s'efforçait d'apprendre la sagesse et la maîtrise de soi auprès de Dimitri savait que c'était dangereux, mais l'autre part de moi se délectait de l'imprudence même. L'instinct de révolte ne m'avait pas encore quittée.

Mason affichait un sourire radieux lorsque nous nous arrêtâmes devant eux en projetant une gerbe de neige.

— Allez, ce n'est qu'un échauffement ! Puisque Rose n'a eu aucun mal à me suivre, même un enfant aurait pu le faire !

Lissa secoua la tête.

— Est-ce que vous n'allez pas un peu trop loin ?

— Non ! répondîmes-nous à l'unisson après avoir échangé un regard.

Elle secoua encore la tête.

— Nous rentrons, annonça-t-elle. Essayez de ne pas vous tuer.

Christian et elle nous quittèrent en se tenant la main. Je les regardai s'éloigner, puis me tournai vers Mason.

— Je suis prête à remettre ça. Et toi ?

— Certainement !

Nous empruntâmes le remonte-pente qui nous déposa au sommet de la colline.

— Très bien. Qu'est-ce que tu penses de ça ? suggéra Mason en tendant le bras lorsque nous fûmes sur le point de refaire une descente. On prend d'abord ces bosses, on saute par-dessus cette crête, on fait un virage en épingle à cheveux, on évite ces arbres et on s'arrête là-bas.

Je suivis son doigt pour découvrir un parcours accidenté qui accompagnait plus ou moins la pente la plus raide, et fronçai les sourcils.

— C'est vraiment de la folie, Mase…

— Ah ! s'écria-t-il, triomphal. Elle craque enfin !

J'enrageai.

— Non, elle ne craque pas ! (J'observai encore son itinéraire insensé et finis par céder.) Très bien, allons-y.

— Toi d'abord, conclut-il en accompagnant son invitation d'un geste galant.

Je pris une profonde inspiration et m'élançai. Mes skis glissaient régulièrement sur la neige et un vent glacial me fouettait le visage. Je franchis la première bosse sans problème, mais me rendis compte en accélérant encore à quel point son idée était dangereuse. Je devais prendre une décision à la vitesse de l'éclair. Si j'abandonnais, je n'avais pas fini d'en entendre parler, et j'avais vraiment envie de rabattre son caquet à Mason. Si je sortais vivante de cette folie, ma légende était faite. Si j'échouais, en revanche… je risquais de me briser le cou.

Quelque part dans ma tête, une voix se mit à parler de choix raisonnables et de conscience des limites, m'inspirant de la méfiance tant elle ressemblait à celle de Dimitri.

Je décidai de passer outre et de tenter ma chance.

Le parcours fut aussi difficile que je l'avais craint, mais je m'en sortis parfaitement, en enchaînant des mouvements insensés. Je soulevai des gerbes de neige à chacun de mes périlleux virages. Lorsque j'atteignis saine et sauve la ligne d'arrivée, je vis Mason gesticuler en haut de la pente. Je ne pouvais pas distinguer son expression ni entendre ses cris, mais je devinais ses acclamations. J'agitai les bras pour lui répondre et attendis qu'il imite mon exploit.

Sauf qu'il n'y parvint pas. À peu près à la moitié du parcours, il manqua une bosse. Ses skis se croisèrent, ses jambes s'emmêlèrent et il bascula.

Je le retrouvai au même moment que des employés de la résidence. Au grand soulagement de tous, Mason ne s'était brisé ni le cou ni quoi que ce soit d'autre. Il s'était tout de même fait une vilaine entorse à la cheville, qui allait probablement limiter ses exploits pour le reste du séjour.

L'une des monitrices courut vers nous, rouge de fureur.

— Mais vous êtes fous ! s'écria-t-elle en s'adressant à moi. J'arrivais à peine à en croire mes yeux quand je vous ai vue faire ces stupides cascades ! (Son regard changea de cible et se posa sur Mason.) Et il a fallu que vous l'imitiez !

J'eus envie de me défendre en précisant que c'était son idée, mais il importait peu de déterminer à qui revenait la faute. J'étais surtout soulagée qu'il s'en soit bien sorti. Lorsque nous rentrâmes dans la résidence, le remords commença à me ronger. J'avais agi en irresponsable. Qu'aurais-je fait s'il s'était grièvement blessé ? Des images affreuses se mirent à hanter mon esprit : Mason avec une jambe cassée, la nuque brisée…

Qu'avais-je donc en tête ? Personne ne m'avait forcée à faire cette descente. Même si c'était Mason qui l'avait suggérée, je n'avais rien fait pour l'en dissuader. J'aurais probablement réussi à lui faire entendre raison. J'aurais dû supporter ses plaisanteries, bien sûr, mais Mason était fou de moi, et un peu de charme féminin aurait sans doute suffi à mettre un terme à cette folie. Comme lorsque j'avais embrassé Dimitri, je m'étais laissé gagner par l'excitation du moment et le plaisir du risque sans me soucier des conséquences. Dans un cas comme dans l'autre, j'avais obéi à l'impulsivité qui me gouvernait toujours secrètement. C'était cette même tendance qui m'attirait chez Mason.

Mon Dimitri mental me fit un nouveau sermon.

Lorsque Mason fut bien installé à l'intérieur avec de la glace sur la cheville, je ressortis pour rendre notre équipement. Puis, de retour dans la résidence, j'empruntai un chemin différent de celui de l'aller. La porte que je choisis donnait sur une vaste terrasse entourée d'une rambarde élégante. Celle-ci surplombait en partie le flanc de la montagne et offrait une vue à couper le souffle sur les cimes et les vallées environnantes à ceux qui avaient le courage de rester dans le froid pour l'admirer, ce qui n'était pas le cas de grand monde.

Je gravis les marches de la terrasse en y cognant mes bottes pour en chasser la neige. Un parfum à la fois doux et épicé flottait dans l'air. Il me semblait vaguement familier, mais une voix sortie de l'ombre interrompit mes réflexions avant que je sois parvenue à l'identifier.

— Bonjour, petite dhampir.

Je sursautai. Quelqu'un s'attardait bien sur cette terrasse, finalement. Un type – un Moroï – était adossé au mur non loin de la porte. Il approcha une cigarette de ses lèvres, prit une longue bouffée, jeta le mégot par terre et me décocha un sourire en l'écrasant. C'était cette odeur qui m'avait frappée : des cigarettes parfumées au clou de girofle.

Je m'arrêtai prudemment pour l'examiner, les bras croisés sur la poitrine. Il était un peu moins grand que Dimitri mais n'avait pas l'air dégingandé comme la plupart des Moroï. Son long manteau anthracite, qui semblait fait d'un cachemire extrêmement onéreux, lui allait à merveille et ses chaussures en cuir devaient coûter encore plus cher. Il avait des cheveux bruns savamment coiffés pour avoir l'air légèrement ébouriffés et ses yeux étaient bleus ou verts. La luminosité était insuffisante pour le déterminer précisément. Son visage pouvait passer pour agréable et je lui attribuai quelques années de plus qu'à moi. Il semblait sortir d'un dîner mondain.

— Oui ? répliquai-je.

Il me détailla. J'avais l'habitude d'attirer l'attention des Moroï, sauf que la plupart d'entre eux se forçaient à davantage de discrétion, que je portais généralement autre chose que des vêtements de ski et que je n'avais pas toujours un œil au beurre noir.

— Je voulais juste dire bonjour, se défendit-il en haussant les épaules.

J'attendis qu'il ajoute quelques mots, mais il se contenta de plonger les mains dans les poches de son manteau. Je haussai les épaules à mon tour et avançai de quelques pas.

— Tu sens bon, tu sais, dit-il tout à coup.

Je m'arrêtai encore et lui jetai un regard surpris qui élargit son sourire.

— Je… quoi ?

— Tu sens bon, répéta-t-il.

— Est-ce que tu te moques de moi ? J'ai transpiré toute la journée ! Je suis répugnante.

Je voulais m'éloigner, mais ce garçon avait quelque chose d'étrangement fascinant, comme si un sillon invisible m'entraînait vers lui. Sans le trouver attirant en lui-même, j'eus une envie soudaine de lui parler.

— La sueur n'a rien de répugnant, répliqua-t-il en appuyant la tête contre le mur, le regard songeur. Certaines des choses les plus agréables de l'existence se font en transpirant. Bien sûr, s'il y en a trop et qu'on la laisse aigrir, ça devient assez désagréable. Mais sur une belle femme ? C'est enivrant. Si tu pouvais sentir les choses avec l'acuité d'un vampire, tu comprendrais ce que je veux dire. La plupart des gens gâchent tout en s'inondant de parfum. Le parfum a des vertus... surtout si on trouve celui qui convient le mieux à notre odeur personnelle. Mais il ne faut en mettre qu'une goutte... Disons vingt pour cent de parfum mêlés à quatre-vingts pour cent de transpiration... (Il inclina la tête sur le côté pour me regarder.) Voilà le cocktail le plus sexy...

L'après-rasage de Dimitri me revint brusquement en mémoire. Voilà quel était le cocktail le plus sexy... Mais je n'allais certainement pas le dire à ce Moroï.

— Merci pour cette leçon d'hygiène, ironisai-je. Mais je ne possède pas de parfum et je vais prendre une douche de ce pas. Désolée...

Il tira un paquet de cigarettes de sa poche et m'en proposa une. Il ne fit qu'un pas vers moi, mais cela me suffit pour identifier une autre odeur : celle de l'alcool. Je secouai la tête pour refuser et le regardai en prendre une lui-même.

— C'est une mauvaise habitude, lui fis-je remarquer tandis qu'il l'allumait.

— J'en ai d'autres, répondit-il avant de prendre une longue bouffée. Tu viens de Saint-Vladimir ?

— C'est ça.

— Alors tu vas devenir gardienne quand tu seras grande…

— De toute évidence.

Je regardai le nuage de fumée qu'il venait d'exhaler se perdre dans la nuit. Il pouvait bien avoir les sens surdéveloppés des vampires, c'était un vrai miracle qu'il arrive à sentir quelque chose en baignant dans cette odeur de clou de girofle.

— Et dans combien de temps seras-tu grande ? Je pourrais avoir besoin d'un gardien.

— J'aurai mon diplôme au printemps prochain, mais je suis déjà pressentie ailleurs. Désolée…

— Vraiment ? demanda-t-il, visiblement surpris. Et qui est l'heureux gagnant ?

— Elle s'appelle Vasilisa Dragomir.

Un large sourire illumina son visage.

— Ah ! j'ai su que j'avais affaire à un gros morceau dès que je t'ai vue ! Tu es la fille de Janine Hathaway.

— Je suis Rose Hathaway, le repris-je, trouvant désagréable d'être définie par mon rapport à ma mère.

— Je suis ravi de faire ta connaissance, Rose Hathaway, déclara-t-il en me tendant une main gantée que je serrai avec réticence. Adrian Ivashkov.

— Et tu penses que je suis un gros morceau ? grommelai-je.

Les Ivashkov étaient l'une des plus riches et des plus puissantes familles royales. C'étaient le genre de Moroï qui pensaient pouvoir obtenir tout ce qu'ils voulaient et écartaient du revers de la main ceux qui se dressaient sur leur route. Son arrogance n'avait vraiment rien d'étonnant.

Il éclata de rire. Son rire était agréable, franc et presque mélodieux. Il me fit penser à du caramel fondant qui s'égoutterait d'une cuiller.

— Pratique, non ? Nos réputations nous précèdent l'un et l'autre.

Je secouai la tête.

— Tu ne sais rien sur moi et je ne connais que ta famille. Je ne sais rien sur toi non plus.

— Tu aimerais ? demanda-t-il sur un ton lourd de sous-entendus.

— Désolée. Je ne m'intéresse pas aux garçons plus vieux que moi.

— Je ne suis pas tellement plus vieux que toi : j'ai vingt et un ans.

— J'ai un petit ami.

Ce n'était pas un bien grand mensonge. Même si Mason n'était pas encore mon petit ami, j'espérais qu'Adrian me laisserait tranquille s'il me croyait déjà prise.

— C'est amusant que tu n'en aies pas parlé plus tôt… J'espère que ce n'est pas lui qui t'a fait ce coquard, au moins ?

Je me sentis rougir malgré le froid. J'avais stupidement espéré qu'il ne le remarquerait pas. Quelle idiote ! Avec sa vue de vampire, il l'avait sans doute remarqué dès que j'avais posé le pied sur la terrasse.

— Il serait mort si c'était le cas. Non, je l'ai reçu à l'entraînement. Je vais devenir une gardienne et nos cours sont souvent brutaux.

— Voilà qui est excitant, commenta-t-il en laissant tomber sa deuxième cigarette pour l'écraser.

— Que je reçoive un œil au beurre noir ?

— Bien sûr que non. L'idée d'avoir des contacts brutaux avec toi. Je suis adepte des combats au corps à corps, vois-tu…

— Je n'en doute pas, répondis-je froidement.

Il était arrogant et prétentieux, et pourtant je n'arrivais toujours pas à le quitter.

Un bruit de pas derrière moi me fit tourner la tête. Mia apparut au détour du chemin, monta sur la terrasse et s'arrêta net dès qu'elle nous vit.

— Salut Mia.

Elle nous observa tour à tour.

— Un autre garçon ?

D'après son ton, on aurait cru que j'entretenais tout un harem.

Adrian me jeta un regard interrogateur et amusé. Je décidai en grinçant des dents de ne pas lui faire l'honneur d'une réponse et optai pour la politesse, ce dont je n'avais guère l'habitude.

— Mia, je te présente Adrian Ivashkov.

Adrian lui serra la main en usant sur elle du même charme dont il s'était déjà servi avec moi.

— C'est toujours un plaisir de rencontrer une amie de Rose, surtout quand elle est jolie, la salua-t-il en se comportant comme si nous nous connaissions depuis l'enfance.

— Nous ne sommes pas amies, précisai-je.

Tant pis pour la politesse.

— Rose ne fréquente que des garçons et des psychopathes, ajouta Mia.

Elle parlait avec le ton méprisant qu'elle prenait toujours lorsqu'il s'agissait de moi, mais quelque chose dans son regard m'apprit qu'Adrian avait éveillé son intérêt.

— Je comprends mieux pourquoi nous sommes de si bons amis, puisque je suis à la fois un garçon et un psychopathe ! s'écria-t-il joyeusement.

— Je ne suis pas non plus ton amie, intervins-je.

Il éclata de rire.

— Tu joues toujours les inaccessibles ?

— Elle n'a rien d'inaccessible, grommela Mia, visiblement contrariée qu'Adrian s'intéresse plus à moi qu'à elle. La moitié des garçons de l'académie pourront te le confirmer.

— Oui, ripostai-je. Et l'autre moitié pourra te parler de Mia. Si tu peux lui rendre un service, tu en seras généreusement récompensé.

Lorsqu'elle m'avait déclaré la guerre, Mia avait incité deux garçons à raconter à tout le monde que j'avais fait d'assez vilaines choses avec eux. L'ironie était qu'elle avait obtenu qu'ils mentent en couchant elle-même avec eux.

Je la sentis un peu embarrassée, mais elle parvint à garder bonne figure.

— Au moins je ne le fais pas gratuitement…

Adrian imita un miaulement.

— As-tu fini ? demandai-je à Mia. Il est temps que tu ailles te mettre au lit et les adultes aimeraient avoir une discussion sérieuse, maintenant.

Son visage juvénile était l'un de ses points faibles que j'exploitais le plus souvent.

— Oui, répondit-elle sèchement en rougissant, ce qui accrut sa ressemblance avec une poupée de porcelaine. J'ai mieux à faire, de toute manière. (Elle se dirigea vers la porte, y posa la main, puis interrompit son geste pour se tourner vers Adrian.) Ça t'intéressera peut-être de savoir que c'est sa mère qui lui a fait ce coquard.

Les deux battants décorés de vitraux de la porte se refermèrent sur elle.

Adrian et moi demeurâmes silencieux un moment. Finalement, il sortit son paquet pour allumer une autre cigarette.

— Ta mère ?

— La ferme.

— Tu es le genre de fille à n'avoir que des amis pour la vie ou des ennemis mortels, c'est ça ? Pas d'entre-deux… Je parie que Vasilisa et toi êtes comme deux sœurs…

— J'imagine.

— Comment va-t-elle ?

— Que veux-tu dire ?

Il haussa les épaules. S'il ne s'était pas agi de lui, j'aurais estimé qu'il se montrait trop désinvolte.

— Je ne sais pas. Je sais que vous vous êtes enfuies, toutes les deux, et j'ai entendu parler de cette histoire avec sa famille et Victor Dashkov…

Je me raidis en entendant ce nom.

— Et alors ?

— Je ne sais pas… J'ai imaginé que ç'avait pu être un peu dur pour elle de supporter tout ça.

Je l'observai attentivement en me demandant où il voulait en venir. Quelques personnes avaient découvert la fragilité mentale de Lissa, mais la fuite avait été maîtrisée. La plupart des gens l'avaient déjà oubliée ou la prenaient pour une calomnie.

— Il faut que j'y aille, conclus-je en optant provisoirement pour une stratégie d'évitement.

— Tu en es sûre ? me demanda-t-il sans paraître vraiment déçu.

En fait, il était toujours arrogant et amusé. Il y avait décidément quelque chose en lui qui m'intriguait, mais ma curiosité ne justifiait pas que j'abandonne tout bon sens ou que je coure le risque de parler de Lissa.

— Je croyais que les adultes devaient avoir une discussion sérieuse… Il y a des tas de sujets d'adultes dont j'aimerais parler avec toi.

— Il se fait tard, je suis fatiguée et tes cigarettes commencent à me donner la migraine, grommelai-je.

— C'est de bonne guerre, répliqua-t-il avant de tirer une bouffée. Certaines femmes trouvent ça sexy…

— Je pense que tu fumes pour te donner le temps de réfléchir à ta prochaine réplique.

Il s'étouffa avec sa fumée en éclatant de rire.

— Je suis impatient de te revoir, Rose Hathaway ! Si tu es si charmante quand tu es fatiguée et contrariée, et si sexy en vêtements de ski avec un coquard, tu dois être dévastatrice quand tu es en pleine forme.

— Si par « dévastatrice » tu entends que tu devrais avoir peur pour ta peau, alors oui, tu as raison, ripostai-je en ouvrant la porte. Bonne nuit, Adrian.

— À bientôt.

— Ça m'étonnerait. Je t'ai déjà dit que je ne m'intéressais pas aux garçons plus âgés.

J'entrai dans la résidence.

— C'est ça…, l'entendis-je ricaner avant que les portes se referment.

Chapitre 11

Le lendemain, Lissa était déjà partie à mon réveil. J'avais donc la salle de bains pour moi toute seule. J'adorais cette pièce. Elle était si grande que j'aurais pu facilement y installer le lit gigantesque dans lequel je dormais. Une douche brûlante qui combinait trois types de jets différents me réveilla et réchauffa mes muscles endoloris par mes prouesses de la veille. En me plaçant devant le miroir sur pied pour me coiffer, j'eus la déception de découvrir que mon coquard se voyait toujours. Il s'était nettement estompé, cependant, et commençait à virer au jaune, ce qui me permit de le masquer presque entièrement à l'aide de poudre et de fond de teint.

Je descendis en quête de nourriture. Le réfectoire venait de cesser de servir le petit déjeuner, mais l'une des serveuses m'offrit deux gâteaux à la pâte d'amande et à la pêche. Je m'attaquai au premier en marchant, concentrée sur mes sensations pour savoir où était Lissa. Après quelques instants, je la repérai de l'autre côté de la résidence, loin de l'endroit où étaient logés les élèves de l'académie. Je suivis sa piste jusqu'à une porte du troisième étage à laquelle je frappai.

Ce fut Christian qui l'ouvrit.

— Voici la Belle au bois dormant ! Sois la bienvenue.

Il m'attira à l'intérieur. Lissa, assise en tailleur sur le lit, m'offrit un grand sourire. Tous les meubles de cette chambre aussi spacieuse que la nôtre avaient été poussés contre les murs et Tasha occupait le centre de l'espace ainsi dégagé.

— Bonjour ! me lança-t-elle.

— Bonjour, répondis-je.

Moi qui voulais l'éviter, c'était raté.

— Il faut que tu voies ça, déclara Lissa en m'invitant à prendre place à côté d'elle.

— Qu'est-ce qui se passe ?

Je m'assis sur le lit en terminant le deuxième gâteau.

— De vilaines choses, répondit-elle avec un sourire espiègle. Ça va te plaire.

Christian alla se placer en face de Tasha au centre de la chambre. Ils se défiaient du regard sans plus s'occuper de nous. Je les avais visiblement interrompus.

— Pourquoi est-ce que je ne me contenterais pas du sort d'embrasement ? demanda Christian.

— Parce qu'il consomme beaucoup de pouvoir, répondit Tasha, qui trouvait le moyen d'être ridiculement belle même en jean, avec une queue-de-cheval et sa cicatrice. Et parce qu'il a toutes les chances de tuer ton adversaire.

Christian pouffa.

— Pourquoi ne voudrais-je pas tuer un Strigoï ?

— Tu n'affronteras peut-être pas que des Strigoï… Ou tu pourrais vouloir leur soutirer des informations. Peu importe. Tu dois être prêt à tout.

Je compris subitement qu'ils étaient en train de pratiquer la magie offensive. L'excitation et l'intérêt remplacèrent aussitôt le déplaisir que j'éprouvais désormais à la vue de Tasha. Lissa n'avait pas exagéré en disant qu'ils faisaient de « vilaines choses ». Je les avais toujours suspectés de s'y adonner, mais c'était bien différent de le voir de mes propres yeux. Il était formellement interdit de se servir de la magie comme d'une arme et les transgressions étaient punies en conséquence. Un élève qui s'y serait essayé en cachette aurait juste été sanctionné et pardonné, mais un adulte surpris en train de l'enseigner à un mineur… Tasha pouvait s'attirer beaucoup de problèmes. Je jouai un instant avec l'idée de la dénoncer et la rejetai aussitôt. Même si je la haïssais de vouloir me prendre Dimitri, une part de moi croyait que Christian et elle avaient raison. Et puis c'était cool…

— Un sort de distraction est presque aussi utile, poursuivit-elle.

Ses yeux bleus trahirent la concentration intense que l'usage de leurs pouvoirs exigeait des Moroï. Après qu'elle eut fait un mouvement sec du poignet, une langue de feu jaillit de ses doigts pour aller lécher le visage de Christian. Celle-ci ne le toucha pas, mais je devinai au sursaut de Christian qu'elle était passée assez près pour qu'il en sente la chaleur.

— Essaie ! lui dit-elle.

Après une brève hésitation, Christian imita son mouvement de poignet. Les flammes qui jaillirent de ses doigts étaient nettement moins bien maîtrisées que celles de Tasha et manquaient de précision. La gerbe se dirigea droit vers sa figure, pour l'éviter au dernier moment comme si elle avait heurté un bouclier invisible. Elle s'était servie de son propre pouvoir pour la détourner.

— Pas mal, sauf que tu m'aurais brûlé la tête.

Même moi, je ne la haïssais pas assez pour le lui souhaiter. Ses cheveux, en revanche... Oui, j'aurais bien aimé voir ce qu'il resterait de son pouvoir de séduction sans sa crinière noire.

Christian et elle continuèrent à s'entraîner encore un moment. Il progressa peu à peu, même s'il lui restait encore beaucoup à faire pour atteindre le niveau de Tasha. Mon intérêt pour leurs exercices alla en grandissant et je commençai à réfléchir aux perspectives nouvelles qu'ouvrait cet usage de la magie.

Le cours se termina lorsque Tasha annonça qu'elle devait partir. Christian soupira, visiblement déçu de ne pas avoir réussi à maîtriser ce sort en une heure. Son sens de la compétition était presque aussi développé que le mien.

— Je continue à penser que ce serait plus simple de les embraser du premier coup.

Tasha lui sourit en rajustant sa queue-de-cheval. Oui, j'aurais vraiment aimé la voir se débrouiller sans sa crinière... D'autant plus que je savais à quel point Dimitri était sensible aux cheveux longs.

— Ça te paraît plus simple parce que ça demande moins de concentration. C'est un choix paresseux. Tes pouvoirs seront plus grands à long terme si tu maîtrises ce sort et, je te le répète, il a son utilité.

Même si cela me contrariait d'être d'accord avec elle, je ne pus m'empêcher d'abonder dans son sens.

— Il pourrait t'être très utile si tu combattais aux côtés d'un gardien ! ajoutai-je avec excitation. Surtout si le fait d'embraser un Strigoï consomme beaucoup de pouvoir.

Ce sort te permet, en utilisant seulement un peu d'énergie, de distraire le Strigoï, et il ne peut pas rater, puisqu'ils détestent le feu… Grâce à toi, ton gardien aurait largement le temps de le frapper avec son pieu. Grâce à cette méthode, tu pourrais massacrer un régiment de Strigoï !

Tasha me décocha un sourire. Certains Moroï, comme Lissa et Adrian, souriaient sans montrer leurs dents. Tasha laissait toujours apparaître les siennes, y compris les canines.

— Exactement. Il faudra qu'on aille chasser le Strigoï ensemble, un de ces jours…

— Je ne crois pas, non, grommelai-je.

Ce n'était pas la pire des insultes que j'aie formulées, mais mon ton glacial ne laissa place à aucune ambiguïté. Tasha se remit vite de la surprise que lui causait mon changement d'attitude à son égard. Par l'intermédiaire de notre lien, je sentis Lissa scandalisée.

Tasha ne s'en soucia pas davantage. Elle bavarda encore quelques minutes avec nous et proposa à Christian de la retrouver pour le dîner. Tandis que nous descendions un luxueux escalier en colimaçon en direction du grand salon, Lissa me jeta un regard furieux.

— Qu'est-ce que ça veut dire ?

— Quoi donc ? demandai-je innocemment.

— Rose, insista-t-elle d'une voix lourde de sous-entendus. (Il était délicat de jouer les imbéciles lorsque votre meilleure amie était au courant que vous pouviez lire dans ses pensées. Bien sûr, je savais très bien de quoi elle parlait.) Tu t'es comportée comme une vraie salope avec Tasha.

— Pas tant que ça…

— Tu t'es montrée grossière ! s'exclama-t-elle en s'écartant pour laisser passer un groupe d'enfants moroï emmitouflés dans des parkas et suivis d'un instructeur exténué.

— Je suis de mauvaise humeur, d'accord ? ripostai-je en plantant mes poings sur mes hanches. Je n'ai pas assez dormi. Et puis je ne suis pas comme toi : je n'ai pas besoin d'être polie à longueur de temps.

Comme cela se produisait souvent depuis peu, j'avais du mal à croire que je venais de prononcer cette phrase. Lissa me dévisageait, plus stupéfaite que blessée. Christian bouillait de colère. Alors que je le croyais sur le point de me gifler, Mason s'approcha gentiment de nous. Il boitait assez légèrement pour n'avoir pas besoin de béquilles.

— Salut, Jambe-de-Bois ! l'accueillis-je en glissant ma main dans la sienne.

Christian ravala la colère que je lui inspirais et se tourna vers Mason.

— Alors, ta tendance suicidaire a fini par avoir raison de toi ?

Mais Mason ne me quittait pas des yeux.

— Est-ce que c'est vrai que tu fréquentes Adrian Ivashkov ?

— Quoi ?

— J'ai entendu dire que vous vous étiez saoulés ensemble hier soir.

— Vraiment ? s'écria Lissa, stupéfaite.

Je les dévisageai l'un après l'autre.

— Bien sûr que non ! Je le connais à peine.

— Mais tu le connais, insista Mason.

— À peine.

— Il a très mauvaise réputation, m'avertit Lissa.

— Oui, confirma Christian. Et il a séduit un tas de filles.

Je n'arrivais pas à y croire.

— Mais vous allez me lâcher ! Je ne lui ai parlé que cinq minutes, et seulement parce qu'il m'empêchait de passer. D'où est-ce que tu tiens ça ? demandai-je à Mason avant de trouver la réponse toute seule. Mia !

Mason acquiesça en ayant l'élégance de paraître mal à l'aise.

— Depuis quand discutes-tu avec elle ?

— Je suis seulement tombé sur elle, se défendit-il.

— Et tu l'as crue ? Tu sais pourtant qu'elle ment la moitié du temps !

— Oui, mais il y a souvent un peu de vérité dans ses mensonges. Tu as parlé à Adrian Ivashkov.

— Oui. Parlé. C'est tout.

Comme j'avais sérieusement envisagé de sortir avec Mason, j'étais assez contrariée qu'il refuse de me croire. C'était lui, d'ailleurs, qui m'avait aidée à dénoncer les mensonges de Mia quelques semaines plus tôt. Alors pourquoi était-il si paranoïaque, tout à coup ? S'il avait laissé ses sentiments pour moi se développer, peut-être était-il en train de devenir jaloux…

À ma grande surprise, Christian vint à mon secours en changeant de sujet.

— Je suppose qu'il n'est pas question d'aller skier aujourd'hui, taquina-t-il Mason en montrant sa cheville du doigt.

— Comment ça ? s'écria Mason, indigné. Vous croyez que ça va me ralentir ?

Sa colère laissa place à son besoin de prouver sa valeur, si semblable à celui que je ressentais moi-même. Lissa et Christian le regardaient comme s'il était devenu fou, mais je savais bien que nous ne pourrions rien dire pour l'arrêter.

— Vous voulez venir avec nous ? demandai-je aux deux Moroï.

Lissa secoua la tête.

— Impossible. Nous devons aller au buffet des Conta.

— C'est toi qui dois y aller ! grommela Christian.

— Toi aussi, riposta-t-elle en lui donnant un coup de coude. L'invitation précisait que je pouvais amener un invité. Et puis ça nous servira d'échauffement pour la grande représentation.

— De quoi s'agit-il ? demanda Mason.

— Du faramineux dîner de Priscilla Voda, expliqua Christian en soupirant. (Son accablement me fit sourire.) La meilleure amie de la reine. Les familles royales les plus snobs y seront réunies et je vais devoir porter un costume.

Mason me décocha un sourire. Sa mauvaise humeur avait disparu.

— J'ai de plus en plus envie d'aller skier, pas toi ? Le code vestimentaire est moins contraignant…

Après avoir abandonné les Moroï à leur sort, nous sortîmes de la résidence. Mason, dont les mouvements étaient lents et maladroits, ne pouvait pas me défier de la même manière que la veille. Cela dit, il s'en sortait plutôt bien, vu les circonstances. Sa blessure n'était pas aussi grave que nous l'avions craint, mais il eut la prudence de s'en tenir aux descentes les plus faciles.

Le cercle argenté de la pleine lune luisait dans la nuit. La lumière des réverbères absorbait l'essentiel de son rayonnement, mais elle parvenait çà et là à caresser les coins d'ombre de ses rayons. Malheureusement, elle n'éclairait pas assez pour dessiner le profil des pics avoisinants, toujours dissimulés dans les ténèbres. Je me pris à regretter de ne pas être sortie admirer le paysage lorsqu'il faisait encore jour, un peu plus tôt.

Les descentes étaient d'une facilité navrante, mais je me forçai à rester avec Mason et ne le taquinai que de temps à autre sur l'effet soporifique que sa promenade avait sur moi. Même si les descentes étaient à mourir d'ennui, j'étais ravie d'être au grand air avec un ami et notre activité physique suffisait à m'empêcher de trop souffrir du froid. La lumière des réverbères se reflétait sur la neige, transformant le paysage en une vaste mer blanche sur laquelle tombaient des flocons épars. Si je me détournais assez des sources de lumière, j'arrivais même à apercevoir les étoiles. Elles avaient un éclat cristallin dans cet air pur et froid. Nous passâmes l'essentiel de cette journée dehors, mais j'imposai que nous rentrions plus tôt que la veille en prétextant être fatiguée, pour que Mason puisse se reposer. Même s'il skiait encore avec beaucoup d'assurance, j'avais remarqué que sa cheville commençait à lui faire mal.

Nous étions en train de repartir vers la résidence en marchant très près l'un de l'autre et en riant d'une scène à laquelle nous avions assisté lorsque j'aperçus un éclair blanc du coin de l'œil. Mason reçut la boule de neige en pleine figure. Je me mis aussitôt sur la défensive et scrutai les environs. Des cris et des rires jaillirent d'une zone boisée où on avait bâti quelques cabanons qui servaient de réserves.

— Trop lent, Ashford ! cria quelqu'un. Ça ne paie pas d'être amoureux…

De nouveaux rires fusèrent. Eddie Castile, le meilleur ami de Mason, sortit avec quelques novices de l'académie de derrière un groupe d'arbres. J'entendis d'autres gens crier un peu plus loin.

— On veut bien de toi dans notre équipe quand même, va, ajouta Eddie. Même si tu évites les boules aussi mal qu'une fille.

— Équipe ? répétai-je en sentant l'excitation me gagner.

Les batailles de boules de neige étaient formellement interdites à l'académie. Les autorités scolaires étaient terrifiées à l'idée que nous pourrions glisser des échardes de verre ou des lames de rasoir dans les boules de neige, même si je voyais mal comment elles pouvaient imaginer que nous aurions pu nous procurer ce genre d'armes.

Une bataille de boules de neige n'était pas non plus le comble de la révolte, mais, après tout le stress que j'avais encaissé dernièrement, l'idée de jeter des objets à la tête d'autres gens m'enthousiasma subitement. La perspective d'un plaisir interdit rendit toute son énergie à Mason et lui fit oublier la douleur. Nous courûmes les rejoindre et nous lançâmes dans la mêlée avec un zèle meurtrier.

La bataille dégénéra vite. Il ne s'agit bientôt plus que d'atteindre le plus de gens possible en évitant les boules des autres. J'étais exceptionnellement douée pour les deux exercices et poussai l'immaturité jusqu'à insulter mes victimes.

Lorsque quelqu'un remarqua enfin ce que nous faisions, nous étions tous hilares et couverts de neige. Mason et moi repartîmes vers la résidence d'excellente humeur. Notre différend à propos d'Adrian était visiblement enterré.

Comme pour confirmer mon impression, Mason s'arrêta juste avant que nous franchissions la porte et me regarda dans les yeux.

— Excuse-moi de t'avoir agressée avec cette histoire, tout à l'heure.

— Ça va, lui assurai-je en serrant ses doigts. Je sais que les mensonges de Mia peuvent être convaincants.

— Peut-être. Mais même si tu étais effectivement avec lui, je n'avais pas le droit…

Je le dévisageai, surprise de voir la timidité remplacer sa forfanterie habituelle.

— Tu en es sûr ? demandai-je.

Un sourire illumina son visage.

— Est-ce que j'en ai l'air ?

Je lui rendis son sourire et approchai pour l'embrasser. Ses lèvres étaient étonnamment chaudes malgré l'air glacial. On était loin du baiser à couper le souffle que j'avais volé à Dimitri avant le voyage, mais c'était agréable et doux, un baiser encore presque amical qui pouvait tendre vers davantage. Du moins, ce fut ainsi que je le perçus. À en juger par son expression, Mason venait de sentir la terre trembler.

— Eh bien ! s'écria-t-il.

La lumière de la lune donnait un éclat argenté à ses yeux bleus écarquillés.

— Tu vois ? Tu n'as pas de raison de t'inquiéter, ni à cause d'Adrian, ni à cause de personne.

Nous nous embrassâmes encore, un peu plus longtemps, avant de nous séparer. Mason était de bien meilleure humeur, assez logiquement, et je me couchai avec le sourire. Je n'étais pas encore tout à fait certaine que nous formions un couple, mais ça commençait à y ressembler.

Pourtant, ce fut Adrian Ivashkov que je retrouvai dans mes rêves.

Nous étions sur la même terrasse, sauf que c'était l'été. L'air était doux et chaud, et le soleil, qui brillait haut dans le ciel, baignait le paysage d'une lumière dorée. Je ne m'étais plus exposée à ses rayons de cette manière depuis l'époque où Lissa et moi vivions parmi les humains. Partout autour de nous, les montagnes et les vallées, vertes et pleines de vie, résonnaient des chants des oiseaux.

Adrian, appuyé contre la balustrade de la terrasse, se tourna vers moi et écarquilla les yeux en me reconnaissant.

— Je ne m'attendais pas à te retrouver là, reconnut-il en souriant. J'avais raison… Tu es dévastatrice, dans tes meilleurs jours.

Je levai la main vers mon coquard par réflexe.

— Il a disparu, m'annonça-t-il.

Il m'était impossible de le vérifier, mais je sentais qu'il ne me mentait pas.

— Tu ne fumes pas, lui fis-je remarquer.

— C'est une mauvaise habitude, répondit-il avant de pointer son menton vers moi. Tu as peur de quelque chose ? Tu portes beaucoup de protections…

Je fronçai les sourcils et baissai les yeux vers mon accoutrement auquel je n'avais pas prêté la moindre attention jusque-là. Je portais un jean brodé que j'avais repéré dans une vitrine sans pouvoir me l'offrir. Mon tee-shirt était noué pour dégager mon ventre et révéler le piercing que j'avais au nombril. J'avais toujours voulu avoir un piercing au nombril, mais je n'avais jamais eu les moyens de me l'offrir. Je portais aussi le pendentif bizarre en forme d'œil que ma mère m'avait donné. Le *chotki* de Lissa était enroulé autour de mon poignet.

Je relevai les yeux vers Adrian et contemplai la manière dont ses cheveux châtains reflétaient les rayons du soleil. La lumière du jour me permettait de découvrir la couleur précise de ses yeux : le vert profond de l'émeraude, plus foncé que celui des iris de Lissa, de la couleur du jade. Quelque chose d'évident me frappa tout à coup.

— Comment se fait-il que toute cette lumière ne te dérange pas ?

— Nous sommes dans mon rêve, expliqua-t-il en haussant mollement les épaules.

— Non. C'est mon rêve.

— En es-tu certaine ? me demanda-t-il en souriant encore.

Sa question me troubla.

— Non… Je ne sais pas.

Il éclata de rire mais se calma vite. Pour la première fois depuis que je l'avais rencontré, il parut même sérieux.

— Pourquoi es-tu environnée de tant de ténèbres ?

Je fronçai les sourcils.

— Quoi ?

— Il y a des ténèbres tout autour de toi, répéta-t-il en m'observant attentivement d'une manière qui n'avait rien de pervers. Je n'ai jamais rencontré quelqu'un comme toi. Il y a de l'ombre partout... Je n'aurais jamais deviné ! Elle s'étend encore pendant que nous parlons.

Je baissai les yeux vers mes mains sans rien voir d'inhabituel.

— J'ai reçu le baiser de l'ombre, murmurai-je.

— Qu'est-ce que ça veut dire ?

— Que je suis déjà morte. (Je n'en avais jamais parlé à personne d'autre qu'à Lissa et Victor Dashkov, mais ce n'était qu'un rêve... Cela ne pouvait pas avoir la moindre importance.) Puis je suis revenue à la vie...

Son visage s'illumina.

— Voilà qui est intéressant...

Je me réveillai.

Quelqu'un était en train de me secouer. Lissa. Ses émotions étaient si violentes qu'elles m'attirèrent brièvement dans sa tête, si bien que je me retrouvai à me regarder moi-même. Le terme « bizarre » serait beaucoup trop faible pour décrire l'impression que cela me fit. Je regagnai ma propre tête en tâchant de neutraliser la panique et la terreur qu'elle m'insufflait.

— Qu'est-ce qui se passe ?

— Les Strigoï viennent de frapper une deuxième fois.

Chapitre 12

Je me levai à la vitesse de l'éclair. Toute la résidence était secouée par la nouvelle. Les gens s'attroupaient dans les couloirs ou cherchaient des parents à eux dans la cohue. Certains n'échangeaient que des murmures terrifiés, d'autres parlaient si fort que tout le monde pouvait les entendre. J'arrêtai quelques personnes au hasard en essayant d'obtenir un récit à peu près cohérent de l'histoire. C'était peine perdue : chacun avait une version différente et certains ne voulaient même pas s'arrêter pour me parler. Ils se pressaient pour retrouver des êtres chers ou se préparer à quitter la résidence, persuadés qu'ils seraient plus en sécurité ailleurs.

Frustrée par ces bribes d'informations contradictoires, je me décidai enfin, à contrecœur, à rechercher l'une de mes deux sources fiables : ma mère ou Dimitri. J'aurais pu tirer à pile ou face, puisque je n'avais envie de les voir ni l'un ni l'autre. J'hésitai un moment, puis optai pour ma mère, qui avait beaucoup moins de chances de comprendre le problème que me posait Tasha Ozéra.

La porte de sa chambre était entrouverte. Lissa et moi nous glissâmes à l'intérieur pour découvrir que l'endroit avait été transformé en quartier général improvisé. Des gardiens s'y agitaient, y entraient ou en repartaient.

On discutait stratégie. Quelques-uns nous regardèrent bizarrement mais personne ne nous posa de questions ni n'essaya de nous arrêter. Nous nous installâmes sur un petit canapé pour écouter ce que disait ma mère.

Elle parlait à un groupe de gardiens parmi lesquels se trouvait Dimitri. Moi qui croyais au moins lui échapper… Ses yeux marron se tournèrent brièvement dans ma direction et je pris bien soin de les éviter. Il n'était pas question que je me soucie de ma sensibilité torturée pour le moment.

Nous découvrîmes rapidement les détails de l'affaire. Huit Moroï et leurs cinq gardiens avaient été tués. Trois autres Moroï étaient portés disparus, et on les présumait morts ou déjà transformés en Strigoï. L'attaque n'avait pas eu lieu dans la région, mais quelque part en Californie du Nord. Néanmoins, une telle tragédie ne pouvait pas manquer d'ébranler toute la société moroï et certains trouvaient qu'une attaque qui s'était déroulée à deux États de distance s'était produite beaucoup trop près. Les gens étaient terrifiés et je compris vite ce qui rendait cet incident notable.

— Ils devaient être plus nombreux que la dernière fois, déclara ma mère.

— Plus nombreux ? s'écria un gardien. Le dernier groupe était déjà inhabituel. Je n'arrive toujours pas à croire que sept Strigoï aient pu agir ensemble ! Et tu voudrais me faire croire qu'ils se sont encore mieux organisés depuis ?

— Oui.

— Savons-nous s'il y avait des humains ? demanda quelqu'un d'autre.

Ma mère hésita avant de répondre.

— Oui. Les protections ont encore été neutralisées. Et la tactique est… identique à celle qui a été employée dans l'attaque de la maison des Badica.

Malgré sa dureté habituelle, sa voix trahissait une certaine usure en laquelle je reconnus subitement une fatigue morale et non physique. Ce dont ils parlaient l'ébranlait. Moi qui avais toujours pris ma mère pour une machine à tuer insensible, j'étais surprise de découvrir qu'elle avait du mal à encaisser la nouvelle. Malgré cela, elle affrontait les problèmes et répondait aux questions sans hésiter. C'était son devoir.

Je déglutis péniblement. Des humains. Une attaque identique à celle des Badica. Depuis lors, nous avions longuement commenté ce que le fait d'agir à plusieurs et de recruter des humains avait de contre nature pour les Strigoï. Nous ne parlions de cette éventualité qu'en termes vagues : « Si cela se reproduisait un jour… » Mais personne n'avait sérieusement envisagé la possibilité que ce groupe précis frappe une deuxième fois. Une agression isolée nous semblait le fruit du hasard. Des Strigoï avaient pu se rencontrer et décider sur un coup de tête de combattre ensemble. Cette idée était horrible, mais nous parvenions à l'envisager.

Nous devions désormais nous rendre à l'évidence : ce groupe de Strigoï ne s'était pas formé de façon fortuite. Il avait un but, il utilisait des humains à des fins stratégiques et il venait de se manifester pour la seconde fois. Nous devinions à présent quelle était la méthode de ses membres : rechercher des groupes de Moroï isolés des autres pour les massacrer d'un seul coup. De l'extermination massive. De plus, nous ne pouvions plus nous fier ni aux protections magiques, ni à la sécurité que fournissait la lumière du soleil, puisque les humains pouvaient aussi bien partir en reconnaissance et accomplir leur œuvre de sabotage en plein jour. Nous n'étions plus en sécurité à aucun moment ni nulle part.

Ce que j'avais dit à Dimitri dans la maison des Badica me revint en mémoire : « Ça change tout, n'est-ce pas ? »

Ma mère consulta quelques papiers.

— Nous ne disposons pas encore du rapport médico-légal, mais il est impensable que le même nombre de Strigoï ait pu perpétrer cette attaque. Personne n'en a réchappé, ni parmi les Drozdov, ni parmi leurs employés. Avec cinq gardiens sur les lieux, sept Strigoï auraient été occupés assez longtemps pour qu'il y ait des survivants. Nous devons estimer qu'ils sont au moins neuf, peut-être dix.

— Janine a raison, l'appuya Dimitri. Et regardez le plan… La propriété est trop grande pour que sept Strigoï aient pu quadriller les lieux.

La famille Drozdov était l'un des douze clans royaux. Contrairement à celui de Lissa, presque éteint, leur lignée était prospère et ses membres étaient nombreux. Il en restait encore plusieurs branches de par le monde, mais cela ne retirait rien à l'horreur de ce massacre. Je sentais aussi que quelque chose me trottait dans la tête à leur sujet. Il y avait quelque chose dont j'aurais dû me souvenir à propos des Drozdov…

Tandis que mon esprit s'efforçait de percer ce mystère, j'observai ma mère avec fascination. Je l'avais entendue raconter des événements auxquels elle avait pris part, je l'avais regardée et sentie se battre, mais je ne l'avais jamais vue en action dans la vie réelle. Elle était aussi dure et aussi insensible qu'envers moi, sauf que je comprenais à quel point c'était nécessaire dans ces circonstances. Une situation comme celle-là générait la panique. Certains gardiens étaient si tendus qu'ils n'auraient pas hésité à prendre des mesures drastiques. Ma mère était la voix de la raison, qui leur rappelait qu'ils devaient rester calmes et bien évaluer les tenants et les aboutissants. Sa maîtrise d'elle-même apaisait tout le monde et sa force donnait du courage à ceux qui en manquaient. Je compris tout à coup que c'était ainsi que devait se comporter un véritable chef.

Dimitri n'était pas moins maître de lui-même, mais il s'en remettait à elle pour diriger les opérations. Il m'arrivait parfois d'oublier qu'il était jeune pour un gardien. Ils continuèrent à discuter de l'attaque, qui s'était produite alors que les Drozdov donnaient un banquet pour Noël dans une salle de réception qu'ils avaient louée.

— D'abord les Badica et maintenant les Drozdov, marmonna un gardien. Ils s'en prennent aux familles royales.

— Ils s'en prennent aux Moroï, répliqua froidement Dimitri. Qu'ils soient de sang royal ou non importe peu.

Qu'ils soient de sang royal ou non... Je me rappelai subitement ce que les Drozdov avaient de particulier. Mon impulsivité m'ordonna de bondir sur mes pieds pour poser la question qui me brûlait les lèvres, mais je parvins à la dompter. Nous étions face à une véritable crise. Le moment était mal choisi pour me comporter de manière irrationnelle. Comme je voulais me montrer aussi forte que ma mère et Dimitri, j'attendis patiemment que la discussion s'achève.

Lorsque leur groupe se dispersa, je quittai le canapé et me frayai un chemin jusqu'à ma mère.

— Rose ! s'écria-t-elle, surprise. (Apparemment, elle n'avait pas davantage remarqué ma présence que dans le cours de Stan.) Qu'est-ce que tu fais là ?

Sa question était si stupide que je ne pris pas la peine d'y répondre. Pourquoi croyait-elle donc que j'étais venue ? Cette attaque était le plus grand événement qui se soit produit dans l'histoire récente des Moroï.

— Qui d'autre a été tué ? lui demandai-je en montrant ses papiers du doigt.

Agacée, elle fronça les sourcils.

— Les Drozdov.

— Mais qui d'autre ?

— Rose, nous n'avons pas le temps…

— Ils avaient des employés, non ? Dimitri a dit que toutes les victimes n'étaient pas de sang royal. Qui sont les autres ?

Sa fatigue réapparut. Elle avait vraiment du mal à encaisser ce massacre…

— Je ne connais pas tous les noms par cœur, répondit-elle en fouillant dans ses papiers. Tiens !

Je parcourus rapidement la liste et sentis mon cœur se serrer.

— Très bien, murmurai-je. Je te remercie.

Lissa et moi les laissâmes se remettre au travail. J'aurais aimé pouvoir leur être utile, mais les gardiens s'en sortaient très bien et n'auraient sans doute pas été plus efficaces avec des novices dans les pattes.

— Qu'est-ce que tu voulais vérifier ? me demanda Lissa tandis que nous redescendions vers le grand salon.

— La liste des employés des Drozdov, lui expliquai-je. La mère de Mia travaillait pour eux.

Lissa sursauta.

— Et ?

— Et son nom était sur la liste, répondis-je en soupirant.

Lissa s'arrêta net.

— Oh ! mon Dieu ! s'écria-t-elle, le regard fixe, en retenant ses larmes. Oh ! mon Dieu !

La voyant trembler, je me plaçai en face d'elle et posai mes mains sur ses épaules.

— Ça va aller. (Sa peur, qui m'atteignait par vagues, était comme assourdie. Elle était en état de choc.) Tout va s'arranger.

— Mais tu les as entendus ! gémit-elle. Des Strigoï ont formé une bande pour nous attaquer. Combien sont-ils ? Vont-ils venir ici ?

— Non. Nous sommes en sécurité, ici, répondis-je fermement sans que rien me permette de l'affirmer.

— Pauvre Mia…

Je ne pouvais rien répondre à cela. Mia était une vraie teigne mais je ne pouvais souhaiter ce drame à personne, pas même à ma pire ennemie, ce qu'elle était censée être. Je me corrigeai immédiatement : Mia n'était pas ma pire ennemie.

Je fus incapable de m'éloigner de Lissa pendant les heures qui suivirent. Je savais bien qu'il n'y avait pas de

Strigoï dans la résidence, mais mon instinct protecteur était beaucoup trop puissant pour que je lui désobéisse. Les gardiens avaient le devoir de protéger leur Moroï. Comme d'habitude, je m'inquiétai de ses états d'âme presque autant que de l'ennemi et fis de mon mieux pour qu'elle reste d'humeur légère.

Les autres gardiens veillaient aussi sur les Moroï. S'ils ne restèrent pas tout près de leurs protégés, ils renforcèrent les mesures de sécurité de la résidence et restèrent en communication permanente avec leurs collègues qui se trouvaient sur le lieu de l'attaque. Des détails macabres nous parvinrent jusqu'au soir, mêlés à des spéculations sur l'endroit où les Strigoï pouvaient s'être réfugiés. Bien sûr, seule une petite partie des informations atteignit les oreilles des novices.

Pendant que les gardiens faisaient ce qu'ils savaient faire de mieux, les Moroï en firent malheureusement autant : ils parlèrent.

Il y avait bien assez de Moroï de sang royal dans la résidence pour qu'une réunion soit organisée le soir même. On devait y discuter de ce qui venait de se passer et des mesures qu'il convenait de prendre. Aucune décision officielle n'allait être prise. Les Moroï disposaient d'une reine et d'un conseil pour ce genre de choses. Chacun savait néanmoins que les opinions qui allaient être exprimées là finiraient par remonter le long de la chaîne de commandement. Autrement dit, notre sécurité pouvait dépendre de ce qui allait se dire.

La réunion eut lieu dans une immense salle de banquet de la résidence, qui disposait d'une estrade et de centaines de chaises. Malgré l'atmosphère sérieuse qui y régnait, il était tout de suite évident que cette pièce n'avait pas été conçue pour qu'on y parle de massacres et de stratégie. La moquette gris et noir à motif floral était douce comme du velours. Les chaises en bois noir avaient de hauts dossiers et devaient surtout servir aux convives des plus élégants dîners. Des portraits de Moroï de sang royal disparus depuis longtemps ornaient les murs. Je m'arrêtai un instant devant celui d'une reine dont j'ignorais le nom, qui portait une robe ancienne beaucoup trop chargée pour mon goût et avait des cheveux aussi clairs que ceux de Lissa.

Un homme que je ne connaissais pas, que l'on avait chargé du rôle de modérateur, monta sur l'estrade. La plupart des nobles présents se pressèrent dans les premiers rangs. Tous les autres, y compris les élèves de l'académie, s'installèrent où ils purent. Christian et Mason venaient de nous retrouver et nous nous apprêtions à nous placer au fond lorsque Lissa secoua la tête.

— Je vais m'asseoir devant, déclara-t-elle.

Nous la regardâmes tous trois avec des yeux écarquillés et je fus même trop stupéfaite pour penser à sonder son esprit.

— Regardez, nous dit-elle. Les nobles se sont installés par familles.

C'était vrai. Les membres de chaque clan s'étaient regroupés, de telle sorte qu'on les distinguait facilement les uns des autres : les Badica, les Ivashkov, les Zeklos… Tasha s'y trouvait aussi, sauf qu'elle était seule. Christian était l'unique autre Ozéra présent dans la salle.

— Il faut que j'y sois, affirma Lissa.

— Personne n'attend ça de toi, lui opposai-je.

— Je dois représenter les Dragomir.

— Ce n'est qu'une bande de nobles vaniteux ! pesta Christian.

Le visage de Lissa se figea en un masque de pure détermination.

— Je dois aller prendre place parmi eux.

Je m'ouvris à ses sentiments et fus rassurée par ce que j'y découvris. Elle était restée calme et effrayée pendant toute la journée, c'est-à-dire à peu près dans l'état où l'avait plongée le fait d'apprendre la mort de la mère de Mia. Sa peur n'avait pas disparu, mais sa confiance en elle et sa détermination la tenaient en bride. Elle avait parfaitement conscience de représenter l'une des familles royales et voulait jouer son rôle dans les événements qui allaient suivre, même si l'idée qu'une bande de Strigoï les avait prises pour cible la terrorisait.

— Alors fais-le, murmurai-je en songeant qu'il ne me déplaisait pas non plus de la voir défier Christian.

Nos regards se croisèrent et Lissa m'offrit un sourire en sachant parfaitement que je m'étais plongée en elle, puis elle se tourna vers Christian.

— Quant à toi, tu devrais aller rejoindre ta tante.

Celui-ci ouvrit la bouche pour protester. Si la situation n'avait pas été si grave, j'aurais trouvé très drôle de voir Lissa lui donner des ordres. Christian était le garçon le plus têtu et le plus difficile à vivre que je connaisse. Personne ne pouvait le forcer à faire quelque chose qu'il n'avait pas décidé. Tandis que je l'observais, son visage trahit la même prise de conscience que je venais d'avoir à propos de Lissa. Il aimait la sentir forte… Il pinça les lèvres.

— Très bien, conclut-il en lui prenant la main.

Tous deux se frayèrent un chemin jusqu'aux premiers rangs.

Je m'installai au fond avec Mason. Juste avant le début de la réunion, Dimitri vint s'asseoir sur la chaise restée libre à côté de moi. Comme d'habitude, ses cheveux étaient retenus par une queue-de-cheval et il portait son long manteau de cuir qui drapa les pieds du siège. Je lui jetai un regard surpris mais ne fis aucune remarque. Il y avait assez peu de gardiens à cette réunion. La plupart étaient trop occupés ailleurs. Et voilà que je me retrouvais coincée entre mes deux hommes…

La réunion commença presque aussitôt. Tout le monde était impatient de s'exprimer sur la meilleure manière de sauver les Moroï, mais deux théories concurrentes ne tardèrent pas à se dégager.

— La réponse est autour de nous ! déclara un noble à qui on venait de donner la parole. (Il s'était levé et tournait lentement sur lui-même.) Ici. Dans des structures comme cette résidence ou l'académie de Saint-Vladimir. Nous envoyons nos enfants dans des endroits où il est plus facile de les protéger et où leur nombre même assure leur sécurité. Et voyez comme nous sommes venus nombreux, enfants comme adultes, dans cet établissement, cette année… Pourquoi ne pas vivre tout le temps de cette manière ?

— Beaucoup d'entre nous le font déjà ! cria quelqu'un.

L'homme rejeta l'argument d'un geste agacé.

— Quelques familles, ici et là… Ou alors une ville avec une importante communauté moroï… Mais nous sommes toujours dispersés. Beaucoup d'entre nous refusent encore de mettre leurs ressources en commun : leurs gardiens, leur magie… Si nous prenions modèle sur cette résidence, conclut-il en écartant les bras, nous n'aurions plus jamais à nous soucier des Strigoï.

— Et les Moroï cesseraient d'interagir avec le reste du monde, grommelai-je. En tout cas jusqu'à ce que les humains découvrent des villes peuplées de vampires au milieu de nulle part. Alors nous aurions beaucoup d'interactions, tout à coup…

L'autre théorie, sur la manière dont nous devions protéger les Moroï, posait moins de problèmes logistiques mais avait davantage de conséquences individuelles, notamment pour moi.

— Le vrai problème est que nous n'avons pas assez de gardiens, déclara son avocate, du clan des Szelsky. La solution est donc simple : il nous en faut plus. Les Drozdov disposaient de cinq gardiens et cela n'a pas suffi. Il faut dire qu'ils devaient veiller sur plus d'une dizaine de Moroï ! Cette situation est inacceptable. Nous ne devrions pas être étonnés que ce genre de chose se produise.

— Et où suggérez-vous que nous trouvions de nouveaux gardiens ? l'interpella l'homme qui était en faveur des communautés. Il se trouve que nos ressources sont limitées…

— Nous les avons déjà ! annonça-t-elle en pointant son doigt vers le fond de la salle, où j'avais pris place avec d'autres novices. Je les ai vus s'entraîner. Ils sont redoutables ! Pourquoi attendre qu'ils aient dix-huit ans ? Si nous accélérions leur formation en l'orientant davantage vers les techniques de combat que vers l'apprentissage scolaire, nous pourrions en faire de nouveaux gardiens dès l'âge de seize ans…

Dimitri poussa un grognement de contrariété, posa les coudes sur ses genoux, son menton dans ses mains et plissa les yeux.

— Et il y a d'autres gardiens potentiels dont nous nous privons. Où sont donc les femmes dhampirs ? Nos deux races sont liées l'une à l'autre et les Moroï font tout ce qu'ils peuvent pour aider les dhampirs à survivre. Pourquoi ces femmes ne font-elles pas la même chose ? Pourquoi ne sont-elles pas ici ?

Un grand éclat de rire lui répondit. Tous les regards se tournèrent aussitôt vers Tasha Ozéra. Contrairement à la plupart des nobles, qui s'étaient habillés pour l'occasion, elle avait une mise décontractée et confortable. Elle portait son jean habituel, un haut blanc qui découvrait un peu son ventre et une veste en laine bleue ajourée qui lui arrivait au genou.

— Puis-je ? demanda-t-elle au modérateur.

Il acquiesça. La femme de la famille Szelsky se rassit et Tasha se leva. Contrairement aux autres intervenants, elle monta sur l'estrade pour que tout le monde puisse la voir. Ses magnifiques cheveux noirs, attachés en queue-de-cheval, laissaient sa figure et ses cicatrices entièrement à découvert. Je ne pus m'empêcher de la soupçonner de l'avoir fait exprès. Son visage était fier et provocant. Magnifique.

— Ces femmes ne sont pas ici, Monica, parce qu'elles sont trop occupées à élever leurs enfants… Tu sais : les mêmes que tu veux envoyer au front dès qu'ils sont capables de marcher. Et, je t'en prie, ne nous insulte pas en prétendant que les Moroï font une grande faveur aux dhampirs en les aidant à se reproduire. C'est peut-être différent dans ta famille mais, pour le reste d'entre nous, le sexe est considéré comme un plaisir. Les Moroï qui engrossent des dhampirs ne font pas un bien gros sacrifice…

Dimitri s'était redressé et son visage avait cessé d'exprimer de la colère. Il devait être excité d'entendre sa nouvelle petite amie parler de sexe… La rage me gagna et j'espérai que les gens allaient interpréter mes regards meurtriers comme une envie d'en découdre avec les Strigoï et non avec la femme qui s'adressait à nous.

Je remarquai subitement que Mia était assise toute seule au bout de notre rangée. Je ne m'étais même pas rendu compte de sa présence. Tassée sur sa chaise, elle avait les yeux rouges et le visage plus pâle que d'habitude. Une douleur étrange me brûla la poitrine, sensation que je n'aurais pas cru ressentir pour quelqu'un comme Mia.

— Si nous attendons que ces enfants aient dix-huit ans pour en faire des gardiens, c'est aussi pour leur permettre de goûter un peu à la vie avant de les forcer à passer le reste de leur existence au milieu du danger. Ils ont besoin de ces années de formation pour se développer, aussi bien mentalement que physiquement. Mettez-les au travail avant qu'ils soient prêts, traitez-les comme les rouages d'une machine, et vous en ferez de la chair à Strigoï.

Quelques personnes se récrièrent en l'entendant employer de telles images, mais celles-ci avaient permis à Tasha d'obtenir l'attention générale.

— Il en ira de même si vous essayez de forcer les autres femmes dhampirs à devenir des gardiennes. Vous ne pouvez pas les contraindre à mener une vie différente de celle qu'elles ont choisie. Votre merveilleux plan pour obtenir de nouveaux gardiens consiste à mettre en danger des femmes et des enfants qui n'y sont pas prêts. Et cela vous permettra seulement de garder une petite longueur d'avance sur l'ennemi. Je dirais volontiers que c'est l'idée la plus stupide que j'aie entendue si je n'avais pas d'abord dû écouter la sienne, conclut-elle en montrant du doigt le premier intervenant, celui qui avait évoqué la possibilité d'un regroupement de Moroï, qui prit un air embarrassé.

— Alors éclaire-nous de ta sagesse, Natasha, riposta-t-il. Que penses-tu que nous devrions faire, puisque tu as beaucoup plus d'expérience que nous en matière de Strigoï ?

Un fin sourire se dessina sur les lèvres de Tasha, qui décida de ne pas relever l'insulte.

— Ce que je pense ? répéta-t-elle en s'approchant du bord de l'estrade pour toiser la foule. Je pense que nous devrions cesser de nous en remettre à d'autres pour nous protéger. Vous trouvez les gardiens trop peu nombreux ? Le problème n'est pas là. Le problème, c'est qu'il y a trop de Strigoï. Nous les avons laissé se multiplier et devenir puissants parce que nous ne faisons rien d'autre que débattre dans des réunions comme celle-ci. Nous fuyons, nous nous cachons derrière les dhampirs et nous laissons les Strigoï tranquilles. Nous sommes fautifs. C'est à cause de nous que les Drozdov sont morts ! Vous avez besoin d'une armée ? La voici ! Les dhampirs ne sont pas les seuls à être capables d'apprendre à se battre. La bonne question, Monica, n'est pas : « Pourquoi les femmes dhampirs ne se battent pas ? » mais : « Pourquoi pas nous ? »

Les joues de Tasha s'étaient colorées à mesure qu'elle avait élevé la voix. Ses yeux brillants de passion, son beau visage, et même ses cicatrices, en faisaient un personnage frappant. La plupart des gens n'arrivaient plus à la quitter des yeux. Lissa la regardait avec admiration, visiblement inspirée par son discours. Mason était hypnotisé, Dimitri impressionné, et un peu plus loin derrière lui…

Un peu plus loin derrière lui se trouvait Mia. Elle n'était plus tassée sur sa chaise. Elle se tenait bien droite, les yeux écarquillés, et observait fixement Tasha comme si celle-ci détenait la solution de tous les problèmes du monde.

Monica Szelsky considérait Tasha comme tous les autres, mais avec beaucoup moins d'admiration.

— Tu ne suggères tout de même pas que les Moroï pourraient combattre aux côtés de leurs gardiens lorsque les Strigoï attaqueront ?

— Non : je suggère que les Moroï et leurs gardiens aillent combattre les Strigoï côte à côte avant qu'ils attaquent.

Un garçon qui devait avoir dans les vingt-cinq ans et ressemblait à un modèle de Ralph Lauren s'insurgea. Je n'aurais pas hésité à parier qu'il était de sang royal. Seul un noble pouvait s'offrir des mèches blondes si parfaites… Il détacha le pull hors de prix qu'il s'était noué autour de la taille et le posa sur le dossier de sa chaise.

— Vraiment ? ricana-t-il sans demander la parole. Tu vas donc nous distribuer des pieux et des gourdins pour nous envoyer à la bataille ?

Tasha haussa les épaules.

— Si ça devient nécessaire, pourquoi pas, Andrew ?… (Ses jolies lèvres esquissèrent un sourire.) Mais nous pouvons apprendre à utiliser d'autres armes, des armes dont nos gardiens ne disposent pas.

Le visage du jeune homme exprimait parfaitement à quel point cette idée lui semblait absurde.

— Ah oui ? s'étonna-t-il en écarquillant les yeux. Et lesquelles ?

Le sourire de Tasha s'élargit.

— Celle-ci, par exemple…, répondit-elle avec un mouvement de poignet.

Le pull qu'il avait posé sur le dossier de sa chaise s'embrasa.

Après un cri de surprise, il le fit tomber par terre pour le piétiner frénétiquement.

Il y eut un silence dans la pièce, comme si tout le monde inspirait en même temps, puis ce fut le chaos.

Chapitre 13

Les gens bondirent sur leurs pieds et se mirent à crier en même temps pour exprimer leur point de vue. À vrai dire, ils étaient presque tous du même avis : Tasha avait tort. Ils lui crièrent qu'elle était folle et que son idée d'envoyer les Moroï et les dhampirs à la bataille ne pouvait conduire qu'à l'extinction des deux races. Ils allèrent même jusqu'à suggérer que c'était ce qu'elle voulait, qu'elle collaborait avec les Strigoï d'une manière ou d'une autre.

Dimitri se leva et contempla le chaos avec une grimace de dégoût.

— Vous feriez aussi bien de partir, nous conseilla-t-il. Il ne va plus rien se dire d'utile.

Mason et moi nous levâmes, mais celui-ci secoua la tête lorsque je commençai à suivre Dimitri hors de la pièce.

— Vas-y, me dit-il. Je voudrais vérifier quelque chose.

J'observai un instant la foule surexcitée, puis haussai les épaules.

— Bonne chance…

J'avais du mal à croire que quelques jours seulement s'étaient écoulés depuis la dernière fois où Dimitri et moi nous étions parlé. En quittant la salle avec lui, j'eus l'impression que nous ne nous étions pas vus depuis des années. J'avais passé des moments agréables avec Mason ces derniers jours, mais la présence de Dimitri réveilla tous les sentiments que j'avais pour lui. Tout à coup, Mason m'apparut comme un petit garçon. Je retrouvai aussi toute la douleur que m'inspirait la relation de Dimitri et Tasha et ne pus empêcher des mots stupides de sortir de ma bouche.

— Est-ce que tu ne devrais pas rester pour protéger Tasha ? lui lançai-je. Avant qu'elle se fasse lapider ? Ça va lui valoir de gros ennuis, d'avoir utilisé ses pouvoirs de cette manière...

— Elle est de taille à se défendre, répondit-il en levant un sourcil.

— Je sais, je sais... Parce que c'est une championne de karaté qui pratique la magie offensive. Je m'en étais rendu compte. Je me disais seulement que, puisque tu allais devenir son gardien...

— Qui t'a dit ça ?

— J'ai mes sources. (Sans savoir pourquoi, j'avais des réticences à lui avouer que je le tenais de ma mère.) Tu as pris ta décision, n'est-ce pas ? C'est une belle occasion, d'autant plus que tu auras des avantages en nature...

Il me jeta un regard froid.

— Ce qui se passe entre elle et moi ne te concerne pas, déclara-t-il sèchement.

Les mots « entre elle et moi » furent difficiles à encaisser. Ils semblaient impliquer que sa liaison avec Tasha était un fait accompli. Alors, comme cela se produisait souvent quand quelque chose me faisait mal, je laissai ma colère prendre le dessus.

— Parfait ! m'écriai-je. Je suis certaine que vous allez être très heureux ensemble ! Et puis elle est ton genre de femme, puisque je sais à quel point tu aimes celles qui ne sont pas de ton âge… Elle a quoi ? Six ans de plus que toi ? Sept ? Exactement comme j'en ai sept de moins…

— Oui, répondit-il après un court silence. Et chaque seconde de cette conversation me prouve à quel point tu es jeune.

Ma mâchoire s'en décrocha. Même le coup que m'avait donné ma mère ne m'avait pas fait si mal. L'espace d'un instant, je crus deviner un regret dans ses yeux, comme s'il prenait lui-même conscience de la dureté de ses mots. Mais l'instant passa et son expression redevint glaciale.

— Petite dhampir…, intervint une voix toute proche.

Toujours abasourdie, je me tournai lentement vers Adrian Ivashkov. Il m'offrit un franc sourire et hocha la tête pour saluer Dimitri. Je devais être toute rouge… Qu'avait-il entendu de notre conversation ?

— Je m'en voudrais de vous interrompre, se défendit-il en levant les mains. Je voulais seulement te dire que j'aimerais te parler quand tu en trouveras le temps.

Je fus tentée de lui répondre que je n'avais pas le temps de jouer à son petit jeu, mais les paroles de Dimitri me hantaient toujours. Le regard qu'il posait sur Adrian était franchement réprobateur. Comme tout le monde, il devait connaître sa réputation sulfureuse. *Parfait*, songeai-je en éprouvant une envie soudaine de le rendre jaloux. Je voulais le faire souffrir autant que j'avais souffert ces derniers temps.

Je ravalai ma douleur et déterrai mon sourire de croqueuse d'hommes, dont je ne m'étais pas servie depuis un moment. J'avançai alors vers Adrian et posai la main sur son bras.

— Il se trouve que je n'ai rien à faire dans l'immédiat. (Je saluai à mon tour Dimitri d'un hochement de tête et entraînai Adrian en marchant aussi près de lui que possible.) Au revoir, gardien Belikov.

Le regard froid de Dimitri nous suivit jusqu'à ce que je détourne la tête.

— Tu ne t'intéresses pas aux garçons plus âgés, c'est ça ? me demanda Adrian dès que nous nous fûmes éloignés.

— Tu te fais des idées. Ma beauté stupéfiante a dû obscurcir ton jugement…

Il eut l'un de ces éclats de rire qui me plaisaient tant.

— C'est tout à fait possible ! (Lorsque je voulus m'écarter, il passa le bras autour de mes épaules.) Certainement pas… Puisque tu as décidé de te montrer amicale envers moi, tu vas devoir l'assumer.

Je lui fis les gros yeux sans essayer de repousser son bras. Il sentait l'alcool en plus de l'odeur habituelle de ses cigarettes aux clous de girofle. Était-il saoul ? J'avais l'impression que, sobre ou ivre, il ne devait pas avoir une attitude très différente.

— Qu'est-ce que tu veux ? lui demandai-je.

Il m'observa un moment.

— Je veux que tu ailles chercher Vasilisa et que tu m'accompagnes. On va bien s'amuser. Tu vas aussi avoir besoin d'un maillot de bain. (Cette idée parut le chagriner.) À moins que tu préfères te baigner toute nue…

— Quoi ? Des Moroï et des dhampirs viennent tout juste de se faire massacrer et tu veux aller nager et « bien t'amuser » ?

— Il ne s'agit pas seulement d'aller nager, m'expliqua-t-il patiemment. Et ce massacre est une raison de plus pour laquelle tu devrais venir.

Avant que j'aie eu le temps de lui répondre, j'aperçus Lissa, Mason et Christian au bout du couloir. Eddie Castile était avec eux, ce qui n'avait rien de surprenant, mais Mia aussi, ce qui l'était beaucoup plus. Ils étaient lancés dans une grande conversation qui s'interrompit brutalement lorsqu'ils m'aperçurent.

— Te voilà ! s'écria Lissa, visiblement surprise.

Me rappelant tout à coup qu'Adrian avait toujours le bras autour de mes épaules, je m'écartai vivement.

— Salut ! leur lançai-je. (Un silence gêné s'ensuivit, pendant lequel je fus presque certaine d'entendre pouffer Adrian. Je lui jetai un regard menaçant, puis me tournai vers mes amis.) Adrian nous invite à aller nager.

Tous me dévisagèrent avec stupeur et j'eus l'impression de voir leur esprit s'activer pour essayer d'analyser la situation. L'humeur de Mason s'assombrit un peu sans qu'il se permette davantage que les autres de faire un commentaire. Je réprimai un grognement.

Adrian prit plutôt bien le fait que j'invite mes amis à sa fête secrète. Vu sa désinvolture habituelle, le contraire m'aurait surprise. Une fois en possession de nos maillots de bain, nous suivîmes les indications qu'il nous avait données jusqu'à atteindre un couloir situé dans une aile reculée de la résidence. Nous y trouvâmes un escalier en colimaçon qui descendait indéfiniment. Je fus presque étourdie lorsque nous tournâmes et tournâmes encore.

Des ampoules électriques étaient fixées aux murs, dont les fresques firent bientôt place à la pierre de taille.

Lorsque nous atteignîmes notre destination, nous découvrîmes qu'Adrian n'avait pas menti : il ne s'agissait pas seulement de nager. Nous étions dans une sorte de Spa dont l'usage devait revenir à l'élite des Moroï. En l'occurrence, il était réservé à un groupe de nobles, certainement les amis d'Adrian. Ils étaient environ une trentaine, tous de son âge ou plus vieux que lui, et arboraient les signes de la fortune et du pouvoir.

Le Spa était constitué d'une série de bassins de pierre. Il s'agissait peut-être d'une ancienne grotte, mais ceux qui avaient construit la résidence avaient pris soin d'en faire un environnement parfaitement civilisé. Les murs et le plafond de pierre noire avaient été polis jusqu'à donner la même impression de luxe qui se dégageait de tout le reste de la résidence. On avait le sentiment de se trouver dans une très jolie grotte aménagée par un décorateur. Il y avait des présentoirs remplis de serviettes alignés contre les murs, ainsi que des tables qui supportaient toutes sortes de mets exotiques. Les bassins en pierre remplis d'eau chaude maintenue à température par une machinerie invisible s'intégraient parfaitement au décor. Une nappe de vapeur flottait dans la pièce, ainsi qu'une vague odeur métallique. Des rires et des bruits d'éclaboussures résonnaient tout autour de nous.

— Pourquoi Mia est-elle avec vous ? interrogeai-je Lissa à voix basse tandis que nous traversions la salle à la recherche d'un bassin libre.

— Elle était en train de parler avec Mason quand nous avons voulu partir, répondit-elle en chuchotant aussi. Ça m'a paru cruel de… la laisser toute seule.

Je ne trouvai rien à y redire. Il n'y avait qu'à l'observer pour mesurer son chagrin. Au moins, la conversation qu'elle avait avec Mason semblait l'en distraire.

— Je croyais que tu ne connaissais pas Adrian, ajouta Lissa.

Je sentis autant de réprobation par l'intermédiaire de notre lien que dans sa voix. Nous venions enfin de trouver un grand bassin un peu à l'écart. Un garçon et une fille l'occupaient déjà en essayant de se fondre l'un dans l'autre, mais ils nous laissaient bien assez de place et il était facile de faire semblant de ne pas les voir.

Je plongeai un pied dans l'eau et l'en ressortis aussitôt.

— Je ne le connais pas.

Je replongeai prudemment le pied, puis le reste de mon corps. Je ne pus m'empêcher de grimacer en arrivant au ventre. Je portais un bikini bordeaux et le contact direct de l'eau brûlante sur ma peau m'avait prise par surprise.

— Tu dois bien le connaître un peu pour qu'il nous ait invités à sa fête…

— D'accord, mais est-ce que tu le vois dans ce bassin avec nous ?

Elle suivit la direction de mon regard. Adrian se trouvait à l'autre bout de la salle avec un groupe de filles dont les bikinis étaient encore plus petits que le mien. Je reconnus l'un d'eux, porté par Betsey Johnson dans un magazine, et dont j'avais rêvé. Je détournai les yeux en soupirant.

Nous étions tous entrés dans l'eau, qui était si chaude que j'avais l'impression de mijoter. Comme Lissa semblait enfin convaincue de l'innocence de ma relation avec Adrian, je pus tourner mon attention vers la conversation des autres.

— De quoi est-ce que vous parlez ? les interrompis-je, estimant que c'était beaucoup plus simple de les interroger que d'essayer de le deviner par moi-même en les écoutant.

— De la réunion ! répondit Mason avec excitation.

Au moins, il semblait s'être remis de m'avoir surprise en compagnie d'Adrian.

Christian s'était installé sur une sorte de siège creusé dans la paroi du bassin. Lorsque Lissa vint se coller à lui, il passa un bras possessif autour de ses épaules et renversa la tête pour la poser sur le rebord.

— Ton petit ami veut lever une armée pour partir en guerre contre les Strigoï, déclara-t-il, évidemment pour me provoquer.

Je jetai un regard interrogateur à Mason sans me donner la peine de commenter son emploi du terme « petit ami ».

— Eh ! c'était la suggestion de ta tante ! rappela Mason à Christian.

— Elle a seulement dit que nous ferions mieux d'attaquer les premiers, riposta celui-ci. Ce n'était pas elle qui voulait envoyer les novices au combat : c'était Monica Szelsky.

Une serveuse se présenta avec un plateau chargé de cocktails roses. Ils étaient servis dans de longs verres à pied en cristal couronnés d'un glaçage. J'étais presque certaine qu'ils contenaient de l'alcool, mais il était peu probable que qui que ce soit demande des comptes aux invités de cette fête. C'était d'ailleurs la seule chose que je pouvais en dire, puisque mon expérience de l'alcool se limitait à boire de la bière bon marché. Je pris un verre et me retournai vers Mason.

— Tu crois vraiment que c'est une bonne idée ? lui demandai-je.

J'avalai prudemment une première gorgée. En tant que future gardienne, j'avais le sentiment de devoir toujours être prête à tout. En même temps, je ressentais une fois encore cette nuit-là mon besoin de rébellion. Le cocktail ressemblait à un punch. Il était à base de jus de pamplemousse et de quelque chose de plus doux qui rappelait la fraise. Je restais certaine qu'il contenait de l'alcool, mais il semblait y en avoir trop peu pour que je coure le risque de m'enivrer.

Une autre serveuse apparut bientôt avec des amuse-bouches. Je n'identifiai presque rien. Il y en avait qui ressemblaient vaguement à des champignons fourrés au fromage, et d'autres à des rondelles de viande ou de saucisse. En bonne carnivore, je tendis la main vers l'un de ceux-ci en me disant qu'ils ne pouvaient pas me faire de mal.

— C'est du foie gras, annonça Christian avec un sourire qui me déplut.

— C'est-à-dire ? lui demandai-je en lui jetant un regard inquiet.

— Tu l'ignores ? (Son ton était arrogant. Pour une fois, il s'exprimait comme un véritable Moroï de sang royal qui étale sa culture devant les non-initiés. Il haussa les épaules.) Essaie, tu verras bien…

Lissa poussa un soupir exaspéré.

— C'est fait avec des foies d'oies, intervint-elle.

J'écartai vivement la main du plateau. Tandis que la serveuse s'éloignait, je lançai un regard mauvais à Christian qui riait de bon cœur.

Mason, pour sa part, attendait toujours que je veuille bien répondre à sa question.

— Que veux-tu qu'on fasse d'autre ? me demanda-t-il, outragé. As-tu autre chose à proposer ? Tu fais des tours de piste avec Belikov tous les matins. Où est l'intérêt pour toi ? et pour les Moroï ?

Où était l'intérêt pour moi ? Cela faisait battre mon cœur et m'inspirait des pensées indécentes.

— Nous ne sommes pas prêts, préférai-je répondre.

— Nous ne sommes plus qu'à six mois de la fin de notre formation, intervint Eddie.

Mason hocha la tête pour le soutenir.

— C'est vrai ! Que pouvons-nous apprendre de plus ?

— Des tas de choses, répondis-je en songeant à tout ce que m'avaient enseigné mes entraînements supplémentaires avec Dimitri. (Je vidai mon verre.) Et où cela s'arrêtera-t-il ? Mettons qu'on nous envoie sur le terrain six mois plus tôt. Que se passera-t-il quand ça ne suffira plus ? On supprimera notre dernière année de formation ? nos deux dernières années ?

— Je n'ai pas peur de me battre, répliqua-t-il en haussant les épaules. J'aurais pu affronter un Strigoï même en première année…

— C'est ça, rétorquai-je sèchement. À peu près comme tu t'en es sorti dans cette descente…

Le visage de Mason, déjà rouge à cause de la chaleur, vira au cramoisi. Je regrettai presque aussitôt d'avoir prononcé cette phrase, et plus encore en entendant Christian éclater de rire.

— Je ne pensais vraiment pas qu'il m'arriverait un jour de tomber d'accord avec toi, Rose... Mais c'est tristement le cas. (La serveuse aux cocktails fit un nouveau passage qui permit à Christian et moi de nous resservir.) Les Moroï doivent apprendre à se défendre tout seuls.

— Grâce à la magie ? demanda subitement Mia.

C'était la première fois qu'elle prenait la parole depuis notre arrivée. Sa question fut accueillie par un grand silence. Eddie et Mason renoncèrent sans doute à lui répondre parce qu'ils n'avaient aucune connaissance en matière de magie offensive. Lissa, Christian et moi en avions, et faisions de notre mieux pour ne pas le montrer. Il y avait une sorte d'espoir fou dans les yeux de Mia, et je ne pus qu'imaginer ce qu'elle avait dû endurer pendant cette journée. Elle avait appris la mort de sa mère à son réveil et avait ensuite supporté des heures de discussions à propos de politique et de stratégie offensive. Le seul fait qu'elle se trouvait là et semblait presque calme était un vrai miracle. Toute personne aimant un tant soit peu sa mère aurait été effondrée à sa place.

— J'imagine, répondis-je en me rendant compte que personne n'allait le faire. Mais je ne sais pas grand-chose sur le sujet...

Je vidai mon deuxième cocktail en détournant les yeux avec l'espoir que quelqu'un allait reprendre la conversation.

Personne ne s'en chargea. Mia parut déçue mais n'insista pas lorsque Mason recommença à parler des Strigoï.

Je pris un troisième verre et m'immergeai dans l'eau autant que cela m'était possible en continuant à le tenir. Celui-ci était différent. Il semblait chocolaté et était surmonté d'une couche de crème fouettée. J'en avalai une gorgée et reconnus un goût d'alcool, mais j'imaginai que le chocolat devait en atténuer l'effet.

Lorsque j'eus envie d'un quatrième verre, la serveuse avait disparu. Mason me sembla vraiment très mignon, tout à coup. J'aurais bien aimé qu'il m'accorde un peu d'attention, mais il continuait à parler des Strigoï et des problèmes logistiques que posait une attaque en pleine journée. Eddie et Mia hochaient la tête avec enthousiasme en me donnant l'impression qu'ils l'auraient suivi sans hésiter s'il avait décidé de partir immédiatement à la chasse au Strigoï. Christian intervenait de temps à autre dans leur conversation, essentiellement pour jouer les avocats du diable. Typique. Il s'en tenait à l'opinion de sa tante et estimait qu'une frappe préventive exigeait le concours des gardiens *et* des Moroï. Mason, Mia et Eddie arguaient que les gardiens devaient s'en charger si les Moroï n'étaient pas encore prêts à se battre.

Je devais admettre que leur enthousiasme était assez contagieux, et l'idée d'attaquer les Strigoï avant qu'ils frappent de nouveau me plaisait beaucoup. Sauf que les gardiens des Badica et ceux des Drozdov s'étaient tous fait tuer. Si les Strigoï s'étaient effectivement organisés en bande et avaient recruté des humains, nous avions tout intérêt à redoubler de prudence.

Malgré tout son charme, je n'avais plus envie d'écouter Mason parler de ses talents guerriers : je voulais un autre verre. Je me relevai et sortis du bassin. À mon grand étonnement, le monde se mit à tournoyer. C'était une impression que j'avais déjà eue en sortant d'un bain trop chaud, mais je compris lorsque cela refusa de passer que ces cocktails devaient être plus forts que je l'avais cru.

J'en déduisis que l'idée d'en boire un quatrième n'était peut-être pas excellente. Cela dit, je ne tenais pas à montrer à tout le monde que j'étais ivre en replongeant immédiatement dans le bassin. Je me dirigeai vers une autre salle dans laquelle j'avais vu la serveuse disparaître, en espérant trouver la planque secrète des desserts. Une image de mousse au chocolat, bien plus attrayante que du foie d'oie, s'imposa à mon esprit.

J'avançai avec la plus grande prudence sur le sol glissant, certaine que ma réputation allait en pâtir si je tombais dans un bassin pour m'y fendre le crâne.

J'étais si concentrée sur mes pieds et sur ma démarche que je finis par foncer dans quelqu'un. À ma décharge, c'était lui qui était en tort : il reculait, le dos tourné vers moi.

— Eh ! attention où tu vas ! m'écriai-je en recouvrant mon équilibre.

Sauf qu'il ne m'avait même pas remarquée. Son attention était focalisée sur un autre garçon dont le nez saignait. J'étais tombée au beau milieu d'une bagarre.

Chapitre 14

Deux garçons que je ne connaissais pas se tournaient autour en roulant des mécaniques. Ils devaient avoir dans les vingt, vingt-cinq ans et ne me remarquèrent ni l'un ni l'autre. Celui qui m'était rentré dedans poussa brutalement son opposant en le forçant à reculer de plusieurs pas.

— Vous avez peur ! hurla celui qui était de mon côté. (Il portait un caleçon de bain vert et ses cheveux noirs étaient trempés.) Tous ! Vous voulez vous terrer dans vos propriétés et laisser le sale boulot à vos gardiens. Qu'allez-vous faire quand ils seront tous morts ? Qui vous protégera à ce moment-là ?

Son adversaire essuya du dos de la main le sang qui coulait de son nez. Je le reconnus subitement grâce à ses mèches blondes : c'était le noble qui s'était moqué de Tasha et de son idée d'apprendre aux Moroï à se battre. Je me souvins qu'elle l'avait appelé Andrew. Il essaya en vain de porter un coup à son agresseur. Sa technique était déplorable.

— C'est la solution la plus prudente ! se défendit-il. Si nous écoutons cette alliée des Strigoï, nous allons tous mourir. Elle veut exterminer notre espèce !

— Elle veut nous sauver !

— Elle veut nous inciter à pratiquer la magie noire !

L'« alliée des Strigoï » devait être Tasha. Ce Moroï, qui n'était pas de sang royal, était la première personne hors de mon petit cercle que j'entendais prendre sa défense. Je ne pus m'empêcher de me demander combien de gens partageaient son point de vue. Lorsqu'il frappa encore Andrew, mon instinct le plus primaire, ou peut-être était-ce un effet de l'alcool, m'incita à intervenir.

Je bondis entre eux pour les séparer. La tête me tournait encore et j'avais tant de mal à tenir sur mes jambes que je serais probablement tombée s'ils n'avaient pas été si près l'un de l'autre. Tous deux hésitèrent, visiblement surpris par mon intervention.

— Dégage de là ! aboya Andrew.

Puisqu'ils étaient des garçons et des Moroï, ils étaient plus grands et plus lourds que moi. Néanmoins, j'étais à peu près certaine d'être plus forte que chacun d'entre eux. Misant là-dessus, je les saisis par le bras, les tirai vers moi, puis les repoussai dans des directions différentes aussi rudement que possible. Ils titubèrent, surpris par ma puissance, et je titubai un peu moi-même.

L'adversaire d'Andrew avança vers moi avec un regard furieux. Il ne me restait plus qu'à espérer qu'il était vieux jeu et n'allait pas se permettre de frapper une fille.

— À quoi tu joues ? s'écria-t-il.

Les gens commençaient à s'attrouper pour assister au spectacle.

— J'essaie de vous empêcher de vous conduire de manière encore plus stupide que vous le faites déjà ! ripostai-je en lui rendant son regard. Vous voulez faire quelque chose pour aider ? Alors cessez de vous battre ! Je ne vois pas comment le fait de vous entre-tuer pourrait sauver les Moroï, sauf si vous comptez les débarrasser du gène de la bêtise par sélection naturelle… (Je pointai un doigt accusateur en direction d'Andrew.) Tasha Ozéra n'essaie pas d'exterminer sa propre espèce. Elle aimerait seulement que vous cessiez de vous comporter comme des victimes. (Je me tournai vers son adversaire.) Quant à toi, il te reste encore beaucoup à apprendre si tu crois que c'est une manière de faire admettre ton point de vue… La magie, surtout la magie offensive, exige beaucoup de maîtrise de soi, or la tienne ne m'impressionne pas beaucoup. Même moi, j'en ai plus que toi ! Et tu saurais que c'est vraiment dingue si tu me connaissais…

L'un et l'autre me regardèrent fixement, complètement abasourdis. Je leur avais fait plus d'effet qu'un Taser, du moins pour quelques secondes. La surprise initiale passée, ils recommencèrent à s'en prendre l'un à l'autre. Me retrouvant prise entre le marteau et l'enclume, je m'empressai de m'écarter en manquant de tomber dans la manœuvre. Alors Mason, surgissant derrière moi, accourut à mon secours ; il frappa le premier des deux qui lui tomba sous la main, celui qui n'était pas de sang royal.

Le garçon partit à la renverse et tomba dans un bassin en soulevant une gerbe d'éclaboussures. Je grimaçai en me rappelant ma peur de me fendre le crâne, mais il ne tarda pas à se remettre debout pour refaire surface en s'essuyant les yeux.

Je saisis le bras de Mason sans parvenir à le retenir. Après s'être dégagé, il fonça sur Andrew et le poussa brutalement sur un groupe de Moroï qui devaient être ses amis et s'efforçaient de calmer les choses. L'autre garçon ressortit du bassin, furieux, et avança à son tour sur Andrew. Cette fois, Mason et moi joignîmes nos forces pour l'empêcher de passer. Il nous jeta un regard féroce.

— Mauvaise idée, l'avertis-je.

Il serra les poings et parut sur le point de s'en prendre à nous. Mais nous étions tout de même assez impressionnants et il ne semblait pas bénéficier du soutien de grand monde, contrairement à Andrew que l'on entraînait à l'écart sans qu'il cesse de hurler des obscénités. Le Moroï finit par battre en retraite en marmonnant de vagues menaces.

— As-tu perdu la tête ? demandai-je à Mason dès qu'il se fut éloigné.

— Quoi ?

— Qu'est-ce qui t'a pris de te jeter dans cette bagarre ?

— Tu t'y es jetée aussi ! se défendit-il.

J'étais sur le point de répliquer lorsque je pris conscience qu'il avait raison.

— Ce n'est pas pareil, grommelai-je.

— Es-tu saoule ? s'inquiéta-t-il en approchant.

— Non ! Bien sûr que non. J'essaie juste de t'empêcher de faire une bêtise. Ce n'est pas parce que tu as l'illusion que tu pourrais tuer un Strigoï que tu dois t'en prendre à tout le monde.

— L'illusion ? répéta-t-il, vexé.

Je commençai à avoir mal au cœur. De plus en plus étourdie, je repartis vers la pièce que je visais initialement en espérant tenir sur mes jambes.

En l'atteignant, j'eus la déception de constater qu'elle ne cachait ni desserts ni boissons. Du moins, ce n'était pas le genre de buffet auquel je m'attendais. C'était la salle des sources. Plusieurs humains étaient étendus sur des divans recouverts de satin avec des Moroï auprès d'eux. Une odeur d'encens au jasmin flottait dans l'air. Abasourdie, je regardai avec une étrange fascination un Moroï blond se pencher vers la gorge d'une très jolie rousse pour la mordre. Je pris subitement conscience que toutes ces sources étaient d'une beauté stupéfiante. Elles ressemblaient à des mannequins ou des actrices... Les nobles ne toléraient que le premier choix.

Le Moroï but à longs traits, et la fille ferma les yeux, entrouvrant les lèvres avec une expression de pur délice en s'abandonnant à l'effet que lui procuraient les endorphines du Moroï. Je ne pus m'empêcher de frissonner en me rappelant cette douce euphorie que j'avais moi-même éprouvée. À travers les brumes de l'alcool, la scène me parut tout à coup violemment érotique. Je me sentais presque aussi indiscrète que si j'avais regardé deux personnes faire l'amour. Lorsque le Moroï eut fini de boire et eut léché la dernière goutte de sang, il déposa un léger baiser sur sa joue.

— Ça te tente ?

Je sursautai en sentant des doigts m'effleurer le cou, et fis volte-face pour rencontrer les yeux verts et le sourire entendu d'Adrian.

— Arrête ! lui ordonnai-je en repoussant sa main.

— Alors que fais-tu là ?

— Je me suis perdue, expliquai-je en écartant les bras.

Il m'observa plus attentivement.

— Es-tu saoule ?

— Non ! Bien sûr que non. Mais… (Ma nausée s'était un peu calmée, mais je ne me sentais toujours pas très bien.) Je crois que je ferais mieux de m'asseoir.

— Pas ici, en tout cas, conclut-il en me prenant le bras. Quelqu'un pourrait se faire des idées. Allons dans un endroit plus calme.

Il me conduisit dans une autre pièce que je découvris avec intérêt. C'était une salle de massage. Plusieurs Moroï, allongés sur des tables, se faisaient masser le dos et les pieds par des employées de l'hôtel. Elles se servaient d'une huile parfumée au romarin et à la lavande. En d'autres circonstances, j'aurais adoré me faire masser. Malheureusement, l'idée d'être allongée sur mon estomac me paraissait franchement mauvaise dans l'immédiat.

Je m'assis sur la moquette, le dos appuyé contre le mur. Adrian s'éloigna, puis revint s'asseoir à côté de moi en me tendant un verre d'eau.

— Bois ça, m'ordonna-t-il. Ça va te faire du bien.

— Je t'ai déjà dit que je n'étais pas saoule, grommelai-je en vidant quand même le verre d'eau.

— C'est ça, répondit-il en souriant. Tu t'en es bien sortie dans cette bagarre… Qui est ce garçon qui est venu t'aider ?

— Mon petit ami. Ou quelque chose comme ça…

— Mia avait raison : il y a beaucoup de garçons dans ta vie.

— Je ne suis pas ce genre de fille.

— Ça va, se rendit-il sans cesser de sourire. Où est Vasilisa ? Je croyais que vous ne vous quittiez jamais…

— Elle est avec son petit ami, répondis-je en l'observant.

— Pourquoi ce ton ? Tu es jalouse ? Il t'intéresse ?

— Certainement pas ! C'est juste que je ne l'aime pas.

— Est-ce qu'il lui fait du mal ?

— Non, reconnus-je. Il l'adore. C'est seulement un pauvre type.

Adrian semblait beaucoup s'amuser.

— Ah ! donc, tu es jalouse. Est-ce qu'elle passe plus de temps avec lui qu'avec toi ?

Je préférai passer outre à sa question.

— Pourquoi me demandes-tu tout ça ? Elle t'intéresse ?

Il éclata de rire.

— Ne t'inquiète pas : je ne m'intéresse pas à elle comme je m'intéresse à toi.

— Mais tu t'intéresses à elle.

— J'aimerais seulement lui parler.

Il se leva pour aller me chercher un nouveau verre d'eau.

— Est-ce que ça va mieux ? me demanda-t-il en me le tendant.

C'était un verre en cristal très élaboré qui me paraissait bien trop luxueux pour ne contenir que de l'eau.

— Oui. Je ne pensais pas que ces cocktails seraient si forts.

— C'est là toute leur beauté, répondit-il en pouffant. En parlant de beauté… cette couleur te va très bien.

Je changeai de position. Mon maillot de bain ne dévoilait peut-être pas autant de peau que ceux des autres filles, mais il en révélait toujours plus que j'aurais voulu en montrer à Adrian. À vrai dire, en étais-je bien certaine ? Il avait quelque chose d'étrange. Malgré l'agacement que m'inspirait son arrogance, j'aimais me retrouver en sa compagnie. La part provocatrice de moi-même reconnaissait peut-être une âme sœur…

Mon esprit eut un déclic que les brumes de l'alcool m'empêchèrent de saisir. Je pris une nouvelle gorgée d'eau.

— Tu n'as pas allumé de cigarette depuis au moins dix minutes, lui fis-je remarquer pour changer de sujet.

— Il est interdit de fumer à l'intérieur, répondit-il avec une grimace.

— Je suis certaine que tu as compensé par le punch…

Cela lui rendit le sourire.

— Certains tiennent mieux l'alcool que d'autres. Tu ne vas pas vomir, tu en es sûre ?

Je me sentais toujours éméchée mais ma nausée s'était calmée.

— Oui.

— Bien.

Mon rêve de la veille me revint en mémoire. Je savais bien que ce n'était qu'un songe, mais il m'avait marquée, surtout la partie où il m'avait parlé de l'ombre qui m'entourait. J'eus envie de l'interroger tout en sachant que c'était stupide. Il s'agissait de mon rêve et non du sien.

— Adrian…

Ses yeux verts se tournèrent vers moi.

— Oui, chérie ?

Je n'eus pas le courage de poursuivre.

— Laisse tomber.

Il faillit répondre, avant de tourner la tête vers la porte.

— Ah ! la voici !

— De qui… ?

Lissa entra dans la salle pour la fouiller du regard et parut éprouver un vif soulagement en nous voyant. Je ne pouvais pas le ressentir, cependant. Tous les produits qui altéraient mon état, comme l'alcool, engourdissaient notre lien. C'était une raison de plus pour laquelle je n'aurais pas dû prendre le risque stupide de boire ces cocktails ce soir-là.

— Te voilà ! dit-elle en s'agenouillant près de moi. (Elle offrit un hochement de tête à Adrian.) Salut.

— Salut toi-même, cousine, lui répondit-il.

Il arrivait aux Moroï de sang royal de s'adresser les uns aux autres en employant un vague lien de parenté.

— Est-ce que ça va ? me demanda Lissa. Quand j'ai vu à quel point tu étais saoule, j'ai eu peur que tu te sois noyée dans un bassin.

— Je ne suis pas... (Je finis par renoncer à sauver les apparences.) Ça va, lui assurai-je.

L'expression d'Adrian, qui observait Lissa, était devenue sérieuse. Cela me rappela encore mon rêve.

— Comment l'as-tu retrouvée ? lui demanda-t-il.

Lissa lui jeta un regard surpris.

— J'ai fait le tour des salles...

— Ah ! (Il paraissait déçu.) Je pensais que tu t'étais peut-être servie de votre lien.

Nous le considérâmes toutes les deux, les yeux écarquillés.

— Comment sais-tu pour notre lien ? l'interrogeai-je.

Alors que seules quelques personnes de l'académie étaient au courant, Adrian venait d'en parler aussi naturellement qu'il aurait mentionné ma couleur de cheveux.

— Je ne vais quand même pas vous révéler tous mes secrets, répliqua-t-il en prenant un air mystérieux. Et puis vous avez une manière étrange de vous comporter l'une envers l'autre… C'est difficile à expliquer mais je trouve ça cool. On dirait bien que les vieux mythes ont un fond de vérité…

Lissa lui jeta un regard inquiet.

— Le lien ne fonctionne que dans un sens, précisa-t-elle. Rose peut sentir ce que j'éprouve et savoir ce que je pense, mais pas le contraire.

— Ah ! (Nous restâmes silencieux pendant quelques instants. J'en profitai pour reprendre une gorgée d'eau.) Au fait, en quoi t'es-tu spécialisée, cousine ?

Lissa eut du mal à cacher son embarras. Nous savions toutes les deux que sa spécialisation devait rester secrète pour que personne ne soit tenté d'abuser de son pouvoir de guérison. Cependant, la version officielle, selon laquelle elle ne s'était pas encore spécialisée, la contrariait beaucoup.

— En rien, pour le moment.

— Croit-on que tu vas finir par le faire ? Une floraison tardive ?

— Non.

— Mais tu as sans doute un niveau assez élevé dans tous les éléments, n'est-ce pas ? Malheureusement, tu n'es pas assez forte pour en maîtriser un parfaitement…

Il lui tapota l'épaule avec une compassion exagérée.

— Oui. Mais comment… ?

Lissa sursauta à l'instant où leurs doigts se rencontrèrent. On aurait dit qu'elle venait d'être frappée par la foudre. Elle eut une expression étrange et je sentis la joie l'envahir malgré l'alcool qui engourdissait encore notre lien. Elle observait fixement Adrian, émerveillée. Lui-même ne la quittait plus des yeux. Je n'arrivais pas à comprendre pourquoi ils se contemplaient l'un l'autre de cette manière et cela me contraria.

— Eh ! m'écriai-je. Arrête ça ! Je t'ai déjà dit qu'elle avait un petit ami.

— Je sais, dit-il en la regardant toujours, un petit sourire au coin des lèvres. Il faudra que nous ayons une conversation un de ces jours, cousine.

— Oui, l'approuva-t-elle.

— Eh ! lançai-je, plus confuse que jamais. Tu as un petit ami. D'ailleurs le voici.

Lissa remit les pieds sur terre, puis nous fîmes tous trois volte-face vers la porte : Christian et les autres venaient d'entrer. Le moment où ils m'avaient surprise avec le bras d'Adrian autour des épaules me revint brusquement en mémoire. Cette situation ne valait guère mieux. Lissa et moi étions assises de part et d'autre de lui, et vraiment très près.

Elle bondit sur ses pieds sans avoir particulièrement l'air coupable. Christian la dévisageait bizarrement.

— Nous allions partir, annonça-t-il.

— Très bien, répondit-elle avant de se tourner vers moi. Tu es prête ?

J'acquiesçai et tâchai de me relever. Adrian prit mon bras pour me venir en aide et offrit un sourire à Lissa.

— J'ai été ravi de te parler. (Il poursuivit en me chuchotant à l'oreille.) Ne t'inquiète pas. Je t'ai déjà dit que je ne m'intéressais pas à elle de cette manière. Elle n'a pas autant d'allure que toi en maillot de bain, et sans doute sans le maillot de bain non plus.

— Ça, tu n'auras jamais l'occasion de le vérifier, grognai-je en lui arrachant mon bras.

— Ne t'en fais pas pour moi. J'ai beaucoup d'imagination.

Je rejoignis les autres, puis nous repartîmes vers la partie principale de la résidence. Mason me regarda aussi étrangement que Christian avait observé Lissa et resta loin de moi ; il marchait près d'Eddie, quelques pas devant nous. J'eus la surprise et le désagrément d'avancer à côté de Mia. Elle avait l'air terriblement malheureuse.

— Je suis désolée pour ce qui s'est passé, lui dis-je finalement.

— Tu n'as pas besoin de faire semblant de compatir.

— Je suis sincère. C'est horrible… Je suis vraiment désolée pour toi. (Elle évitait mon regard.) Est-ce que tu vas voir ton père bientôt ?

— À l'enterrement, répondit-elle sèchement.

— Ah !

Ne sachant pas quoi ajouter, j'abandonnai la partie et me concentrai sur les marches de l'escalier qui nous ramenait vers le rez-de-chaussée. Je fus surprise de l'entendre relancer elle-même la conversation.

— Je t'ai regardée intervenir dans cette bagarre, dit-elle en pesant chacun de ses mots. Tu as mentionné la magie offensive… comme si tu t'y connaissais.

Génial. Elle préparait un chantage… Mais était-ce vraiment le cas ? À cet instant, elle semblait presque amicale.

— J'ai dit ça à tout hasard, répondis-je. (Il n'était pas question que je trahisse Tasha et Christian.) Je n'en sais pas grand-chose. Juste des histoires que j'ai entendues…

— Ah ! murmura-t-elle, déçue. Quel genre d'histoires ?

— Eh bien…, commençai-je en essayant de trouver quelque chose à lui raconter qui ne soit ni trop précis, ni trop vague. Comme je l'ai dit tout à l'heure, je sais que la concentration est une chose très importante. Parce que n'importe quoi peut nous distraire quand on se bat contre un Strigoï… Il faut rester maître de soi.

Ce n'était en réalité qu'un principe de base de la formation des gardiens, mais cela pouvait très bien être une nouveauté pour Mia. L'excitation la gagna aussitôt.

— Quoi d'autre ? Quel genre de sorts faut-il utiliser ?

Je secouai la tête.

— Je n'en sais rien. J'ignore comment marche la magie, et je te répète que ce ne sont que des histoires que j'ai entendues. Je suppose qu'il suffit d'imaginer des manières de te servir de ton élément comme d'une arme. Les spécialistes du feu sont très avantagés, puisque leur élément permet de tuer les Strigoï. Les spécialistes de l'air peuvent faire suffoquer quelqu'un…

J'avais moi-même expérimenté par procuration cette forme de torture qu'on avait fait subir à Lissa. C'était horrible…

Les yeux de Mia s'écarquillèrent davantage.

— Et les spécialistes de l'eau ? Comment l'eau peut-elle faire du mal à un Strigoï ?

J'y réfléchis un instant.

— Je n'ai jamais entendu d'histoires qui impliquaient l'eau. Désolée…

— Mais tu n'aurais pas une idée ? Comment est-ce que quelqu'un comme moi pourrait apprendre à se battre ?

Voilà donc de quoi il était question. À vrai dire, ce n'était pas très surprenant. Je me rappelai le regard avec lequel elle dévorait Tasha, à la réunion, lorsque celle-ci parlait d'attaquer les Strigoï. Mia voulait venger la mort de sa mère. Il n'y avait pas à s'étonner que Mason et elle s'entendent si bien, tout à coup…

— Mia, répondis-je amicalement en lui tenant la porte. (Nous étions presque revenus dans le grand salon.) Je comprends très bien que tu veuilles… faire quelque chose. Mais ne crois-tu pas que tu devrais prendre le temps de faire ton deuil ?

Le rouge lui monta aux joues et je retrouvai en un instant une Mia furieuse et parfaitement normale.

— Ne me prends pas de haut ! grogna-t-elle.

— Ce n'est pas ce que je fais, je t'assure… Je suis sérieuse. Je pense que tu ne devrais rien faire d'imprudent tant que tu ne te seras pas un peu remise. Et puis…

Je n'achevai pas ma phrase.

— Quoi ? demanda-t-elle en plissant les yeux.

Et mince ! Il fallait bien que quelqu'un le lui dise.

— Je ne vois vraiment pas ce qu'un spécialiste de l'eau pourrait faire contre un Strigoï. C'est sans doute l'élément le moins utile de tous dans un combat.

Elle prit un air outragé.

— Tu es une vraie salope, tu sais ?

— Je te dis seulement la vérité.

— Alors laisse-moi te dire les tiennes. Tu es stupide dès qu'il s'agit de garçons ! (Je repensai à Dimitri et reconnus qu'elle n'avait pas tout à fait tort.) Mason est un garçon génial, l'un des plus gentils que je connaisse ! Et tu ne le remarques même pas. Alors qu'il serait prêt à faire n'importe quoi pour toi, tu t'amuses à te jeter dans les bras d'Adrian Ivashkov.

J'en restai bouche bée. Mia pouvait-elle avoir le béguin pour Mason ? Même si je ne m'étais pas jetée dans les bras d'Adrian à proprement parler, j'avais bien compris que les apparences étaient contre moi. Même si c'était à tort, je ne pouvais pas en vouloir à Mason de se sentir blessé et trahi.

— Tu as raison, admis-je.

Mia écarquilla les yeux. Cela lui semblait si impensable que je puisse être d'accord avec elle qu'elle ne dit plus un mot jusqu'à la fin du trajet.

Nous atteignîmes l'endroit où garçons et filles devaient prendre des directions différentes. Tandis que les autres s'éloignaient, j'attrapai le bras de Mason.

— Attends ! (J'éprouvais le besoin de le rassurer à propos d'Adrian. Néanmoins, une petite part de moi s'interrogeait. Était-ce parce que je tenais vraiment à lui ou parce que j'aimais le savoir amoureux de moi, et que je voulais égoïstement que les choses restent ainsi ? Il s'arrêta et se tourna vers moi, le regard méfiant.) Je voulais m'excuser. Je n'aurais pas dû me montrer agressive envers toi après la bagarre. Je sais bien que tu voulais seulement m'aider. Et pour Adrian… il ne s'est rien passé. Je te le jure.

— On aurait plutôt cru le contraire, à vous voir !

Mais sa colère retombait déjà.

— Je sais. Mais je t'assure que c'est entièrement sa faute. Il a l'air d'avoir un faible pour moi…

Je déduisis du sourire de Mason que mon ton avait dû être convaincant.

— Il est difficile de s'en empêcher…

— Je te promets que je ne m'intéresse pas à lui, repris-je. Ni à personne d'autre.

C'était un mensonge, mais qui ne me semblait pas très grave à cet instant. J'allais bien finir par oublier Dimitri et Mia avait raison à propos de Mason. Il était génial, gentil et mignon. J'aurais été stupide de ne pas vouloir de lui, non ?

Puisque ma main était restée sur son bras, je n'eus qu'à l'attirer vers moi. Ce signe lui suffit. Il se pencha pour m'embrasser et je me retrouvai bientôt pressée contre le mur, un peu comme avec Dimitri dans la salle d'entraînement. L'expérience n'avait pas la même intensité, bien sûr, mais elle était agréable à sa manière. J'enroulai mes bras autour de ses épaules et l'attirai plus près.

— Nous pourrions… aller quelque part, suggérai-je.

Il me repoussa en riant.

— Sûrement pas quand tu es saoule !

— Je ne le suis presque plus…, me défendis-je en l'attirant encore.

Il me donna un rapide baiser avant de s'écarter.

— Tu l'es quand même trop. Ce n'est pas facile pour moi, je t'assure… Écoute : si tu veux encore de moi demain, quand tu auras recouvré ta sobriété, nous en reparlerons.

De nouveau, il se pencha vers moi pour m'embrasser. Je voulus encore l'emprisonner dans mes bras, mais il recula une fois de plus.

— Du calme ! me taquina-t-il en prenant la direction de l'aile réservée aux garçons.

Je lui jetai un regard furieux, auquel il répondit par un éclat de rire avant de me tourner le dos. Alors qu'il s'éloignait, ma fureur s'apaisa vite, et je rejoignis ma chambre le sourire aux lèvres.

Chapitre 15

Le lendemain matin, j'étais en train de me vernir les ongles des doigts de pied, ce qui n'avait rien de facile avec une telle gueule de bois, lorsqu'on frappa à la porte. Comme Lissa était déjà partie à mon réveil, je traversai la chambre en boitillant pour essayer de ne pas ruiner mon œuvre. J'ouvris le battant et découvris un employé de l'hôtel, les bras chargés d'un grand paquet qu'il écarta un peu sur le côté pour pouvoir me regarder.

— Rose Hathaway ?

— C'est moi.

Je lui pris la boîte. Celle-ci n'était pas aussi lourde qu'on aurait pu le craindre d'après sa taille. Je le remerciai hâtivement, refermai derrière lui et ne me demandai qu'après si j'aurais dû lui donner un pourboire. Tant pis…

Je m'installai sur la moquette. Le colis, fermé par du ruban adhésif, ne portait aucune inscription. Je me munis d'un crayon et m'attaquai à l'adhésif. Lorsque j'en eus arraché suffisamment, je soulevai le couvercle et découvris son contenu.

Il était rempli de flacons de parfum.

Il devait y en avoir au moins une trentaine. J'en connaissais déjà certains, je découvrais les autres. Cela allait des plus chers, que portaient les actrices de cinéma, aux plus modestes, que l'on pouvait trouver dans les supermarchés : *Éternité*, *Ange*, *Champs de vanille*, *Bouton de jade*, *Michael Kors*, *Poison*, *Poison hypnotique*, *Pur Poison*, *Bonheur*, *Lumière bleue*, *Musc de Jōvan*, *Sucre rose*, *Vera Wang*. Je sortis les bouteilles les unes après les autres. J'en regardais l'étiquette, puis les débouchais pour en sentir le contenu.

J'en avais déjà ouvert la moitié lorsque je pris conscience que ce cadeau devait m'avoir été envoyé par Adrian.

J'étais assez stupéfaite qu'il ait réussi à faire livrer tous ces parfums à l'hôtel en si peu de temps, mais je savais que l'argent pouvait accomplir des miracles. Sauf que je ne tenais pas à bénéficier des attentions d'un riche Moroï oisif. Apparemment, il n'avait pas compris les signaux que je lui avais envoyés. Je commençai à ranger les flacons à regret, puis m'interrompis. J'allais les lui rendre, évidemment... Mais je ne voyais pas ce qu'il y avait de mal à les sentir d'abord.

Je me remis donc à sortir une bouteille après l'autre. Je me contentais de humer le bouchon de certaines et vaporisais dans l'air celles dont le parfum m'intéressait plus. Heureuse découverte, *Dolce & Gabbana*, *Shalimar*, *Marguerite*, leurs dominantes particulières me frappaient l'une après l'autre : la rose, la violette, le bois de santal, l'orange, la vanille, l'orchidée...

Lorsque j'eus terminé, mon odorat était presque hors d'usage. Tous ces parfums avaient été créés pour des humains, dont l'odorat était moins sensible que celui des Moroï ou des dhampirs. Pour ma perception, ils étaient extrêmement puissants. Je comprenais mieux, à présent, pourquoi Adrian avait insisté sur l'importance de n'en mettre qu'une goutte. Si le fait d'avoir senti ces bouteilles m'étourdissait déjà, j'osais à peine imaginer la violence que devaient provoquer certains parfums sur l'odorat des vampires. Malheureusement, la saturation de mon odorat n'arrangeait rien au mal de tête avec lequel je m'étais réveillée.

Je rangeai les bouteilles pour de bon, en m'arrêtant lorsque j'eus dans la main une fragrance qui m'avait vraiment plu. J'hésitai, tournant la petite boîte entre mes doigts, puis je débouchai le flacon rouge pour le sentir de nouveau. Il était à la fois doux et piquant, avec quelque chose de fruité, sauf qu'il ne devait pas s'agir d'un fruit très sucré. En fouillant dans ma mémoire, je me rappelai avoir déjà senti cette odeur sur une fille de mon dortoir. Elle m'avait dit ce que c'était. Cela ressemblait vaguement à une cerise, en plus acide. La groseille… Il y en avait dans ce parfum. Elle était mélangée à des fleurs, parmi lesquelles je ne reconnaissais que le muguet. Mais peu importaient les ingrédients : ce mélange me parlait. Il était doux, mais pas trop. Je relus l'étiquette : *Amor Amor*.

— Parfaitement adapté, grommelai-je en songeant à mes problèmes sentimentaux qui se multipliaient.

Cela ne m'empêcha pas de mettre cette bouteille de côté avant de ranger le reste.

Je soulevai la boîte et allai la poser sur le bureau pour la refermer avec de l'adhésif. Je me fis ensuite indiquer la chambre d'Adrian. Toute une aile semblait être réservée aux Ivashkov, non loin de là où logeait Tasha.

J'empruntai le couloir en ayant l'impression d'être une livreuse, et m'arrêtai devant sa porte. Celle-ci s'ouvrit avant que j'aie eu le temps de frapper. Je me retrouvai nez à nez avec Adrian, qui semblait aussi surpris que moi.

— Petite dhampir ! m'accueillit-il cordialement. Je ne m'attendais pas à te trouver là.

— Je suis venue te rendre ça, expliquai-je en lui mettant la boîte dans les bras sans lui laisser le temps de protester.

Il la rattrapa maladroitement et tituba de surprise. Lorsqu'il eut recouvré son équilibre, il fit quelques pas dans sa chambre pour la poser par terre.

— N'en as-tu trouvé aucun qui t'ait plu ? Veux-tu que je t'en fasse livrer d'autres ?

— Je ne veux plus que tu me fasses le moindre cadeau.

— Ce n'est pas un cadeau, c'est un service public. Comment une femme peut-elle ne pas avoir de parfum ?

— Ne recommence pas, répétai-je fermement.

— Est-ce que c'est toi, Rose ? demanda tout à coup une voix derrière lui.

Je jetai un coup d'œil par-dessus son épaule. Lissa.

— Mais qu'est-ce que tu fais là ?

J'avais mal à la tête et je pensais qu'elle se trouvait en compagnie de Christian. J'avais donc fait tout mon possible pour bloquer notre lien depuis mon réveil. En temps normal, j'aurais dû sentir qu'elle se tenait dans la pièce en approchant de la porte. Je m'ouvris à ses impressions pour découvrir sa surprise. Elle ne s'attendait pas à me voir là.

— Et toi, qu'est-ce que tu fais là ? riposta-t-elle.

— Mesdames ! intervint Adrian, visiblement réjoui. Ne vous battez pas pour moi !

— Ne t'en fais pas, répondis-je en lui jetant un regard furieux. J'aimerais seulement comprendre ce qui se passe ici.

Des effluves d'après-rasage me frappèrent avant qu'une voix se fasse entendre derrière moi.

— Moi aussi.

Je sursautai, fis volte-face et découvris Dimitri immobile dans le couloir. Que faisait-il dans cette partie de la résidence réservée aux Ivashkov ?

Il allait dans la chambre de Tasha, me suggéra une voix intérieure.

Dimitri avait l'habitude de me surprendre dans des situations embarrassantes, mais la présence de Lissa semblait l'étonner. Il passa à côté de moi pour entrer dans la chambre, puis nous dévisagea les uns après les autres.

— Les garçons ne sont pas censés entrer dans les chambres des filles, ni les filles dans celles des garçons, déclara-t-il.

Je savais qu'il n'allait pas me servir à grand-chose de lui faire remarquer qu'Adrian n'était pas un élève. Nous n'étions censées pénétrer dans la chambre d'aucun garçon.

— Mais pourquoi t'acharnes-tu à faire ça ? demandai-je à Adrian, ulcérée.

— À faire quoi ?

— À nous mettre dans des situations qui nous donnent l'air coupables !

Il pouffa.

— C'est vous qui êtes venues…

— Vous n'auriez pas dû les laisser entrer, le sermonna Dimitri. Je suis certain que vous connaissez les règles en vigueur à Saint-Vladimir.

Adrian haussa les épaules.

— Oui. Mais je n'ai pas à obéir à un stupide règlement.

— Peut-être pas, répliqua froidement Dimitri. Mais je pensais que vous auriez tout de même un peu de respect pour ces règles.

Adrian lui fit les gros yeux.

— Je suis surpris que vous me fassiez un sermon sur la fréquentation des mineures… (Une telle fureur embrasa le regard de Dimitri que je crus un instant être sur le point d'assister à l'une des pertes de contrôle dont je l'avais accusé. Mais son visage resta de marbre et seuls ses poings crispés trahirent sa colère.) De plus, reprit Adrian, nous ne faisions rien de mal. Nous discutions…

— Dorénavant, si vous voulez « discuter » avec des jeunes filles, faites-le dans un endroit public.

Je n'appréciai pas d'entendre Dimitri nous traiter de « jeunes filles » et commençai à trouver qu'il en faisait un peu trop, au point de suspecter que sa colère était en partie due à ma présence.

Adrian éclata de rire, d'une manière qui me donna la chair de poule.

— Jeunes filles ? *Jeunes* filles ? Bien sûr ! Jeunes et vieilles à la fois… Elles ne connaissent presque rien de la vie, en même temps qu'elles en connaissent déjà trop. L'une est marquée par la vie, l'autre par la mort… Mais es-tu sûr de devoir t'inquiéter pour elles ? Tu ferais mieux de t'inquiéter pour toi-même, dhampir ! Pour toi et pour moi… C'est nous qui sommes jeunes.

Nous étions bouche bée. Aucun de nous ne s'attendait à voir Adrian perdre les pédales.

Il se calma tout à coup et recouvra un comportement parfaitement normal. Il se dirigea vers la fenêtre, nous jeta un regard détaché par-dessus son épaule, puis sortit son paquet de cigarettes.

— Vous devriez y aller, mesdames. Il a raison. Je suis une mauvaise fréquentation.

Après avoir échangé un regard, Lissa et moi nous empressâmes de sortir et de suivre Dimitri en direction du grand salon.

— C'était bizarre, non ? me décidai-je à dire quelques minutes plus tard.

Je ne faisais qu'énoncer une évidence, mais il fallait bien que quelqu'un s'en charge.

— Très, répondit Dimitri, plus intrigué que furieux.

Une fois dans le grand salon, Dimitri me rappela alors que je m'apprêtais à regagner notre chambre avec Lissa.

— Est-ce que je peux te parler, Rose ?

Par l'intermédiaire de notre lien, je sentis que Lissa en était désolée pour moi. Je m'écartai du passage et me tournai vers Dimitri. Un groupe de Moroï affolées, couvertes de fourrures et de diamants, passa près de nous, bientôt suivi par des employés de la résidence qui portaient leurs bagages. Les gens continuaient à partir en espérant trouver un abri plus sûr. La panique régnait toujours.

La voix de Dimitri me rappela que je devais l'écouter.

— C'est Adrian Ivashkov, dit-il en prononçant ce nom de la même manière que le faisait tout le monde.

— Je sais.

— C'est la deuxième fois que je te vois avec lui.

— Effectivement, répondis-je avec désinvolture. Il nous arrive de nous croiser.

Dimitri leva un sourcil.

— Et vous vous croisez souvent dans sa chambre ? insista-t-il en indiquant du menton la direction d'où nous venions.

Plusieurs réponses possibles défilèrent dans mon esprit, jusqu'à ce que la réplique parfaite m'apparaisse.

— Ce qui se passe entre lui et moi ne te concerne pas, déclarai-je en imitant assez bien le ton qu'il avait employé pour me faire cette remarque à propos de sa relation avec Tasha.

— Dans la mesure où tu es une élève de l'académie, tout ce que tu fais me concerne.

— Pas ma vie sentimentale. Tu n'as pas à t'en mêler.

— Tu n'es pas encore adulte.

— Je n'en suis plus très loin. Je ne vais pas le devenir par magie le jour de mon dix-huitième anniversaire.

— De toute évidence.

Je me sentis rougir.

— Ce n'est pas ce que je voulais dire…

— Je sais ce que tu voulais dire et les détails importent peu. Tu es une élève de Saint-Vladimir. Je suis ton instructeur. Mon travail consiste à t'aider et à veiller sur ta sécurité. Je n'estime pas… prudent que tu te rendes dans la chambre de quelqu'un comme lui.

— Je me débrouille très bien avec Adrian Ivashkov. Il est bizarre, même très bizarre apparemment, mais inoffensif.

Je commençai à me demander si Dimitri n'était pas simplement jaloux. Après tout, il n'avait pas pris Lissa à part pour lui faire un sermon. Cette idée me remonta le moral jusqu'à ce que je me souvienne de m'être interrogée sur la raison de sa présence dans ce couloir.

— En parlant de vie sentimentale, j'imagine que tu allais rendre visite à Tasha ?

Comme c'était mesquin de ma part, je m'attendis à une réponse du type : « Mêle-toi de ce qui te regarde. »

— C'était ta mère que j'allais voir, répondit-il à la place.

— Tu comptes sortir avec elle aussi ?

C'était impensable, évidemment, mais l'occasion était trop belle pour que je la laisse passer.

D'après son regard las, il en avait autant conscience que moi.

— Non. Nous venons de recevoir de nouvelles informations sur l'attaque des Drozdov.

Ma colère retomba. Les Drozdov. Les Badica. Ce qui venait de se passer me semblait dérisoire, tout à coup. Comment pouvais-je ennuyer Dimitri avec des histoires d'amour hypothétiques alors que les autres gardiens et lui faisaient tout pour nous protéger ?

— Qu'avez-vous découvert ? lui demandai-je d'une voix neutre.

— Nous avons réussi à suivre la piste des Strigoï. Du moins, celle des humains qui les accompagnaient… Des habitants des environs avaient repéré leurs voitures. Nous savons qu'elles étaient immatriculées dans des États différents. Le groupe a dû se disperser pour rendre nos recherches plus difficiles. L'un des témoins a pu nous fournir un numéro de plaque, qui nous a menés à une adresse à Spokane.

— Spokane ? répétai-je, incrédule. Dans l'État de Washington ? Mais qui aurait l'idée d'installer sa planque à Spokane ?

J'y étais allée une fois. Cette ville était aussi ennuyeuse que toutes celles des régions désolées du Nord-Ouest.

— Des Strigoï, apparemment..., répondit-il, stupéfait. L'adresse était fausse, mais des indices confirment qu'ils ne sont pas loin. Nous avons découvert un ensemble de tunnels sous un centre commercial. Des Strigoï ont été vus dans les environs.

Je fronçai les sourcils.

— Allez-vous les attaquer ? Quelqu'un va-t-il le faire ? Je veux dire... c'était l'idée de Tasha. Si nous savons où ils se trouvent...

Il secoua la tête.

— Les gardiens ne peuvent rien faire sans une autorisation de la hiérarchie. Ça risque de prendre un certain temps...

— Parce que les Moroï se perdent dans des discussions stériles, ajoutai-je en soupirant.

— Ils sont prudents, me corrigea-t-il.

Je sentis la colère me reprendre.

— Allez ! Même toi, tu ne peux pas vouloir être prudent dans cette affaire ! Vous savez où se cachent des Strigoï qui ont massacré des enfants, vous pouvez les attaquer par surprise et vous n'allez pas le faire ?

Je crus m'entendre parler avec la voix de Mason.

— Ce n'est pas si simple. Nous obéissons au Conseil des Gardiens et au gouvernement moroï. Nous ne pouvons pas agir de notre propre initiative… Et puis nous ne sommes encore certains de rien. Il n'est jamais bon d'entreprendre une manœuvre quand on maîtrise mal la situation.

— Encore un conseil zen, soupirai-je en rabattant une mèche de cheveux derrière mon oreille. Mais pourquoi me dis-tu ça ? Ces informations doivent être confidentielles. Tu n'es pas censé les livrer à une novice…

Son expression s'adoucit tandis qu'il réfléchissait à sa réponse. Même s'il était toujours irrésistible, c'était ainsi que je le préférais.

— Je t'ai dit des choses… l'autre jour et tout à l'heure… que je regrette. À propos de ton âge. Tu n'as peut-être que dix-sept ans, mais je te sais capable d'assumer les mêmes responsabilités que des gens plus âgés que toi.

Je sentis l'euphorie me gagner.

— Vraiment ?

Il acquiesça.

— Tu es encore jeune dans bien des domaines, et tu agis souvent de manière puérile, mais la meilleure manière de te faire progresser est de te traiter comme une adulte. Je devrais le faire plus souvent. Je sais que tu mesures bien l'importance de garder cette information pour toi, et que tu le feras.

Je n'appréciais pas qu'on me dise que j'agissais de manière puérile, mais j'aimais l'idée qu'il me parle comme à une égale.

— Dimka ! (Tasha Ozéra nous rejoignit et m'offrit un sourire.) Salut, Rose.

Ma bonne humeur s'en ressentit.

— Salut, répondis-je froidement.

Elle posa la main sur l'avant-bras de Dimitri et je me mis aussitôt à haïr ces doigts qui caressaient le cuir de sa veste. Comment Tasha osait-elle le toucher ?

— Tu as encore cet air…

— Quel air ? lui demanda-t-il.

L'expression sérieuse qu'il arborait devant moi laissa place à un sourire entendu, presque joueur.

— L'air de quelqu'un qui va travailler toute la journée.

— Vraiment ? Ça se voit tant que ça ? riposta-t-il d'un ton badin.

Elle acquiesça.

— À quelle heure ton service est-il censé finir ?

Je n'en revins pas de voir Dimitri prendre une expression penaude.

— Il y a une heure.

— Tu ne peux pas continuer comme ça, le gronda-t-elle. Tu as besoin de faire des pauses.

— Étant donné que je suis encore le gardien de Lissa…

— Pour le moment, l'interrompit-elle avec un sourire plein de sous-entendus. (Je me sentis encore plus mal que la nuit précédente.) Il y a un grand tournoi de billard, à l'étage. Ça te tente ?

— Je ne peux pas, répondit-il alors qu'un sourire s'attardait sur ses lèvres. Même si ça fait longtemps que je n'y ai pas joué…

Quoi ? Dimitri jouait au billard ?

La discussion que nous venions d'avoir perdit toute son importance à mes yeux. Une part de moi comprenait la confiance qu'il me témoignait en me traitant comme une adulte, mais l'autre part, bien plus grande, avait envie qu'il se comporte envers moi comme envers Tasha. Qu'il se montre joueur. Taquin. Désinvolte. Ils se connaissaient si bien qu'ils se sentaient complètement à l'aise en présence l'un de l'autre.

— Allez! le supplia-t-elle. Juste une partie... Je suis certaine qu'on peut battre n'importe qui!

— Je ne peux pas, répéta-t-il à regret. Pas avec ce qui se passe...

L'enthousiasme de Tasha retomba.

— J'imagine que tu as raison, se résigna-t-elle avant de s'adresser à moi en plaisantant. J'espère que tu te rends bien compte quel bourreau de travail tu as pour modèle! Il ne s'arrête jamais.

— Pour le moment..., répliquai-je en imitant le ton qu'elle avait employé pour prononcer cette phrase.

Tasha écarquilla les yeux. Elle ne pouvait pas imaginer que je me moquais d'elle. Dimitri me jeta un regard féroce pour m'avertir qu'il voyait clair dans mon jeu. Je compris à cet instant que j'avais ruiné tous les progrès que je venais d'accomplir sur la voie de l'âge adulte.

— J'ai terminé, Rose. Souviens-toi de ce que je t'ai dit.

— Oui. (Je commençai à m'éloigner, en proie à une envie soudaine d'aller végéter dans ma chambre. Cette journée m'avait déjà épuisée.) C'est promis.

Je ne m'étais pas beaucoup rapprochée de mon but lorsque je tombai sur Mason. Il y avait décidément des hommes partout…

— Tu es folle de rage, déclara-t-il en m'observant. (Il ne se trompait jamais sur mon humeur.) Qu'est-ce qui s'est passé ?

— Quelques… problèmes avec l'autorité. J'ai eu une matinée étrange.

Je soupirai. Comment cesser de penser à Dimitri ? Je regardai Mason et me rappelai l'envie de m'impliquer davantage avec lui que j'avais éprouvée la veille. J'étais un cas pathologique, incapable d'avoir une opinion précise sur qui que ce soit. Décidant tout à coup qu'il n'y avait pas de meilleur moyen d'oublier quelqu'un que d'être en compagnie d'une autre personne, je glissai ma main dans la sienne et l'entraînai avec moi.

— Allez, viens ! Ne devions-nous pas trouver… un endroit tranquille, aujourd'hui ?

— Moi qui croyais que tu avais dessaoulé ! plaisanta-t-il. Je pensais que ce n'était plus d'actualité.

Son regard, à la fois sérieux et intéressé, contredisait son ton.

— Je tiens mes promesses, c'est tout ! (Je me concentrai sur Lissa afin de la localiser. Elle avait quitté notre chambre pour assister à un événement mondain qui devait encore servir de répétition au grand dîner de Priscilla Voda.) Viens ! Allons dans ma chambre.

Sauf en de rares occasions où je n'avais pas manqué de me faire surprendre par Dimitri, personne ne songeait vraiment à violer la règle concernant la non-mixité des chambres. J'eus presque l'impression d'être de retour dans mon dortoir de l'académie. Tandis que nous montions l'escalier, je répétai à Mason ce que Dimitri m'avait dit à propos des Strigoï repérés à Spokane. Dimitri m'avait explicitement demandé de garder cette information pour moi-même, mais je lui en voulais une fois de plus et ne voyais pas le mal qu'il y avait à en parler à Mason. Et puis j'étais certaine que cela allait l'intéresser.

Je ne me trompai pas : Mason s'emballa aussitôt.

— Quoi ? s'écria-t-il alors que nous entrions dans ma chambre. Ils ne vont rien faire ?

Je m'assis sur mon lit en haussant les épaules.

— D'après Dimitri…

— Je sais, je sais… Tu l'as déjà dit. Il faut être prudent, et tout ça… (Mason se mit à faire les cent pas en bouillant de rage.) Mais si ces Strigoï s'en prennent à d'autres Moroï… à d'autres familles… Bon sang ! comme ils vont regretter de s'être montrés si prudents !

— Oublie ça… (J'étais assez vexée que ma présence sur ce lit ne suffise pas à le détourner de ses plans de bataille insensés.) Nous ne pouvons rien faire, de toute manière.

Il s'arrêta net.

— Nous, nous pourrions y aller.

— Où ça ? lui demandai-je stupidement.

— À Spokane. On peut s'y rendre en car à partir du centre-ville.

— Quoi ? Tu veux qu'on aille attaquer les Strigoï à Spokane ?

— Oui. Eddie serait d'accord, j'en suis sûr. Il nous suffirait d'aller dans ce centre commercial. Comme ils ne s'y attendront pas, nous n'aurons qu'à les guetter et les éliminer un par un…

J'écarquillai les yeux.

— Quand es-tu devenu si bête ?

— Je vois. Merci pour la confiance…

— Il ne s'agit pas de confiance, ripostai-je en me relevant pour aller me planter devant lui. Je sais que tu assures en combat, je t'ai vu en action, mais ce n'est pas… une manière de faire. On ne peut pas embarquer Eddie et partir à la chasse au Strigoï ! Il faudrait être plus nombreux, mieux organisés, disposer de davantage d'informations…

Je posai les mains sur son torse, qu'il recouvrit des siennes en me souriant. La fureur guerrière brillait encore dans ses yeux, mais il commençait à s'intéresser à d'autres choses. Moi, par exemple.

— Excuse-moi d'avoir dit que tu étais bête, murmurai-je.

— Tu ne t'excuses que parce que tu veux abuser de moi.

— Évidemment ! m'écriai-je en riant, soulagée de le voir se détendre.

Notre conversation me rappela celle que Christian et Lissa avaient eue dans la chapelle.

— Je crois que ça ne devrait pas être trop difficile, ajouta-t-il.

— Tant mieux, parce qu'il y a plein de choses que j'ai envie de te faire.

Je glissai mes doigts sur sa gorge en trouvant sa peau tiède et en me rappelant à quel point j'avais aimé l'embrasser la veille au soir.

— Tu es vraiment son élève, dit-il tout à coup.

— L'élève de qui ?

— De Belikov. J'étais en train de penser à ce que tu disais sur la nécessité d'obtenir davantage d'informations. Tu te comportes comme lui. En fait, tu es devenue incroyablement sérieuse depuis qu'il t'entraîne.

— C'est faux !

Alors que Mason venait enfin de m'attirer contre lui, je ne me sentais plus du tout d'humeur romantique. J'avais fait monter Mason dans ma chambre pour oublier Dimitri, pas pour parler de lui. D'où cela lui était-il venu ? Son rôle était de m'offrir une diversion…

— Tu as changé, c'est tout, expliqua-t-il sans remarquer l'altération de mon état d'esprit. Ce n'est pas un reproche. Tu es seulement… différente.

Cela m'énerva, mais Mason m'embrassa sans me laisser le temps de répondre. J'en oubliai ce que je voulais lui dire. Ce qui restait de ma mauvaise humeur fut facile à convertir en intensité physique. Je parvins à l'attirer jusqu'au lit et à l'y faire tomber sans interrompre le baiser. J'avais toujours été douée pour faire plusieurs choses à la fois. J'enfonçai mes ongles dans son dos tandis que ses mains glissaient vers ma nuque pour défaire la queue-de-cheval que je m'étais faite cinq minutes plus tôt. Il fit courir ses doigts dans mes cheveux détachés et se pencha pour m'embrasser le cou.

— Tu es magnifique, murmura-t-il.

Je ne pouvais pas douter de sa sincérité : son visage rayonnait d'affection pour moi.

Je me cambrai pour le laisser presser ses lèvres sur ma peau et glisser ses mains sous mon tee-shirt. Il posa la main sur mon ventre, et elle suivit ensuite doucement le bord de mon soutien-gorge.

Comme nous nous disputions à peine cinq minutes plus tôt, j'étais un peu surprise que les choses aillent si vite. À vrai dire, je m'en moquais. C'était dans ma nature : tout ce que je faisais devait être rapide et intense. La nuit où Dimitri et moi avions succombé au sortilège de Victor Dashkov avait été des plus passionnées. Comme Dimitri s'efforçait de se maîtriser, nous avions aussi pris notre temps, à certains moments, et cela avait été merveilleux, d'une autre façon. Mais la plupart du temps, nous avions eu bien du mal à nous retenir… Je pouvais encore sentir ses mains courir sur mon corps et l'intensité de ses baisers…

Alors je compris quelque chose.

J'étais en train d'embrasser Mason et c'était à Dimitri que je pensais. Et je n'étais pas seulement en train de me souvenir de ce que nous avions fait ensemble, je m'imaginais précisément que c'était lui qui m'embrassait à cet instant, comme si je ne pouvais pas m'empêcher de revivre indéfiniment cette nuit-là. Il me suffisait de fermer les yeux pour presque y croire…

Sauf qu'en les ouvrant je compris au regard de Mason que lui était avec moi. Il m'adorait et avait attendu longtemps cet instant. Alors je pris conscience que le fait de l'embrasser en m'imaginant en train d'embrasser quelqu'un d'autre…

… était mal.

— Arrête ! lui ordonnai-je en m'écartant.

Parce qu'il était du genre respectueux, il s'arrêta immédiatement.

— C'est trop ? me demanda-t-il. (J'acquiesçai.) Ça va. Nous pouvons nous arrêter avant…

— Non ! m'écriai-je alors qu'il se penchait pour recommencer à m'embrasser. Je ne suis pas sûre… Laissons tomber pour aujourd'hui, tu veux bien ?

Cela le laissa sans voix pendant quelques instants.

— Qu'est-il arrivé à toutes les choses que tu voulais me faire ?

J'avais bien conscience d'avoir l'air complètement lunatique, mais que pouvais-je lui dire ? *Ça ne peut pas devenir physique entre nous parce que je pense à l'homme que je désire vraiment, dès que je suis dans tes bras. Tu n'es qu'un faire-valoir.*

Je déglutis en me sentant stupide.

— Je suis désolée, Mase, je ne peux pas.

Il se redressa et passa la main dans ses cheveux.

— Ça va. D'accord.

Sa voix était dure.

— Tu es furieux.

Il me jeta un regard orageux.

— Je suis seulement un peu perdu. Je n'arrive pas à interpréter les signes que tu m'envoies. Tu es torride une minute et glaciale la suivante. Tu me dis que tu veux, et puis que tu ne veux plus. Si tu choisissais l'un des deux, ça irait… Mais tu ne cesses de me faire croire que tu vas faire quelque chose pour finir par faire exactement le contraire. Pas seulement maintenant… Ça t'arrive tout le temps. (Il avait raison. Je changeais sans cesse d'attitude à son égard. Je badinais avec lui à certains moments et ne lui accordais aucune attention à d'autres.) Est-ce que je peux faire quelque chose ? ajouta-t-il en voyant que je ne répondais rien. Je ne sais pas… Quelque chose qui t'aiderait à avoir une meilleure opinion de moi ?

— Je ne sais pas, répondis-je timidement.

Il soupira.

— Que veux-tu, au fond ?

Dimitri, songeai-je. Mais je me contentai de me répéter.

— Je ne sais pas…

Il se leva avec un grognement pour se diriger vers la porte.

— Eh bien ! pour quelqu'un qui prétend vouloir rassembler autant d'informations que possible, tu as encore beaucoup de choses à apprendre sur toi-même, Rose…

Il claqua le battant en partant. Le bruit me fit sursauter. Tandis que mes yeux restaient fixés à l'endroit où il se tenait un instant plus tôt, je pris conscience qu'il avait encore une fois raison. J'avais beaucoup à apprendre.

Chapitre 16

Lissa me retrouva plus tard dans la journée. Trop déprimée pour quitter le lit, je m'étais endormie après le départ de Mason. Elle me réveilla en claquant la porte.

J'étais contente de la voir et j'avais besoin de parler à quelqu'un de mon aventure confuse avec Mason, mais les sentiments qui me frappèrent ne m'en laissèrent pas l'occasion. Elle était aussi troublée que moi. Comme d'habitude, je décidai donc de lui donner la priorité.

— Qu'est-ce qui se passe ?

À la fois triste et furieuse, elle s'assit sur son lit en s'enfonçant dans le duvet en plumes.

— Christian.

— Vraiment ?

Je ne les avais jamais vus se disputer. Ils se taquinaient beaucoup, mais ce n'était pas ce genre de chose qui pouvait la mener au bord des larmes.

— Il a découvert… que j'étais avec Adrian ce matin.

— Ah ! Voilà qui peut poser un problème…

Je m'approchai de la coiffeuse, saisis ma brosse, grimaçai en voyant mon reflet dans le miroir au cadre lourdement ornementé et entrepris de coiffer mes cheveux qui s'étaient emmêlés durant ma sieste.

Elle gémit.

— Mais il ne s'est rien passé ! s'insurgea-t-elle. Christian en fait toute une affaire pour rien. Je n'arrive pas à croire qu'il n'ait pas confiance en moi.

— Il a confiance en toi. Il trouve ça bizarre, c'est tout. (Je songeai à Dimitri et Tasha.) Il arrive qu'on fasse ou qu'on dise des choses stupides par jalousie…

— Sauf qu'il ne s'est rien passé ! répéta-t-elle. Tu étais là, d'ailleurs, et… Au fait ! tu ne m'as jamais dit pourquoi.

— Adrian m'avait fait livrer quelques bouteilles de parfum.

— Tu parles de l'énorme boîte que tu avais dans les bras ?

J'acquiesçai.

— Ça alors !

— J'étais venue la lui rapporter. Maintenant, j'aimerais bien savoir ce que, toi, tu faisais là…

— On bavardait, c'est tout. (Je la sentis sur le point de me dire quelque chose, puis se raviser, comme si j'avais pu voir sa pensée avancer et reculer dans sa tête.) J'ai beaucoup de choses à te raconter, mais dis-moi d'abord ce qui ne va pas de ton côté.

— Tout va bien, de mon côté.

— Arrête, Rose. Même si je ne suis pas capable de lire dans tes pensées, je vois bien quand quelque chose te contrarie. Tu n'as plus le moral depuis Noël. Qu'est-ce qui se passe ?

Ce n'était pas le moment de déterrer la discussion que j'avais eue avec ma mère le soir de Noël, grâce à laquelle j'avais découvert ce qui se passait entre Dimitri et Tasha. En revanche, je lui racontai ce qui venait de se produire avec Mason, en passant sous silence la raison pour laquelle je lui avais demandé d'arrêter.

— C'était ton droit, commenta-t-elle quand j'eus terminé.

— Je sais. Mais je lui avais donné de fausses indications… Je comprends pourquoi il m'en veut.

— Je ne vois pas pourquoi ça ne pourrait pas s'arranger… Tu n'as qu'à aller lui parler. Il est fou de toi.

Nous étions en plein malentendu. Ce qui se passait entre Mason et moi ne pouvait pas se résoudre si facilement.

— Je ne sais pas, répondis-je. Tout le monde n'est pas comme Christian et toi.

Son expression se rembrunit.

— Christian… Je n'arrive toujours pas à croire qu'il puisse se montrer si stupide !

Je ne pus m'empêcher d'éclater de rire.

— Je parie que vous allez recommencer à vous embrasser en moins d'une journée. Plus que vous embrasser, sans doute…

Cela m'avait échappé. Lissa écarquilla les yeux.

— Tu sais. (Elle secoua la tête, exaspérée.) Bien sûr que tu sais…

— Je suis désolée…

Je voulais lui cacher que je le savais jusqu'à ce qu'elle décide de m'en parler d'elle-même.

— Que sais-tu ? m'interrogea-t-elle en m'observant.

— Pas grand-chose, mentis-je.

Comme j'avais fini de me démêler les cheveux, je me mis à jouer avec le manche de la brosse pour éviter son regard.

— Il faut que je trouve un moyen de t'empêcher d'entrer dans ma tête, grommela-t-elle.

— C'était mon seul moyen de te « parler », ces derniers temps…

Oups ! encore une bourde…

— Qu'est-ce que c'est censé vouloir dire ?

— Rien. Je… (Son regard se fit encore plus perçant.) Je ne sais pas. J'ai seulement l'impression qu'on se parle moins qu'avant.

— Il faut être deux pour arranger ça, remarqua-t-elle en recouvrant sa douceur.

— Tu as raison, répondis-je sans insister sur le fait qu'il valait mieux que l'une des deux ne soit pas toujours occupée avec son petit ami.

Je devais reconnaître que je lui avais caché un certain nombre de choses, même si j'avais essayé de lui parler plusieurs fois ces derniers temps. Simplement, ce n'était jamais le bon moment, pas même en cet instant.

— Je n'aurais jamais cru que tu serais la première, tu sais… Ou plutôt : je n'aurais jamais cru être encore vierge en dernière année.

— Moi non plus, répondit-elle sans détours.

— Eh ! qu'est-ce que ça veut dire ?

Elle me décocha un large sourire, qui s'évanouit dès qu'elle aperçut le cadran de sa montre.

— Mince ! Il faut que j'aille au banquet de Priscilla. Christian était censé m'accompagner, mais comme il préfère faire la tête…

Elle me lança un regard plein d'espoir.

— Quoi ? Non. Je t'en prie, Lissa… Tu sais à quel point je déteste les mondanités des familles royales.

— S'il te plaît…, me supplia-t-elle. Christian a déserté. Tu ne peux quand même pas me livrer aux loups… Ne viens-tu pas de dire qu'on avait besoin de se parler davantage ? (Je grognai.) En plus, tu vas passer ton temps à m'accompagner dans ce genre de mondanités quand tu seras ma gardienne.

— Je sais, grommelai-je. J'espérais seulement pouvoir profiter de mes six derniers mois de liberté.

Comme nous le savions l'une et l'autre, elle finit par me faire céder.

Nous n'avions plus beaucoup de temps et je devais encore prendre une douche rapide, me sécher les cheveux et me maquiller. J'avais emporté la robe de Tasha à tout hasard. Même si je lui souhaitais encore de souffrir affreusement à cause de l'attirance qu'elle ressentait pour Dimitri, j'éprouvai une vague gratitude à son égard pour me l'avoir offerte. Je me glissai dans son étoffe délicate et eus le plaisir de constater que cette nuance de rouge me mettait aussi bien en valeur que je l'avais imaginé. C'était un long kimono en soie brodé de fleurs, qui couvrait largement mes jambes et avait un col très haut placé. Cette tenue ne laissait pas beaucoup de peau à découvert, mais sa manière de mouler mes formes la rendait sexy dans son genre. De plus, mon coquard avait presque entièrement disparu.

Lissa, comme toujours, était fabuleuse. Elle portait une robe violette de Johnna Raski, une célèbre couturière moroï, en satin et sans manches. Les fausses améthystes qui ornaient les bretelles étincelaient sur sa peau blanche.

Elle s'était habilement relevé les cheveux en un chignon un peu lâche.

En entrant dans la salle de banquet, nous attirâmes quelques regards. Les Moroï de sang royal n'avaient pas prévu que la princesse Dragomir amènerait son amie dhampir à cette réception particulièrement chic. Tant pis pour eux : le carton qu'avait reçu Lissa précisait qu'elle pouvait venir accompagnée. Nous prîmes place à une table déjà occupée par quelques nobles dont je m'empressai d'oublier les noms. Ils choisirent unanimement de faire comme si je n'étais pas là, ce qui me convenait à merveille.

Les convives ne manquaient d'ailleurs pas de distractions. Cette salle était décorée dans des teintes bleu et argent. Les nappes bleu nuit qui recouvraient les tables étaient si douces et si brillantes que j'étais terrifiée à l'idée de manger dessus. De vraies bougies en cire d'abeille avaient été suspendues à l'ensemble des murs et un feu crépitait dans la cheminée protégée par un écran de carreaux de verre colorés. L'effet était spectaculaire. Des taches lumineuses et multicolores dansaient dans la pièce jusqu'à étourdir le regard. Une Moroï très mince jouait du violoncelle dans un coin, les yeux perdus dans le vague tandis qu'elle se concentrait sur la musique. Le cliquetis des coupes de cristal qui s'entrechoquaient faisait une sorte de contrepoint à la musique.

Le repas fut tout aussi stupéfiant. On nous servit des plats élaborés, mais je reconnus tout ce qui se trouvait dans mon assiette – en porcelaine chinoise, évidemment – et trouvai les mets délicieux. On m'épargna le foie gras. Il y eut du saumon servi dans une sauce à base de champignons, une salade aux poires et au fromage de chèvre, et de merveilleuses pâtisseries aux amandes en dessert. Je n'eus qu'un regret : les portions étaient trop petites. La nourriture semblait avoir pour principale fonction de décorer l'assiette et je finis chaque plat en une dizaine de bouchées. Les Moroï avaient besoin de manger en plus de boire du sang, mais moins que les humains ou qu'une dhampir en pleine croissance.

Néanmoins, j'estimai que le repas suffisait à compenser mon effort d'être venue. Malheureusement, Lissa m'expliqua au moment où je quittais la table que nous ne pouvions pas partir si vite.

— Nous devons nous mêler aux autres, chuchota-t-elle.

Nous mêler aux autres ?

Mon malaise l'amusa.

— Eh ! c'est toi la plus sociable de nous deux…

C'était vrai. Dans la plupart des circonstances, j'étais celle qui se mettait le plus en avant et je n'hésitais pas à entamer la conversation. Lissa se montrait souvent plus timide. Mais ce genre de mondanités était son élément, pas le mien, et j'observai, fascinée, l'aisance avec laquelle elle s'intégrait à la haute société moroï. Elle était parfaite, souriante et polie. Tout le monde voulait lui parler et elle savait précisément quoi dire à chacun. Elle ne se servait pas vraiment de son pouvoir de suggestion, mais quelque chose en elle attirait les autres. Il devait s'agir d'un effet de l'esprit dont elle n'avait même pas conscience. Son charisme naturel trouvait le moyen de s'exprimer malgré son traitement. Les interactions sociales, autrefois si stressantes pour elle, ne lui posaient plus de difficulté. J'étais fière d'elle. La plupart des conversations n'abordèrent que des sujets légers comme la mode ou les histoires d'amour de la noblesse. Personne ne semblait vouloir gâcher l'ambiance en évoquant les Strigoï.

Je restai donc dans son sillage pendant tout le reste de la soirée. Je la suivis comme son ombre, en essayant de me convaincre qu'il s'agissait d'un entraînement. À la vérité, je me sentais mal à l'aise au milieu de ces gens, et savais bien que l'impertinence qui me servait ordinairement de mode de défense ne pouvait m'être d'aucune utilité. Surtout, j'avais douloureusement conscience d'être la seule dhampir parmi les invités. Il y en avait d'autres dans la salle, évidemment, mais ils occupaient leur rôle et leur place de gardiens, en surveillant la réception depuis sa périphérie.

Tandis que Lissa charmait les foules, nous nous rapprochâmes progressivement d'un groupe de Moroï qui parlaient de plus en plus fort. Je reconnus l'un d'eux. C'était l'un des garçons que j'avais empêchés de se battre, qui portait un stupéfiant costume noir au lieu d'un caleçon de bain. Il remarqua notre approche, nous étudia sans la moindre gêne, mais ne parut pas me reconnaître. Sans faire attention à nous, il se replongea dans sa discussion. Il était question, sans grande surprise, de la protection des Moroï. Je me souvins qu'il était en faveur d'une attitude plus offensive à l'égard des Strigoï.

— Ne comprenez-vous pas que c'est du suicide ? demanda l'un de ses interlocuteurs, qui avait des cheveux grisonnants et une énorme moustache. (Lui aussi portait un costume, mais qui lui allait nettement moins bien qu'à l'autre.) Nous condamnerions notre espèce à l'extinction en laissant les Moroï apprendre à se battre.

— Ce n'est pas du suicide ! s'écria le jeune Moroï. C'est la seule chose à faire. Il est temps que nous apprenions à nous protéger nous-mêmes. Utiliser la magie comme une arme et nous battre aux côtés de nos gardiens est notre meilleur atout !

— Sauf que les gardiens nous dispensent d'avoir besoin d'un autre atout, répliqua l'homme aux cheveux gris. Vous vous êtes laissé influencer par des Moroï du commun. Je comprends très bien qu'ils aient peur, puisqu'ils n'ont pas de gardiens personnels. Mais ce n'est pas une raison pour mettre nos vies en danger.

— Il n'en est pas question, intervint Lissa. (Malgré la douceur de sa voix, tout le monde se tourna vers elle pour l'écouter.) Vous évoquez l'idée que les Moroï doivent apprendre à se défendre comme s'il s'agissait d'y forcer tout le monde. Ce n'est pas le cas. Si vous ne voulez pas vous battre, vous n'avez pas à le faire. Je vous comprends très bien. (L'homme aux cheveux gris se radoucit.) Mais c'est parce que vous pouvez vous en remettre à vos gardiens. Ce n'est pas le cas de tous les Moroï, loin de là. Si ceux-ci veulent apprendre à se protéger, je ne vois pas pourquoi on les en empêcherait.

Le plus jeune décocha un sourire de triomphe à son adversaire.

— Vous voyez ?

— Ce n'est pas si simple, lui objecta l'autre. S'il s'agissait seulement de laisser les plus fous d'entre vous aller se faire tuer, à la bonne heure ! Mais où allez-vous apprendre à vous battre ?

— Nous découvrirons l'usage offensif de la magie par nous-mêmes et les gardiens nous enseigneront comment combattre physiquement.

— Vous voyez ? Je savais bien que nous allions en arriver là. Même si vous n'êtes qu'une minorité à vouloir vous lancer dans une mission suicide, vous voulez tout de même nous priver de nos gardiens pour qu'ils forment votre armée fantoche.

Le mot « fantoche » fit froncer les sourcils au plus jeune, et je me demandai un instant s'il allait encore laisser parler ses poings.

— Vous nous le devez, grogna-t-il.

— Non, ils ne vous doivent rien, intervint encore Lissa.

Tous les regards se tournèrent de nouveau vers elle. Cette fois, c'était l'homme aux cheveux gris qui arborait un sourire de triomphe. Le jeune Moroï, lui, était rouge de colère.

— Les gardiens sont notre meilleure ressource en cas de bataille.

— C'est vrai, reconnut-elle. Mais ça ne vous donne pas le droit de les détourner de leur devoir.

L'homme aux cheveux gris rayonna littéralement.

— Alors comment allons-nous apprendre à nous battre ? insista le plus jeune.

— Comme le font les gardiens eux-mêmes, répliqua calmement Lissa. Allez dans les académies. Constituez des classes, et formez-vous en commençant par les bases, exactement comme les novices. De cette manière, vous n'aurez pas besoin de priver d'autres Moroï des gardiens qui les protègent. C'est un environnement sécurisé et les gardiens qui y travaillent ont déjà l'habitude d'enseigner. (Elle s'interrompit un instant pour réfléchir.) Vous pourriez même ajouter les arts martiaux au programme des élèves qui s'y trouvent en ce moment…

Les yeux s'écarquillèrent, y compris les miens. C'était une solution d'une grande élégance, comme tous ceux qui étaient présents le comprenaient l'un après l'autre. Elle ne satisfaisait à la totalité des exigences d'aucune des deux parties, mais elle en contentait la plupart, d'une manière qui ne nuisait pas à la partie adverse. C'était brillant. Les Moroï la regardèrent, fascinés.

Puis tout le monde se mit à parler de son idée en même temps. Lissa se laissa entraîner dans leur discussion passionnée. Je me trouvai mise à l'écart et m'en estimai satisfaite. Finalement, je décidai de battre en retraite vers un coin tranquille que j'avais repéré près d'une porte.

En chemin, je croisai une serveuse qui portait un plateau d'amuse-bouches. Comme j'avais encore faim, je leur jetai un regard méfiant sans rien voir qui ressemblait au foie gras de la veille. Je montrai du doigt une bouchée qui évoquait un morceau de viande braisée.

— Est-ce que c'est du foie d'oie ? lui demandai-je.

Elle secoua la tête.

— C'est du ris de veau.

Comme cela ne sonnait pas si mal, je tendis la main pour prendre l'amuse-gueule.

— C'est du pancréas, précisa une voix derrière moi.

J'écartai vivement la main du plateau.

— Quoi ? m'écriai-je.

La serveuse interpréta ma surprise comme un refus et se dirigea vers d'autres convives.

Adrian Ivashkov, visiblement très fier de lui, vint se placer devant moi.

— Est-ce que tu te moques de moi ? Le ris de veau est du pancréas ?

Je n'aurais pas dû être si surprise. Puisque les Moroï consommaient du sang, pourquoi pas des organes internes ? Néanmoins, je ne pus m'empêcher de frémir à cette idée.

— C'est très bon, m'informa Adrian en haussant les épaules.

Je secouai la tête avec une grimace de dégoût.

— Les riches ne savent vraiment plus quoi inventer…

Il semblait beaucoup s'amuser.

— Que fais-tu ici, petite dhampir ? Est-ce que tu me suivrais, par hasard ?

— Bien sûr que non ! me récriai-je. (Comme toujours, il était habillé avec une parfaite élégance.) Surtout pas avec tous les ennuis que tu nous as attirés.

Il me décocha l'un de ses sourires irrésistibles. Une fois de plus, je ressentis le besoin instinctif de rester près de lui malgré l'agacement qu'il m'inspirait. Qu'est-ce qui pouvait bien expliquer cela ?

— Vraiment ? me taquina-t-il. (À cet instant, il semblait parfaitement sain d'esprit, loin du comportement étrange dont j'avais été témoin dans sa chambre, et le costume lui allait bien mieux qu'à tous les garçons que j'avais vus jusque-là.) Combien de fois nous sommes-nous rencontrés ? C'est la cinquième, n'est-ce pas ? Je commence à avoir des doutes sur tes intentions… Mais ne t'inquiète pas : je n'en parlerai pas à ton petit ami. À aucun des deux.

J'ouvris la bouche pour protester, puis me rappelai qu'il m'avait surprise avec Dimitri la veille. Il n'était pas question que je lui fasse le plaisir de rougir.

— Je n'ai qu'un petit ami – quelque chose du genre. Peut-être même aucun, d'ailleurs. Ça ne te regarde pas. Et je ne te trouve pas sympathique.

— Ah oui ? répliqua Adrian sans cesser de sourire, avant de se pencher vers moi comme s'il voulait me murmurer un secret à l'oreille. Alors pourquoi portes-tu mon parfum ?

Cette fois, il réussit à me faire rougir et reculer d'un pas.

— C'est faux !

Il éclata de rire.

— C'est ça… J'ai compté les bouteilles après ton départ, et mon odorat me dit que tu en as mis. Il me plaît. Il est à la fois piquant et doux… Exactement ce que je devine de ta personnalité. Et tu as utilisé la bonne quantité : assez pour ajouter du charme à ton odeur naturelle sans la masquer.

Sa manière de prononcer le mot « odeur » me donna l'impression d'entendre une obscénité.

Les Moroï de sang royal me mettaient peut-être mal à l'aise, mais pas les petits malins qui me faisaient du rentre-dedans. Ceux-ci, je savais comment les prendre. Je me débarrassai de mon restant de timidité et me souvins de qui j'étais.

— J'avais parfaitement le droit d'en prendre une, déclarai-je en rejetant mes cheveux en arrière. Tu me les avais offertes. Là où tu te trompes, c'est en croyant que ça signifie quelque chose. Ce n'est pas le cas. La seule conclusion qu'il y ait à en tirer, c'est que tu ferais bien d'y réfléchir davantage, la prochaine fois que tu voudras jeter ton argent par les fenêtres.

— Ah ! Rose Hathaway se réveille ! s'écria-t-il en attrapant un verre de champagne sur le plateau d'une serveuse qui passait. Est-ce que tu en veux un ?

— Je ne bois pas.

— C'est vrai… (Adrian me tendit quand même un verre, puis chassa la serveuse et but une gorgée. J'avais l'intuition qu'il n'en était pas à sa première coupe de la soirée.) Alors, on dirait que notre Vasilisa a remis mon père à sa place…

— Ton… (Je me retournai vers le groupe que je venais de quitter. L'homme aux cheveux gris parlait toujours en faisant de grands gestes.) Ce type est ton père ?

— D'après ma mère, en tout cas.

— Es-tu d'accord avec lui ? Crois-tu aussi qu'il serait suicidaire que les Moroï apprennent à se battre ?

Adrian haussa les épaules et but une nouvelle gorgée.

— Je n'ai pas vraiment d'opinion sur la question.

— C'est impossible ! Tu dois bien pencher dans un sens plutôt que dans l'autre ?

— Non. Je n'y ai pas réfléchi. J'ai mieux à faire.

— Comme me poursuivre de tes assiduités ? suggérai-je. Ainsi que Lissa…

J'attendais toujours qu'on m'explique ce qu'elle faisait dans sa chambre.

Il m'offrit un nouveau sourire.

— Nous savons bien que c'est toi qui me poursuis.

— Oui, oui, je sais… Ça fait cinq fois… (Je m'interrompis net.) Cinq fois ? (Il acquiesça.) Tu te trompes, insistai-je en comptant sur mes doigts. Ça ne fait que quatre fois : il y a eu la première fois, la soirée au Spa, la fois où je suis venue dans ta chambre et ce soir…

— Si tu le dis, répondit-il avec un sourire lourd de sous-entendus.

— J'en suis certaine… (Mais je m'interrompis encore. J'avais bien parlé à Adrian une cinquième fois. En quelque sorte…) Tu ne peux pas penser à…

— Penser à quoi ? me demanda-t-il avec une expression avide où je découvris plus d'espoir que de vanité.

Je déglutis péniblement en me souvenant de mon rêve.

— Rien, conclus-je avant de boire une gorgée de champagne sans y penser.

À l'autre bout de la salle, Lissa était calme et joyeuse. Parfait.

— Pourquoi est-ce que tu souris ? voulut savoir Adrian.

— Parce que Lissa est en train de conquérir la foule.

— Il n'y a rien de surprenant à ça. Elle fait partie de ces gens qui pourraient charmer n'importe qui s'ils s'en donnaient les moyens, même ceux qui les haïssent.

Je lui jetai un regard méfiant.

— Je ressens la même chose à propos de toi.

— Mais tu ne me hais pas, me fit-il remarquer en vidant son verre. Pas vraiment…

— Je ne t'aime pas non plus.

— C'est ce que tu dis. (Il fit un pas vers moi sans chercher à m'intimider, seulement pour réduire la distance qui nous séparait.) Mais je peux m'en accommoder.

— Rose !

Le tranchant de la voix de ma mère parut déchirer l'air. Quelques Moroï qui se trouvaient à portée de voix tournèrent la tête dans notre direction tandis que ma mère, folle de rage, se ruait sur nous.

Chapitre 17

— À quoi est-ce que tu joues ? me demanda-t-elle bien trop fort à mon goût.

— À rien. Je…

— Excusez-nous, seigneur Ivashkov, grogna-t-elle avant de m'entraîner hors de la salle en me tirant par le bras comme si j'avais cinq ans.

Je renversai du champagne sur ma robe au passage.

— Et toi, qu'est-ce qui te prend ? m'exclamai-je dès que nous fûmes sorties. (Je baissai tristement les yeux vers ma robe.) C'est de la *soie*. Elle est peut-être fichue à cause de toi !

Elle m'arracha ma coupe pour la poser sur une table voisine.

— Tant mieux. Ça te dissuadera peut-être de t'habiller comme une catin vulgaire.

— C'est rude ! m'écriai-je, scandalisée. Et depuis quand joues-tu les mères poules ? (Je tirai sur ma robe.) Je te signale que cette tenue n'est pas exactement vulgaire. Tu as même dit que c'était gentil de la part de Tasha de me l'avoir offerte…

— Parce que je ne pensais pas que tu la porterais dans une salle pleine de Moroï pour te donner en spectacle.

— Je n'étais pas en train de me donner en spectacle ! D'ailleurs, cette robe ne dénude presque rien.

— Une robe si moulante révèle à peu près tout, répliqua-t-elle. (Elle, évidemment, était habillée comme une gardienne. Elle portait un pantalon noir et un blazer assorti qui dissimulaient efficacement ses propres courbes.) Surtout quand tu te retrouves dans ce genre de rassemblement. Ton corps… se remarque. Et ça n'aide pas, que tu flirtes avec un Moroï.

— Je ne flirtais pas avec lui.

Son accusation me révoltait d'autant plus que je me trouvais plutôt sage ces derniers temps. Je devais reconnaître que j'avais eu l'habitude de flirter, voire plus, avec des Moroï, mais un incident embarrassant et quelques discussions avec Dimitri m'avaient permis de comprendre que c'était stupide. Les filles dhampirs avaient toutes les raisons de se méfier des garçons moroï et je faisais de mon mieux pour garder cela en tête.

Une méchanceté me vint à l'esprit.

— Et puis n'est-ce pas précisément ce que je suis censée faire ? ricanai-je. Trouver un Moroï qui m'aidera à assurer la survie de mon espèce ? C'est pourtant ce que tu as fait, toi.

Elle me lança un regard noir.

— Pas à ton âge.

— Tu n'avais que quelques années de plus que moi.

— Ne fais pas une telle bêtise, Rose. Tu es trop jeune pour avoir un enfant. Tu n'as pas assez d'expérience. Tu ne sais encore rien de la vie… Et tu ne pourrais pas faire le travail qui te plairait.

Je grognai, mortifiée.

— Est-ce qu'on est vraiment en train d'avoir cette discussion ? Comment est-on passées du flirt dont tu m'accuses à la perspective que j'aie un enfant ? Je ne couche ni avec lui, ni avec personne, et même si je le faisais, j'ai entendu parler de la contraception ! Pourquoi me traites-tu comme si j'étais une petite fille ?

— Parce que tu te comportes comme une petite fille.

Cet échange ressemblait étrangement à celui que j'avais eu avec Dimitri.

— Que vas-tu faire, maintenant ? M'envoyer dans ma chambre ? ripostai-je, furieuse.

Elle parut épuisée, tout à coup.

— Non, Rose. Je ne vais pas te demander d'aller dans ta chambre. Mais il n'est pas non plus question que tu retournes là-dedans. J'espère que tu n'auras pas trop attiré l'attention…

— À t'entendre, on croirait que j'étais en train de faire un strip-tease ! J'ai seulement dîné avec Lissa, tu sais…

— Tu serais surprise de savoir quels événements insignifiants peuvent fournir un point de départ à une rumeur, me mit-elle en garde. Surtout lorsqu'il s'agit d'Adrian Ivashkov.

Elle me quitta sur ces mots. Je la regardai s'éloigner dans le couloir en bouillant de colère et de ressentiment. N'était-ce pas du délire de sa part ? Je n'avais rien fait de mal. Je la savais paranoïaque sur la question des catins rouges, mais la réaction qu'elle venait d'avoir me paraissait exagérée, même pour elle. Pire que tout : elle m'avait sortie de cette salle par la force, ce qui n'avait pas manqué de se remarquer. Pour quelqu'un qui ne voulait pas que j'attire l'attention, elle venait de commettre une boulette.

Quelques Moroï qui se trouvaient près d'Adrian et moi sortirent de la salle. En passant devant moi, ils me jetèrent des regards en coin et se chuchotèrent quelque chose à l'oreille.

— Merci, maman, grommelai-je.

Me sentant humiliée, je partis dans la direction opposée à celle qu'elle avait prise, sans trop savoir où j'allais, et me retrouvai à l'arrière de la résidence, loin de toute activité.

Le couloir que j'avais emprunté finit par prendre fin, mais la dernière porte à gauche donnait sur un escalier. Comme elle n'était pas fermée à clé, je montai, pour finalement tomber sur une autre porte. À mon grand plaisir, celle-ci ouvrait sur une petite terrasse qui ne semblait pas voir passer grand monde. Elle était couverte d'une épaisse couche de neige, rendue éblouissante par le soleil levant.

Je chassai la neige d'une grande boîte fixée au sol qui semblait faire partie d'un système de ventilation, et m'y assis sans plus me soucier de ma robe. Les bras enroulés autour de mes épaules, je m'abandonnai au plaisir de la vue et à la douce sensation du soleil sur ma peau, dont je jouissais rarement.

Je fus surprise d'entendre la porte s'ouvrir quelques minutes plus tard, et encore plus lorsque Dimitri fit son apparition. Mon cœur s'emballa par réflexe, puis je détournai les yeux sans savoir quoi en penser. J'entendis ses bottes crisser dans la neige tandis qu'il se dirigeait vers moi. Un instant plus tard, il retirait sa longue veste pour en draper mes épaules.

— Tu dois être frigorifiée, commenta-t-il en s'asseyant à côté de moi.

C'était vrai, mais cela me contrariait de l'admettre.

— Le soleil s'est levé, me défendis-je.

Il rejeta la tête en arrière pour contempler le ciel parfaitement bleu. Je savais que le soleil lui manquait autant qu'à moi, certains jours.

— C'est vrai, mais ça n'empêche pas. On est à la montagne, en plein hiver.

Je ne répondis rien. Nous restâmes assis côte à côte dans un silence reposant. De temps à autre, une bourrasque soulevait un tourbillon de neige autour de nous. Il faisait nuit pour les Moroï. La plupart des clients de la résidence allaient bientôt se coucher et les pistes de ski étaient désertes.

— Ma vie est un désastre, déclarai-je finalement.

— Ce n'est pas un désastre, répondit-il comme par réflexe.

— Est-ce que tu m'as suivie depuis la salle de banquet ?

— Oui.

— Je n'avais même pas remarqué que tu étais là. (Les vêtements noirs qu'il portait indiquaient qu'il devait être en service pendant la réception.) Alors tu as vu la légendaire Janine faire un scandale en me tirant dehors.

— Ce n'était pas un scandale. Presque personne ne l'a remarqué. Je m'en suis rendu compte parce que je t'observais.

Je m'interdis de m'enthousiasmer à cette idée.

— Ce n'est pas ce qu'elle a dit, répliquai-je. D'après elle, j'aurais aussi bien pu faire le tapin.

Je lui rapportai la conversation que nous avions eue dans le couloir.

— Elle s'inquiète pour toi, c'est tout, conclut Dimitri lorsque j'eus terminé.

— Elle a réagi de façon excessive.

— Il arrive que les mères soient un peu trop protectrices.

J'écarquillai les yeux.

— On parle de ma mère, là. Et elle ne m'avait pas l'air si protectrice que ça. J'ai surtout eu l'impression qu'elle avait peur que je l'embarrasse. Et puis tout son sermon sur les grossesses avant l'âge était stupide. Il n'y a aucun risque que ça m'arrive.

— Ce n'était peut-être pas de toi qu'elle parlait.

J'en restai bouche bée.

« Tu n'as pas assez d'expérience. Tu ne sais encore rien de la vie… Et tu ne pourrais pas faire le travail qui te plairait. »

Ma mère m'avait eue à vingt ans. Lorsque j'étais petite fille, cela me paraissait un grand âge. À présent, il ne me restait plus que quelques années avant de l'atteindre. Ce n'était pas si vieux que ça, finalement. Pensait-elle m'avoir eue trop jeune ? Avait-elle été une si mauvaise mère parce qu'elle n'avait pas su faire autrement ? Regrettait-elle la manière dont les choses avaient évolué entre nous ? Était-il possible qu'elle ait eu une expérience personnelle du flirt avec les Moroï et de la cruauté des rumeurs ? Je lui ressemblais beaucoup, physiquement. Je venais encore d'être frappée par sa belle silhouette. Elle avait un joli visage, pour une femme qui allait sur ses quarante ans. Plus jeune, elle devait être vraiment très séduisante.

Je soupirai. Je n'avais pas envie d'y réfléchir. Cela risquait de m'obliger à repenser la relation que j'avais avec ma mère, peut-être même au point de devoir admettre qu'elle était une personne à part entière. Or j'avais bien assez de relations stressantes à gérer. Je passais mon temps à m'inquiéter pour Lissa, même si elle semblait aller plutôt bien, pour une fois. Ma tentative d'histoire d'amour avec Mason était un champ de ruines. Et il y avait Dimitri, évidemment...

— On n'est pas en train de se battre, lui fis-je remarquer tout à coup.

Il me jeta un regard oblique.

— Tu aimerais qu'on se batte ?

— Non, je déteste ça. Verbalement, je veux dire... Dans la salle d'entraînement, c'est autre chose.

Il esquissa l'un des demi-sourires qu'il me réservait. J'avais rarement l'occasion d'en voir un entier.

— Je n'aime pas ça non plus.

Je ne pus m'empêcher de m'émerveiller des émotions que le seul fait d'être assise à côté de lui faisait naître en moi. C'était si bon d'être avec lui... Jamais la présence de Mason ne me procurait un tel bien-être. Alors je pris brusquement conscience qu'on ne pouvait pas forcer l'amour. Il était là ou n'y était pas. S'il n'y était pas, il fallait avoir le courage de l'admettre. S'il y était, il fallait tout faire pour protéger ceux qu'on aimait.

Les mots qui sortirent de ma bouche me prirent au dépourvu, à la fois parce qu'ils étaient tout à fait altruistes et parce que je les pensais sincèrement.

— Tu devrais accepter.

Il sursauta.

— Quoi ?

— La proposition de Tasha. Tu devrais l'accepter. C'est vraiment une grande chance.

Je repensai à ce que ma mère venait de me dire sur les enfants. Je n'étais pas prête à en avoir. Peut-être ne l'était-elle pas non plus lorsqu'elle m'avait eue. Mais Tasha, elle, l'était. Et je savais que Dimitri l'était aussi… Ils s'entendaient très bien. Il pouvait devenir son gardien et avoir des enfants avec elle… Ce serait une grande chance pour tous les deux.

— Je ne m'attendais vraiment pas à t'entendre dire une chose pareille, déclara-t-il, un peu mal à l'aise. Surtout après…

— … mon comportement de garce ?

Je resserrai sa veste autour de mes épaules pour lutter contre le froid. Elle était imprégnée de son odeur. C'était si enivrant que je pouvais presque m'imaginer dans ses bras. Adrian n'avait peut-être pas tort de souligner l'importance des parfums.

— Je te l'ai dit : je n'ai pas envie de me battre contre toi. Je n'ai pas envie qu'on se déteste. Et puis… (Je fermai les yeux, puis les rouvris.) Peu importe ce que j'éprouve pour toi : je préfère te savoir heureux.

Le silence qui suivit m'offrit l'occasion de prendre conscience de la douleur que je ressentais à la poitrine.

Dimitri passa un bras autour de moi et attira ma tête sur son épaule.

— Roza…, murmura-t-il simplement.

C'était la première fois qu'il me touchait vraiment depuis la nuit du sortilège. Ce qui s'était passé dans le gymnase était différent… plus animal. Il n'était pas question de désir à cet instant. Il n'était question que de se sentir proche de quelqu'un dont on se souciait et du flot d'émotions que cela générait.

Dimitri pouvait bien aller vivre avec Tasha, cela ne m'empêcherait pas de l'aimer. Je l'aimerais probablement toute ma vie.

Je tenais vraiment à Mason, mais je n'en tomberais vraisemblablement jamais amoureuse.

Je soupirai contre le torse de Dimitri en regrettant de ne pas pouvoir rester là pour toujours. Je me sentais apaisée. Peu importait la douleur que j'éprouvais en l'imaginant avec Tasha, c'était en lui conseillant de faire ce qui était le mieux pour lui que je pouvais être là. Alors je compris qu'il était temps que je cesse de me montrer lâche et que je fasse encore autre chose pour être en accord avec mes sentiments. Mason avait dit que j'avais encore des choses à apprendre sur moi-même. Je venais de le faire.

Je m'écartai à contrecœur, me levai et rendis sa veste à Dimitri. Il dut sentir ma gêne et me regarda bizarrement.

— Où vas-tu ? me demanda-t-il.

— Briser le cœur de quelqu'un.

Je contemplai les cheveux noirs et les beaux yeux sombres de Dimitri un instant de plus, puis quittai la terrasse. Je devais présenter mes excuses à Mason… et lui dire qu'il ne se passerait jamais rien entre nous.

Chapitre 18

Comme mes talons aiguilles commençaient à me faire souffrir, je les retirai dès que j'eus franchi la porte et je traversai la résidence pieds nus. Je n'étais jamais allée dans la chambre de Mason, mais me rappelais qu'il m'en avait donné le numéro et la trouvai facilement.

Je frappai. Shane, le garçon qui partageait la chambre avec Mason, m'ouvrit quelques instants plus tard.

— Salut, Rose !

Il s'écarta pour me laisser entrer pendant que je jetais un coup d'œil dans la pièce. La télévision diffusait un publireportage – la carence en émissions intéressantes était l'un des inconvénients de nos horaires nocturnes – et des canettes de soda vides recouvraient presque toutes les surfaces. Mason n'était pas là.

— Où est-il ? demandai-je à Shane.

— Je le croyais avec toi, répondit-il en réprimant un bâillement.

— Je ne l'ai pas vu depuis ce matin.

Shane bâilla pour de bon, puis fronça les sourcils.

— Je l'ai vu préparer un sac, tout à l'heure. J'ai cru que vous aviez prévu une folle sortie romantique : un pique-nique ou quelque chose comme ça… Jolie robe, au fait !

— Merci, murmurai-je en sentant que je fronçais les sourcils à mon tour.

Il préparait un sac ? Cela n'avait aucun sens, puisqu'il ne pouvait aller nulle part. Il n'était pas possible de partir, de toute manière. Cette résidence était aussi bien gardée que l'académie, d'où Lissa et moi n'avions réussi à nous enfuir que grâce à son pouvoir de suggestion, et ce avec les plus grandes difficultés. Mais pourquoi Mason aurait-il emporté des affaires s'il n'avait pas l'intention de partir ?

Je posai encore quelques questions à Shane, puis décidai de suivre cette piste malgré son absurdité. J'allai trouver le responsable de la planification des tours de garde et de la sécurité, et obtins les noms des gardiens qui étaient en service autour de la résidence au moment où Mason avait été vu pour la dernière fois. Je connaissais la plupart d'entre eux. Ils n'étaient plus en service à cette heure-là, ce qui les rendait d'autant plus faciles à trouver.

Malheureusement, les deux premiers que j'interrogeai n'avaient pas aperçu Mason de la journée. Lorsqu'ils me demandèrent pourquoi je me renseignais, je leur fis une réponse vague et m'empressai de les quitter. La troisième personne de ma liste était un type prénommé Alan, qui travaillait habituellement pour le collège de l'académie. Il revenait juste des pistes et retirait son équipement près de la porte. Il me reconnut aussitôt et sourit en me voyant approcher.

— Bien sûr que je l'ai vu ! me répondit-il en se penchant vers ses bottes.

Mon soulagement m'apprit à quel point je m'étais inquiétée.

— Savez-vous où il est ?

— Non. Je l'ai laissé sortir par la porte nord avec Eddie Castile et… comment s'appelle-t-elle déjà ? Ah ! la petite Rinaldi. Je ne les ai pas revus après ça.

J'en restai bouche bée. Alan continuait à détacher ses skis comme si nous étions en train de discuter de l'état des pistes.

— Vous avez laissé sortir Mason, Eddie… et Mia ?

— Oui.

— Pourquoi ?

Il venait d'en finir avec ses chaussures et releva la tête vers moi avec un air à la fois perplexe et réjoui.

— Parce qu'ils me l'ont demandé.

J'eus un sinistre pressentiment. Je cherchai sur ma liste quel gardien était de service avec Alan à la porte nord et allai aussitôt le trouver. Il me fournit la même réponse. Il avait laissé Mason, Eddie et Mia sortir sans leur poser de questions, et ne voyait pas plus qu'Alan en quoi cela pouvait poser un problème. Il semblait presque hébété. C'était un air que j'avais déjà vu… sur le visage des gens, lorsque Lissa employait la suggestion.

Cela se produisait surtout quand Lissa ne voulait pas qu'ils se souviennent de quelque chose. Elle pouvait enfouir le souvenir de l'événement au fond de leur mémoire, l'effacer tout à fait, ou faire en sorte qu'il resurgisse plus tard. Mais elle n'arrivait à gommer complètement des souvenirs que parce qu'elle était particulièrement douée dans ce domaine. Puisque ces deux gardiens en avaient encore quelques-uns, ils avaient dû être victimes d'une personne moins aguerrie.

Mia, par exemple.

Je n'étais pas le genre de fille à m'évanouir, mais je crus un instant que j'allais tourner de l'œil. Lorsque le monde se mit à basculer, je fermai les yeux et inspirai profondément. Je recouvrai la vue, et l'horizon sa stabilité. Il n'y avait aucun problème. J'allais finir par comprendre ce qui se passait.

Mason, Eddie et Mia avaient quitté la résidence plus tôt dans la journée en se servant de la suggestion, ce qui était formellement interdit. Ils n'avaient parlé de leur projet à personne. Ils étaient sortis par la porte nord. J'avais vu une carte des environs quelques jours plus tôt. Par la porte nord, on accédait à une allée qui débouchait sur la seule route vraiment fréquentée des environs. Cette nationale menait à une petite ville située à une vingtaine de kilomètres, celle où se trouvait la gare routière que Mason avait mentionnée.

Où l'on pouvait prendre un car pour Spokane.

Spokane, l'agglomération dans laquelle on avait repéré des membres du groupe de Strigoï qui employait des humains.

Spokane, où Mason croyait pouvoir réaliser tous ses rêves insensés de massacrer des Strigoï.

Spokane, dont il connaissait l'existence à cause de moi.

— Non, non, non ! gémis-je en courant jusqu'à ma chambre.

Dès que je l'atteignis, j'échangeai ma robe contre un jean, des bottes et un gros pull d'hiver. Attrapant mon manteau et mes gants, je me précipitai vers la porte, puis m'arrêtai net. J'étais en train d'agir sans réfléchir. Qu'allais-je bien pouvoir faire ? Il semblait nécessaire d'avertir quelqu'un… sauf que cela allait attirer de gros problèmes au trio. Cela me forcerait aussi à admettre devant Dimitri que je m'étais empressée de répéter les informations secrètes qu'il m'avait confiées comme une marque de respect pour ma maturité.

Je regardai l'heure. Il s'écoulerait un certain temps avant que quelqu'un se rende compte que nous avions disparu. À condition que j'arrive moi aussi à quitter la résidence…

Quelques minutes plus tard, je me retrouvais en train de frapper à la porte de Christian. Il vint m'ouvrir, l'air ensommeillé mais aussi cynique que d'habitude.

— Si tu es venue t'excuser pour elle, commença-t-il en me prenant de haut, tu peux aussi bien…

— La ferme ! l'interrompis-je. Il ne s'agit pas de toi.

Je lui expliquai rapidement ce qui se passait. Même lui ne trouva aucun commentaire spirituel à faire.

— Tu dis que Mason, Eddie et Mia sont allés à Spokane pour attaquer des Strigoï ?

— Oui.

— Mince alors ! Pourquoi n'es-tu pas partie avec eux ? Ça ressemble à une idée que tu aurais pu avoir…

Je réprimai une envie de le gifler.

— Parce que je ne suis pas folle ! Par contre, je vais aller les chercher avant qu'ils fassent quelque chose de stupide.

Ce fut à cet instant qu'il comprit où je voulais en venir.

— Qu'est-ce que tu attends de moi ?

— J'ai besoin de sortir de la résidence. Ils y sont parvenus parce que Mia a utilisé la suggestion sur les gardes. J'ai besoin que tu fasses la même chose. Je sais que tu t'y entraînes…

— C'est vrai, reconnut-il. (C'était la première fois depuis que je le connaissais que je le voyais embarrassé.) Mais je ne suis pas très bon… Il m'est presque impossible de l'employer sur un dhampir. Lissa est cent fois meilleure que moi… et que n'importe quel Moroï, probablement.

— Je sais. Mais je ne veux pas lui attirer d'ennuis.

Il ricana.

— Par contre, si tu m'en attires, tu t'en moques ?

— Plus ou moins, répondis-je en haussant les épaules.

— Tu es une vraie salope, tu sais.

— On me l'a déjà dit.

Cinq minutes plus tard, nous traversions les bois en direction de la porte nord. Il faisait jour et la plupart des gens étaient à l'intérieur, ce qui, je l'espérais, allait nous rendre les choses plus faciles.

C'est stupide, me répétai-je en marchant. Cette histoire allait nous retomber dessus. Pourquoi Mason avait-il fait une chose pareille ? Je le savais impulsif et j'avais bien vu que l'idée que les gardiens n'allaient rien faire après les deux attaques l'avait contrarié. Mais cela ne suffisait pas à expliquer sa décision. Était-il vraiment si cinglé ? Il devait savoir à quel point c'était dangereux. Était-il possible qu'il ait été contrarié par notre rendez-vous désastreux au point d'avoir envie de se jeter dans la gueule du loup ? et qu'il ait entraîné Eddie et Mia dans cette aventure ? Évidemment, ces deux-là n'avaient pas dû être difficiles à convaincre… Eddie aurait suivi Mason n'importe où et Mia rêvait autant que lui d'exterminer l'ensemble des Strigoï.

Au milieu de toutes les questions qui agitaient mon esprit ne se trouvait qu'une seule évidence : c'était moi qui lui avais parlé des Strigoï de Spokane. C'était entièrement ma faute et, sans moi, rien de tout cela ne se serait produit.

— Lissa regarde toujours sa victime dans les yeux, expliquai-je à Christian tandis que nous approchions de la porte, et elle parle d'une voix très calme. Je ne sais pas quoi te dire d'autre. Elle se concentre énormément. Tu n'as qu'à essayer ça… Focalise-toi sur le fait que tu veux leur imposer ta volonté.

— Je sais, grommela-t-il. Je l'ai vue faire.

— Parfait, me défendis-je. J'essayais seulement de t'aider.

En plissant les yeux, je vis qu'il n'y avait qu'un gardien à la porte. C'était un coup de chance. Nous devions être tombés pendant une relève… Lorsqu'il faisait jour, il n'y avait pas à craindre d'attaques de Strigoï. Les gardiens continueraient à accomplir leur devoir, mais nous pouvions espérer qu'ils seraient un peu moins vigilants…

Notre apparition ne sembla pas inquiéter celui qui était en service.

— Qu'est-ce que vous faites ici, les enfants ?

Christian déglutit, le visage tendu par son effort de concentration.

— Vous allez nous ouvrir la porte, dit-il.

À part un léger tremblement dû à sa nervosité, son ton était assez proche de celui qu'employait Lissa. Malheureusement, cela n'eut aucun effet sur le surveillant. Comme Christian me l'avait fait remarquer, il était presque impossible de se servir de la suggestion sur un dhampir.

Mia avait eu de la chance… Notre interlocuteur nous offrit un large sourire.

— Quoi ? demanda-t-il, visiblement amusé.

Christian fit un nouvel essai.

— Vous allez nous ouvrir la porte.

Le sourire du gardien trembla légèrement et, surpris, il se mit à cligner des yeux. Il n'avait pas l'air hébété des victimes de Lissa, mais Christian l'avait provisoirement désorienté. Malheureusement, il était évident que cela ne suffirait pas pour qu'il nous laisse sortir et oublie l'incident. Par chance, j'étais entraînée à plier les gens à ma volonté sans user de la magie.

Je baissai les yeux vers une énorme lampe torche qu'il avait posée près de sa guérite. Je me saisis de l'objet, qui devait bien peser dans les trois kilos, et l'abattis sur son crâne. Il poussa un grognement avant de s'effondrer. Il m'avait à peine vue venir… Malgré la monstruosité de l'acte que je venais de commettre, une part de moi regrettait que mes professeurs n'aient pas assisté à ma performance.

— Nom de Dieu ! s'exclama Christian. Tu viens d'attaquer un gardien !

— Oui. (Il n'était plus question de ramener les autres discrètement.) Je n'avais pas compris à quel point tu étais nul en suggestion. Je m'occuperai des conséquences plus tard. Merci de ton aide. Tu ferais bien de filer avant que la relève arrive.

Il secoua la tête et fit la moue.

— Pas question. Je t'accompagne.

— Non. Je n'avais besoin de toi que pour franchir la porte. Inutile que tu t'attires des problèmes.

— C'est déjà fait ! s'écria-t-il en me montrant le gardien. Il a vu mon visage. Puisque je suis déjà mouillé jusqu'au cou, autant que je t'aide à leur sauver la mise… Si tu cessais de te comporter comme une garce, pour changer ?

Je jetai un dernier regard coupable au gardien avant que nous franchissions la porte. J'étais à peu près sûre que le coup n'était pas assez fort pour avoir causé de vrais dégâts, et il ne risquait pas de mourir de froid en plein jour.

Après cinq minutes de marche au bord de la route, je compris que nous avions un problème. Malgré ses lunettes de soleil et ses vêtements épais, Christian souffrait beaucoup d'être exposé à la lumière du jour. Cela nous ralentissait, or il n'allait pas s'écouler beaucoup de temps avant que quelqu'un trouve le gardien que j'avais assommé et qu'on se lance à notre poursuite.

Une voiture apparut derrière nous. Comme ce n'était pas le genre de modèle des véhicules de l'académie, je pris une décision. Je n'aimais vraiment pas l'auto-stop et comprenais bien à quel point c'était dangereux, mais nous avions besoin d'atteindre la ville au plus vite. Il ne me restait plus qu'à espérer que nous serions capables de venir à bout de l'éventuel fou dangereux sur lequel nous allions tomber.

Par chance, il s'agissait d'un couple entre deux âges qui s'inquiéta pour nous.

— Est-ce que vous allez bien, les enfants ?

— Notre voiture a quitté la route, mentis-je en baissant mon pouce. Est-ce que vous pourriez nous déposer en ville pour que je puisse appeler mon père ?

Ils crurent à mon histoire. Un quart d'heure plus tard, ils nous déposaient devant une pompe à essence. J'eus même quelques difficultés à me débarrasser d'eux tant ils voulaient nous venir en aide. Après avoir réussi à les convaincre que nous nous en sortirions, nous marchâmes jusqu'à la gare routière. Comme je l'avais soupçonné, cet endroit n'était pas un grand carrefour de communications. Il n'était desservi que par trois lignes : deux qui menaient à d'autres stations de ski, et une troisième qui permettait de gagner Lowston, dans l'Idaho. C'était là qu'il fallait se rendre si l'on voulait aller ailleurs.

J'avais à moitié espéré que nous arriverions à rattraper Mason et ses complices avant l'arrivée de leur car. Nous aurions alors pu les ramener en limitant les dégâts. Malheureusement, nous ne les vîmes nulle part. La femme souriante qui tenait le guichet voyait d'ailleurs très bien de qui nous parlions. Elle nous confirma qu'elle leur avait vendu trois billets pour Spokane avec changement à Lowston.

— Merde ! m'écriai-je. (Tandis que mon juron lui faisait lever un sourcil, je me retournai vers Christian.) Tu as de l'argent pour les billets ?

Christian et moi ne parlâmes pas beaucoup pendant le trajet ; je me contentai de lui dire qu'il s'était conduit comme un idiot envers Lissa au cours de leur dispute à propos d'Adrian. Lorsque nous atteignîmes Lowston, j'avais réussi à le convaincre, ce qui était un petit miracle. Il dormit pendant la seconde moitié du trajet jusqu'à Spokane sans que je parvienne à l'imiter. Je ne cessais de me répéter que tout était ma faute.

Nous arrivâmes à Spokane en fin d'après-midi. Il nous fallut interroger plusieurs personnes, mais quelqu'un finit par nous indiquer la direction du centre commercial dont Dimitri m'avait parlé. Il se trouvait assez loin de la gare routière, mais restait accessible à pied. Comme mes muscles étaient un peu raides après cinq heures de car, l'exercice me fit du bien. Le soleil n'était pas encore couché, mais il était maintenant assez bas et moins pénible pour un vampire. Christian pouvait marcher sans problème.

Alors, comme cela se produisait souvent lorsque j'étais calme, je me sentis attirée dans la tête de Lissa. Puisque cela allait me permettre de savoir ce qui se passait à la résidence, je n'essayai pas d'y résister.

— Je sais que tu veux seulement les protéger, mais nous avons besoin de savoir où ils sont.

Assise sur son lit dans notre chambre, Lissa venait de subir l'interrogatoire de Dimitri, en présence de ma mère. C'était une expérience intéressante que de le voir avec les yeux de Lissa. Il lui inspirait un profond respect, bien différent du maelström d'émotions que je ressentais en sa présence.

— Je vous ai déjà dit que je ne suis au courant de rien, répondit Lissa. Je n'ai aucune idée de ce qui s'est passé.

Elle s'inquiétait beaucoup pour nous. Même si j'étais triste de la sentir anxieuse, je me réjouis de ne pas l'avoir impliquée dans cette histoire. Elle ne pouvait pas livrer des informations qu'elle ignorait.

— Je ne peux pas croire qu'ils soient partis sans te dire où ils allaient ! intervint ma mère. (Sa voix était sèche, mais je découvris de l'inquiétude sur son visage.) Surtout compte tenu de votre… lien.

— Il ne fonctionne que dans un sens, lui rappela tristement Lissa. Vous le savez très bien.

Dimitri s'agenouilla pour se mettre à sa hauteur, ce qui était presque toujours nécessaire lorsqu'il voulait regarder quelqu'un droit dans les yeux.

— Es-tu certaine que tu ne peux rien nous dire ? Ils ne sont pas en ville. L'homme que nous avons interrogé à la gare routière ne les a pas vus. Nous sommes pourtant quasiment sûrs que c'est là qu'ils sont allés… Il nous faudrait une piste, n'importe laquelle, pour commencer à les chercher.

Un homme à la gare routière ? Encore un coup de chance… Il avait dû entre-temps remplacer la femme qui nous avait vendu les billets.

Lissa grinça des dents avant de lui jeter un regard furieux.

— Vous croyez vraiment que je ne vous le dirais pas, si je savais quelque chose ? Vous pensez que je ne m'inquiète pas pour eux, moi aussi ? Je n'ai aucune idée de l'endroit où ils se trouvent. Aucune ! Et je ne sais pas non plus pourquoi ils sont partis. Je n'y comprends rien. J'ai même du mal à croire qu'ils soient avec Mia…

Je la sentais déçue et un peu amère d'avoir été tenue à l'écart de nos plans, même s'ils étaient stupides et dangereux.

Dimitri se releva en soupirant. Son expression m'apprit qu'il la croyait, et aussi qu'il s'inquiétait, d'une manière qui n'était pas seulement professionnelle. Mon cœur se brisa lorsque je découvris tout le souci qu'il se faisait pour moi.

— Rose ? (La voix de Christian me fit regagner mon propre corps.) Je crois qu'on est arrivés.

Nous étions sur une vaste place en face d'un centre commercial. Un café occupait l'angle du bâtiment, sa terrasse empiétant sur l'espace où nous nous trouvions. Des gens entraient et sortaient sans cesse du complexe bourdonnant encore d'activité à cette heure-là.

— Alors ? me demanda Christian. Comment fait-on pour les retrouver ?

Je haussai les épaules.

— Nous n'avons qu'à nous comporter comme des Strigoï pour qu'ils nous tombent dessus…

Un sourire réticent se dessina sur ses lèvres. Même s'il refusait de l'admettre, ma plaisanterie l'avait amusé.

Nous entrâmes. Cette galerie commerciale abritait les mêmes enseignes que toutes les autres, et mon côté égoïste me souffla qu'il nous resterait peut-être le temps de faire un peu de shopping si nous les trouvions assez vite.

Christian et moi en fîmes deux fois le tour sans repérer nos amis ni rien qui aurait pu ressembler à l'entrée d'un tunnel.

— Nous nous sommes peut-être trompés d'endroit, finis-je par suggérer.

— Ou bien ce sont eux qui se sont trompés d'endroit, compléta Christian. Ils ont très bien pu aller… là !

Je suivis la direction de son doigt. Les trois renégats s'étaient installés à une table du café. Ils avaient l'air si découragés et anéantis que j'en eus mal pour eux.

— Je tuerais pour avoir un appareil photo à cet instant, ricana Christian.

— Ce n'est pas drôle ! grommelai-je en me précipitant vers eux.

Intérieurement, je poussai un grand soupir de soulagement. Ils n'avaient visiblement pas rencontré de Strigoï, le groupe était au complet et il semblait possible de les convaincre de rentrer avant que les ennuis se multiplient.

Ils ne me remarquèrent que lorsque je fus presque devant eux.

— Rose ! s'écria Eddie en relevant brusquement la tête. Qu'est-ce que tu fais là ?

— Est-ce que vous êtes devenus fous ? hurlai-je. (Quelques personnes me jetèrent des regards surpris.) Avez-vous la moindre idée des ennuis que vous vous êtes attirés ? du pétrin où vous nous avez fourrés ?

— Comment nous as-tu retrouvés ? m'interrogea Mason à voix basse en observant les alentours avec nervosité.

— Vous n'êtes pas tout à fait des génies du crime, grinçai-je. Votre informateur de la gare routière vous a trahis. Et puis j'ai vite compris que vous aviez décidé de vous lancer dans cette chasse au Strigoï stupide et vaine.

Le regard de Mason me révéla qu'il m'en voulait encore. La réponse vint de Mia.

— Elle n'était pas vaine…

— Ah oui ? Avez-vous tué des Strigoï ? En avez-vous seulement repéré un ?

— Non, reconnut Eddie.

— Parfait, répliquai-je. Vous avez eu de la chance.

— Pourquoi es-tu si hostile à l'idée d'abattre des Strigoï ? m'agressa Mia. N'est-ce pas pour ça qu'on t'entraîne ?

— On m'entraîne à accomplir des missions sensées, et pas des enfantillages suicidaires.

— Ce n'est pas un enfantillage ! s'insurgea-t-elle. Ils ont tué ma mère. Les gardiens avaient décidé de ne rien faire... Et leurs informations ne valent rien. On n'a pas trouvé de Strigoï dans les tunnels. Il ne doit pas y en avoir un seul dans toute la ville.

Christian sembla impressionné.

— Vous avez découvert les tunnels ?

— Oui, répondit Eddie. Mais ils étaient bel et bien vides.

— Nous devrions les visiter avant de partir, me suggéra Christian. Ça peut être cool, et on ne court aucun risque si l'information est mauvaise.

— Non. On rentre. Tout de suite.

— Nous allons encore fouiller la ville, déclara Mason qui semblait épuisé. Tu ne peux pas nous obliger à repartir, Rose.

— Non, mais les gardiens de l'académie s'en chargeront avec plaisir quand je les appellerai pour leur dire que vous êtes là.

C'était peut-être du chantage, mais ce fut efficace. Tous trois levèrent les yeux vers moi comme si je les avais frappés dans l'estomac simultanément.

— Tu en serais capable ? me demanda Mason. Tu nous trahirais ?

Je me frottai les yeux en essayant désespérément de comprendre comment je me retrouvais à tenir le rôle de la raison. Qu'était devenue la fille qui s'était enfuie de l'académie ? Mason ne s'était pas trompé : j'avais changé.

— Il ne s'agit pas de vous dénoncer mais de vous garder en vie.

— Tu nous crois sans défense ? intervint Mia. Tu penses qu'on se ferait tuer tout de suite ?

— Oui. À moins que tu aies trouvé une manière d'utiliser l'eau comme une arme ?

Elle rougit et ne répondit rien.

— Nous avons apporté des pieux en argent, précisa Eddie.

Génial. Ils avaient dû les voler… Je jetai un regard implorant à Mason.

— Je t'en prie, Mason… Mets fin à cette folie et rentrons…

Il m'observa un long moment, puis soupira.

— Très bien.

Eddie et Mia parurent consternés, mais Mason avait assumé le rôle de chef de bande et ils n'allaient pas oser poursuivre sans lui. C'était Mia qui semblait le prendre le plus mal, et je ne pus m'empêcher de me sentir désolée pour elle. Elle n'avait pas pris le temps de pleurer sa mère et s'était lancée dans son projet de vengeance pour échapper à sa douleur. Elle allait devoir faire face à beaucoup de choses lorsque nous serions de retour.

Christian était toujours excité par les tunnels. Vu qu'il passait sa vie dans un grenier à l'académie, je n'aurais pas dû en être surprise.

— Je viens de regarder les horaires des cars, m'annonça-t-il. Nous avons largement le temps de les visiter avant le prochain…

— Nous n'allons pas nous promener dans un repaire de Strigoï, décrétai-je en me dirigeant vers les portes du centre commercial.

— Sauf qu'il n'y a pas de Strigoï dans ces souterrains, répéta Mason. Ils ne servent qu'à entreposer du matériel de nettoyage et nous n'y avons rien vu de bizarre… Je crois vraiment que les gardiens ont été mal informés.

— Rose ! insista Christian. On peut bien s'amuser un peu avant de repartir…

Ils me regardaient tous en me donnant l'impression que j'étais une mère refusant d'acheter des bonbons à ses enfants à l'épicerie.

— Très bien. Mais juste un coup d'œil, alors…

Ils nous conduisirent à l'autre bout de la galerie marchande et poussèrent une porte qui annonçait « Réservé au personnel ». Après avoir évité quelques agents de maintenance, nous ouvrîmes une nouvelle porte. Celle-ci donnait sur un escalier qui me rappela celui que nous avions descendu pour rejoindre Adrian dans le Spa de la résidence, sauf que celui-là était beaucoup plus sale et qu'il y régnait une odeur infecte.

Nous atteignîmes la dernière marche. En fait de tunnel, il s'agissait plutôt d'un étroit couloir aux murs recouverts de ciment décrépit et éclairé sporadiquement par d'horribles néons. Il se poursuivait à la fois à droite et à gauche, et était encombré de boîtes de produits nettoyants ou de matériel électrique.

— Tu vois ? me dit Mason. À mourir d'ennui.

— Et qu'est-ce qu'il y a au fond ? demandai-je en indiquant tour à tour les deux directions.

— Rien ! répondit Mia en soupirant. On va te montrer.

Nous partîmes vers la droite pour retrouver le même décor rébarbatif. Je m'apprêtais à tomber d'accord avec mes camarades lorsque j'aperçus quelque chose sur le mur. Je m'arrêtai pour examiner ce qui se révéla être une liste de lettres peintes en noir.

D
B
C
O
T
D
V
L
D
Z
S
I

Certaines étaient assorties de lignes ou de croix, mais le message me parut globalement incohérent. Mia remarqua que mon attention avait été attirée par quelque chose.

— C'est probablement un code du service de maintenance, déclara-t-elle, ou un message laissé par un gang.

— Probablement, répétai-je en continuant à examiner le mur.

Les autres s'agitaient sans comprendre ma fascination pour ces lettres. Je ne la saisissais pas non plus, à vrai dire, mais mon instinct m'incitait à rester.

Alors je compris.

B comme Badica, Z comme Zeklos, I comme Ivashkov...

J'écarquillai les yeux. C'était la liste des initiales des douze familles royales. Il y avait trois D, mais je devinai d'après les lettres que les familles étaient rangées par ordre d'importance croissante. On trouvait d'abord les familles qui comptaient le moins de membres, comme les Dragomir, les Badica, les Conta, pour ensuite remonter peu à peu l'échelle sociale jusqu'au clan gigantesque des Ivashkov. Je ne comprenais pas à quoi servaient les lignes qui accompagnaient parfois les lettres, mais je remarquai vite quelles étaient les familles dont la lettre était suivie d'une croix : les Badica et les Drozdov.

Je m'écartai du mur.

— Nous devons sortir de là, annonçai-je d'une voix qui m'effraya moi-même. Tout de suite.

Les autres me jetèrent des regards étonnés.

— Pourquoi ? demanda Eddie. Que se passe-t-il ?

— Je vous expliquerai plus tard. Partons d'abord.

— Il y a une sortie par là, m'informa Mason en m'indiquant l'endroit par lequel nous étions arrivés. C'est plus près de la gare routière.

— Non, décidai-je après avoir jeté un coup d'œil au couloir obscur. Nous repartons par le chemin que nous avons pris pour venir.

Tandis que nous revenions sur nos pas, tous me regardaient comme si j'avais perdu la tête, mais pas un n'osa encore me poser de questions. Lorsque nous émergeâmes du centre commercial, je poussai un soupir de soulagement en retrouvant le soleil. Celui-ci était en train de se coucher, teintant les bâtiments de rouge et d'orange, mais il nous laissait encore le temps d'atteindre la gare routière sans courir de danger. Avec un peu de chance, nous n'allions pas croiser de Strigoï.

Car je savais désormais qu'il y avait bien des Strigoï à Spokane. Les informations dont disposait Dimitri étaient fiables. Je n'avais pas compris la signification de cette liste, mais il était évident qu'elle avait un rapport avec les attaques. Je devais prévenir les autres gardiens aussi vite que possible et m'abstenir d'en parler à mes camarades avant que nous ayons retrouvé la sécurité de la résidence. Mason aurait bien été capable d'y retourner...

Nous parcourûmes le trajet de retour jusqu'au car en silence. Mon changement d'humeur semblait avoir intimidé mes compagnons. Même Christian paraissait à court de commentaires narquois. Pour ma part, je bouillais intérieurement en oscillant entre la colère et la culpabilité, et je passai le trajet à réfléchir au rôle que j'avais joué dans tous ces événements.

Je faillis foncer dans Eddie, qui marchait devant moi et s'arrêta brutalement.

— Où sommes-nous ? demanda-t-il en jetant des regards alentour.

Tirée de mes réflexions par sa remarque, j'examinai les environs. Les bâtiments devant lesquels nous passions ne me disaient rien.

— Mince ! m'écriai-je. Est-ce qu'on s'est perdus ? Personne n'a donc fait attention à la route ?

Puisque je n'avais pas été plus prudente qu'eux, ma remarque était injuste. Mais ma mauvaise humeur avait pris le pas sur la raison. Mason m'observa pendant quelques instants, puis indiqua une direction.

— Par là !

Après avoir bifurqué, nous prîmes une rue étroite qui se faufilait entre deux bâtiments. J'avais l'impression qu'il se trompait, mais je n'avais pas de meilleure idée à proposer et il n'était pas question de perdre du temps en ouvrant un débat.

Nous n'avions fait que quelques pas dans la ruelle lorsque j'entendis un bruit de moteur et un crissement de pneus. Mia marchait au milieu de la chaussée et mon instinct protecteur doublé d'un solide conditionnement m'incita à agir avant d'avoir vraiment compris ce qui se passait. Je lui saisis le bras pour la plaquer contre le mur. Les deux garçons avaient eu le réflexe de s'écarter de la route au même instant.

Une grande camionnette grise aux vitres teintées venait de s'engager derrière nous et nous fonçait dessus. Nous nous pressâmes contre le mur pour la laisser nous dépasser.

Sauf qu'elle ne le fit pas.

Avec un grincement, elle s'arrêta juste devant nous. Lorsque la porte latérale s'ouvrit en coulissant pour laisser trois colosses en jaillir, mon instinct se réveilla de nouveau.

J'ignorais qui ils étaient et ce qu'ils nous voulaient, mais leur comportement était clairement hostile et je n'avais pas besoin d'en savoir davantage.

J'assenai un violent coup de poing à celui qui s'approchait de Christian. Il l'encaissa presque sans broncher mais parut surpris de l'avoir senti. Il devait penser que quelqu'un de si petit ne lui poserait aucun problème. Le colosse se désintéressa de Christian pour avancer sur moi. Du coin de l'œil, je vis Mason et Eddie se préparer à affronter les deux autres. Mason avait même dégainé son pieu volé... Mia et Christian, pour leur part, étaient tétanisés.

Nos assaillants comptaient essentiellement sur la force brute. Leurs techniques de combat offensives et défensives n'étaient pas aussi perfectionnées que les nôtres et il s'agissait d'humains, qui n'avaient pas la puissance des dhampirs. Malheureusement, le fait d'être acculés contre un mur nous désavantageait. Il nous était impossible de battre en retraite et nous avions quelque chose à perdre.

Mia, par exemple.

Le géant qui affrontait Mason en prit subitement conscience et lui échappa pour se saisir de Mia. J'eus à peine le temps d'apercevoir l'éclat d'un canon qu'il pressait déjà son arme contre son cou. J'abandonnai aussitôt mon adversaire et criai à Eddie d'en faire autant. Comme nous étions entraînés à obéir instantanément à ce type d'ordres, il interrompit son combat pour me jeter un regard interrogateur. Je le vis pâlir en découvrant Mia.

Je ne demandais pas mieux que de continuer à cogner sur ces types, même si je ne savais toujours pas qui ils étaient, mais je ne pouvais pas courir le risque que Mia soit blessée. Le type qui la tenait le savait aussi. C'était un humain, mais il nous connaissait assez pour savoir que nous aurions fait n'importe quoi pour protéger une Moroï. La devise des gardiens avait été gravée dans notre esprit dès notre plus jeune âge : leur sécurité avant tout.

Nos agresseurs se figèrent pour nous observer à tour de rôle, Mason et moi. Nous passions apparemment pour les chefs de la bande.

— Qu'est-ce que vous nous voulez ? leur criai-je.

Le colosse arracha un gémissement à Mia en pressant davantage l'arme sur son cou. Malgré tous les discours qu'elle avait tenus sur sa valeur guerrière, elle était plus petite que moi, beaucoup moins forte et bien trop terrifiée pour tenter le moindre geste.

L'homme indiqua la porte ouverte de la camionnette d'un mouvement de tête.

— Je veux que vous montiez là-dedans. Et pas de coup fourré ! Si vous tentez quoi que ce soit, je la tue.

Mon regard passa de Mia au véhicule, puis à mes amis, avant de revenir se poser sur l'inconnu qui venait de parler. Et merde !

Chapitre 19

J'avais horreur de me sentir impuissante et je détestais reconnaître ma défaite sans m'être battue. Ce qui s'était passé dans la ruelle n'avait pas été un vrai combat. Si ces types m'avaient vaincue, j'aurais peut-être accepté de me soumettre. Mais personne ne m'avait vaincue. Je m'étais à peine sali les mains et leur avais obéi sans discuter.

Ils nous forcèrent à nous asseoir à même le sol de la camionnette et nous attachèrent les mains dans le dos avec des lanières de plastique tout aussi solides que des menottes en métal.

Le trajet se déroula en silence. Il arrivait que nos ravisseurs échangent quelques mots, mais toujours trop bas pour qu'aucun de nous trois parvienne à les entendre. Christian et Mia comprenaient peut-être ce qu'ils se disaient, mais il leur était difficile de nous le communiquer. Mia semblait aussi terrifiée que dans la ruelle. Christian s'était vite ressaisi et arborait son habituelle expression de colère hautaine ; il n'osait pas pour autant prendre une initiative face à nos gardes.

Je ne manquai pas de me réjouir de son sang-froid. Il ne faisait pas de doute que ces hommes n'auraient pas hésité à le frapper s'il leur en avait fourni le prétexte, et aucun de nous trois n'aurait été en position d'intervenir. Cette idée me rendait folle. On m'avait si bien conditionnée à protéger les Moroï que je ne songeai pas un instant à ma propre sécurité. Christian et Mia étaient l'unique objet de mon attention et c'étaient eux que nous devions sortir de ce pétrin.

Et comment étions-nous tombés dans ce piège ? Qui étaient ces gens ? Mystère. Tous trois étaient humains, mais je refusais d'envisager, ne serait-ce qu'un instant, qu'ils aient pu enlever un groupe de Moroï et de dhampirs par accident. C'était bien nous qui les intéressions et il devait y avoir une raison à cela.

Nos ravisseurs ne se donnèrent pas la peine de nous mettre des bandeaux pour nous empêcher de voir la route, ce qui me parut de mauvais augure. Pensaient-ils que nous connaissions trop mal la région pour y retrouver notre chemin ou jugeaient-ils inutile de nous aveugler parce qu'ils savaient que nous ne quitterions jamais les lieux où ils nous menaient ? Cela dit, je ne repérai pas grand-chose, à part que nous nous éloignions du centre-ville pour nous enfoncer dans une banlieue résidentielle. Spokane était aussi déprimante que je l'avais imaginé. À part quelques endroits où la neige était restée miraculeusement immaculée, les trottoirs disparaissaient sous une boue grise et des flaques sales trouaient les pelouses des pavillons. Il y avait aussi beaucoup moins de conifères que j'avais l'habitude d'en voir, et les silhouettes des arbres à feuilles caduques, squelettiques en comparaison, renforçaient mon impression de désastre imminent.

Après ce qui me sembla être une petite heure de trajet, la camionnette s'engagea dans une impasse tranquille pour s'arrêter devant un grand pavillon tout à fait ordinaire. Il y avait d'autres habitations alentour, parfaitement identiques à celle-là, comme dans beaucoup de banlieues. Cela me rendit un peu espoir. Peut-être pourrions-nous obtenir de l'aide auprès des voisins.

Les trois hommes rentrèrent le véhicule dans le garage, en refermèrent la porte, puis nous poussèrent dans la maison. Son aménagement intérieur était beaucoup plus intéressant que sa façade. Il y avait des divans et des fauteuils anciens, dont les pieds se terminaient par des pattes d'animaux, un énorme aquarium d'eau de mer, deux épées entrecroisées au-dessus de la cheminée et l'une de ces stupides peintures modernes qui consistaient en quelques lignes disposées au hasard sur la toile.

La partie destructrice de ma personnalité aurait adoré examiner ces épées de plus près, mais ce salon n'était pas notre destination. Nos ravisseurs nous poussèrent dans un escalier étroit qui menait à une cave de même superficie que la bâtisse. Cependant, à la différence du rez-de-chaussée, l'espace était segmenté en une série de couloirs et de petites pièces aux portes fermées. On se serait cru dans un labyrinthe pour rats de laboratoire. Nos geôliers nous conduisirent sans hésiter dans une petite salle aux murs nus et au sol en béton.

Elle n'était meublée que de chaises qui semblaient très inconfortables et dont les dossiers à barreaux se montrèrent bien utiles pour fixer nos menottes. Nos ravisseurs prirent soin d'installer Mia et Christian d'un côté de la pièce, et les trois dhampirs de l'autre. Celui qui semblait être leur chef surveilla de près le travail de l'homme qui était en train d'attacher Eddie à son siège.

— Méfiez-vous surtout de ceux-là, mit-il ses camarades en garde en nous désignant du menton. Ils se défendront. (Son regard se posa sur le visage d'Eddie, puis sur celui de Mason et enfin sur le mien. Je le soutins jusqu'à ce qu'il tourne la tête vers ses hommes, puis je fronçai les sourcils.) Méfiez-vous surtout d'elle.

Lorsque nous fûmes tous ligotés à sa convenance, il aboya encore quelques ordres à ses hommes et quitta la pièce en claquant la porte avec fracas. Nous entendîmes ses pas s'éloigner quand il monta l'escalier, puis ce fut le silence.

Nous nous regardâmes les uns les autres. Au bout de quelques minutes, Mia commença à gémir et à vouloir s'exprimer.

— Qu'est-ce que vous allez… ?

— La ferme ! grogna l'un des hommes en faisant un pas menaçant vers elle.

Elle eut un mouvement de recul et pâlit sensiblement, mais parut sur le point d'ajouter quelque chose. Je parvins à capter son regard et secouai la tête. Elle se résigna à se taire, les yeux hagards et un léger tremblement sur les lèvres.

Il n'y a pas pire torture que d'attendre sans savoir ce qui va vous arriver. Votre propre imagination peut être plus cruelle que n'importe quel ravisseur… Comme nos gardes refusaient de nous expliquer le sort qu'ils nous réservaient, je me mis à imaginer les scénarios les plus horribles. Ils nous avaient surtout menacés de nous tirer dessus, c'est pourquoi je commençai à me demander ce que l'on ressentait en recevant une balle, et reconnus que ce devait être très douloureux. Où viseraient-ils ? La tête ou le cœur ? L'une et l'autre de ces hypothèses assuraient au moins une mort rapide. Mais ailleurs ? L'estomac, par exemple... J'imaginai une fin lente et douloureuse, et frissonnai à l'idée de me vider de mon sang. Cela me rappela la boucherie que j'avais découverte dans la maison des Badica et me fit envisager l'hypothèse qu'on nous tranche la gorge. Ces hommes pouvaient très bien avoir des couteaux en plus de leurs pistolets.

Avant tout, il était étonnant que nous soyons encore en vie. J'en déduisis qu'ils devaient attendre quelque chose de nous, mais quoi ? Ils n'avaient pas essayé de nous soutirer la moindre information. Surtout, c'étaient des humains. Que pouvaient-ils nous vouloir ? En général, nous ne craignions que deux catégories d'humains : les meurtriers sanguinaires et ceux qui pouvaient vouloir faire des expériences sur nous. Nos ravisseurs ne semblaient appartenir ni à l'une, ni à l'autre.

Alors que cherchaient-ils ? Pourquoi nous avaient-ils conduits dans cette maison ? Je continuai à imaginer des scénarios de plus en plus macabres. L'expression de mes amis m'assurait que je n'étais pas la seule à être tourmentée par des visions cauchemardesques. Une odeur de peur et de transpiration flottait dans la pièce.

J'avais perdu toute notion du temps lorsque des bruits de pas me ramenèrent à la réalité. Notre ravisseur en chef entra dans la salle et ses hommes se mirent aussitôt au garde-à-vous. Alors je pris conscience que c'était l'instant fatal.

— Oui, monsieur, aboya le chef. Ils sont enfermés là, comme vous nous l'avez demandé.

Nous allions enfin savoir qui avait décidé de notre enlèvement. Je fus saisie de panique à cette idée. Il fallait absolument que je m'échappe…

— Relâchez-nous ! hurlai-je en me débattant contre mes liens. Relâchez-nous, fils de…

Je m'interrompis net. Quelque chose se recroquevilla au fond de moi, ma gorge se dessécha et mon cœur fut tenté de cesser de battre. Un homme et une femme venaient de pénétrer dans la pièce. Je ne les connaissais ni l'un ni l'autre, mais j'étais certaine qu'il s'agissait…

… de Strigoï.

Des Strigoï bien réels, bien vivants… enfin, façon de parler. Alors les pièces du puzzle s'emboîtèrent. Les informations que les gardiens avaient reçues sur Spokane n'étaient pas les seules à être fiables. Comme nous le redoutions, des Strigoï avaient eu l'idée de recruter des humains. *Ça change tout.* La lumière du jour ne garantissait plus notre sécurité. Plus rien ne la garantissait. Mon horreur s'accrut lorsque je pris conscience que nous devions être tombés sur les Strigoï qui avaient massacré les deux familles moroï avec l'aide d'humains. Les images du carnage s'imposèrent de nouveau à mon esprit. Je revis le sang et les cadavres jusqu'à ce qu'un goût de bile m'incite à me ressaisir et à reporter mon attention vers la situation présente, qui n'était guère plus réjouissante.

Les Moroï avaient tous la peau claire, le genre de peau qui rougissait et brûlait facilement. Mais ces vampires… Leur épiderme était blanc, crayeux, au point de donner l'impression d'un maquillage franchement raté. Le cercle rouge qui entourait leurs pupilles ne laissait aucun doute sur les monstres qu'ils étaient.

La femme me rappela Natalie, ma pauvre camarade que son père avait convaincue de se transformer en Strigoï. Comme elle ne lui ressemblait pas du tout, il me fallut un certain temps pour comprendre ce qu'elles avaient en commun. Cette femme était petite, ce qui indiquait qu'elle avait dû être humaine avant de devenir une Strigoï, et quelques mèches au milieu de ses cheveux bruns étaient d'un blond affreusement artificiel.

Je saisis subitement où se situait la ressemblance. Tout comme Natalie, c'était une jeune Strigoï. Cela ne me frappa que par comparaison avec l'homme. Un peu de vie s'attardait sur les traits de la femme, tandis que lui avait le visage même de la mort.

Il n'en émanait plus la moindre émotion ni la moindre chaleur. Son expression était froide, calculatrice et cruelle. Il était aussi grand que Dimitri et sa minceur indiquait qu'il avait été un Moroï avant de se transformer. Des cheveux noirs qui lui arrivaient à l'épaule encadraient son visage et tranchaient nettement sur le rouge profond de sa chemise. Ses yeux étaient si foncés qu'il n'aurait pas été possible de distinguer l'iris de la pupille sans le cercle rouge qui les séparait.

L'un des gardes me poussa brutalement l'épaule malgré mon silence.

— Est-ce que vous voulez que je la bâillonne ? demanda-t-il à l'homme.

Je pris subitement conscience que mon instinct m'avait fait me tasser dans le fond de ma chaise autant que mes liens me le permettaient, pour le fuir. Cela n'avait pas échappé au Strigoï, à en juger par le léger sourire édenté qu'il esquissa.

— Non, répondit-il d'une voix douce et basse. J'aimerais entendre ce qu'elle a à dire. (Il leva un sourcil à mon intention.) Je t'en prie, poursuis…

Je déglutis péniblement.

— Non ? Tu n'as rien à ajouter ? Parfait. Sens-toi libre d'intervenir si quelque chose te vient à l'esprit.

— Isaiah ! s'écria la femme. Pourquoi les gardes-tu ici ? Pourquoi n'as-tu pas simplement contacté les autres ?

— Elena, Elena…, murmura Isaiah. Calme-toi… Je ne vais quand même pas laisser passer cette occasion de m'amuser avec deux Moroï et… (il vint se placer derrière ma chaise pour me relever les cheveux. Je ne pus m'empêcher de frémir. Il se glissa ensuite dans le dos de Mason et d'Eddie pour observer leur cou.)… trois dhampirs qui n'ont pas encore les mains souillées de notre sang.

Il prononça ces mots d'un air presque réjoui et je compris qu'il venait de vérifier si nous portions des molnija.

Isaiah se tourna ensuite vers Christian et Mia, qu'il observa longuement, une main posée sur la hanche. Mia ne parvint à soutenir son regard qu'un instant. Malgré sa terreur palpable, Christian ne détourna pas les yeux. J'étais fière de lui.

— Regarde ces yeux, Elena. (Celle-ci vint aussitôt se placer à côté de lui.) D'un bleu si pâle… Le bleu de la glace et des aigues-marines… On ne le trouve que dans les familles royales. Les Badica. Les Ozéra. Un Zeklos, parfois…

— Ozéra, précisa Christian en faisant de son mieux pour dissimuler sa peur.

Isaiah inclina la tête sur le côté.

— Vraiment ? Tu n'es quand même pas… (Il se pencha vers Christian.) L'âge correspond, pourtant… Et la couleur des cheveux… (Il sourit.) Serais-tu le fils de Lucas et Moira ? (Christian ne répondit pas. Son expression le confirmait assez.) J'ai connu tes parents, tu sais… Des gens très bien, et même exceptionnels ! Leur mort est une honte… Malheureusement, ils ont couru eux-mêmes à leur perte. Je leur avais dit de ne pas aller te chercher. Quel intérêt de t'éveiller si jeune ? Mais ils tenaient à te garder auprès d'eux jusqu'à ce que tu aies grandi. Je les avais prévenus que ce serait un désastre… (Il haussa légèrement une épaule. « Éveiller » était le terme qu'employaient les Strigoï pour désigner leur transformation, ce qui lui donnait presque une allure d'expérience religieuse.) Ils n'ont pas voulu m'écouter, ce qui les a menés à un autre genre de catastrophe.

Une haine sourde brillait dans les yeux de Christian. Isaiah esquissa un nouveau sourire.

— C'est assez touchant que tu aies trouvé le moyen de me rejoindre après tout ce temps. Je vais peut-être réaliser leur rêve, finalement…

— Isaiah ! intervint encore Elena. (Cette femme ne semblait capable de parler autrement qu'avec un ton geignard.) Appelle les autres…

— Cesse de me donner des ordres ! s'écria Isaiah en la repoussant avec tant de force qu'elle n'évita de s'écraser contre le mur opposé qu'en tendant les bras au dernier instant.

Puisque les Strigoï avaient de meilleurs réflexes que les dhampirs et les Moroï, la maladresse de son geste m'indiqua qu'elle ne s'attendait pas à être bousculée de la sorte. Et il l'avait à peine touchée... J'étais pourtant certaine qu'il l'avait heurtée avec la puissance d'une petite voiture.

Cela confirma mon impression qu'il jouait dans une tout autre catégorie. Sa force était tellement plus grande que celle de la femme qu'elle semblait n'être qu'une mouche qu'il aurait pu écraser d'un doigt. La puissance des Strigoï augmentait au fil du temps, en proportion de la quantité de sang de Moroï et, dans une moindre mesure, de dhampirs qu'ils buvaient. Je me rendis compte tout à coup que ce Strigoï n'était pas seulement vieux : il était ancien. Il avait bu beaucoup de sang au fil des années. Je n'eus aucun mal à comprendre la terreur que je lus sur le visage d'Elena. Il arrivait souvent que les Strigoï se battent entre eux, et celui-là pouvait lui arracher la tête en un clin d'œil.

Elle fit profil bas.

— Je suis désolée, Isaiah..., murmura-t-elle en évitant son regard.

Isaiah lissa sa chemise qui n'en avait aucun besoin.

— Mais tu as le droit d'avoir une opinion, Elena, et de l'exprimer de manière civilisée... (Sa voix avait recouvré la politesse froide avec laquelle il s'était adressé à Christian.) Que penses-tu que nous devrions faire de ces gamins ?

— Tu devrais... Nous devrions les tuer maintenant, surtout les Moroï. (Elle semblait faire de gros efforts pour éviter de l'agacer en geignant.) À moins... Tu ne vas tout de même pas organiser un autre dîner ? C'est un tel gaspillage ! Nous allons devoir partager et les autres ne t'en seront même pas reconnaissants… Ils ne le sont jamais.

— Je ne vais pas organiser un nouveau dîner, répondit-il avec dédain.

Un dîner ?

— Mais je ne vais pas non plus les tuer tout de suite. Tu es jeune, Elena… Tu ne songes qu'au plaisir immédiat. Tu verras que tu seras moins… impatiente quand tu auras mon âge.

Elle lui jeta un regard furieux à la dérobée.

Isaiah se retourna pour nous observer, Mason, Eddie et moi.

— Vous trois, en revanche, allez devoir mourir, j'en ai peur… Il n'y a pas moyen de l'éviter. J'aimerais vous dire que j'en suis désolé… mais ce n'est pas le cas. Ainsi va le monde… Vous pouvez néanmoins choisir entre plusieurs manières de mourir. À vrai dire, c'est votre comportement qui le déterminera. (Ses yeux s'attardèrent sur moi sans que je parvienne à comprendre pourquoi tout le monde semblait me considérer comme la fauteuse de troubles. J'en étais peut-être une, après tout…) Certains d'entre vous mourront plus douloureusement que les autres.

Je n'avais pas besoin de regarder Mason et Eddie pour savoir que leur terreur valait la mienne. Je crus même entendre gémir Eddie.

Isaiah se tourna vers Christian et Mia avec une rapidité et une raideur militaires.

— À vous deux, en revanche, je vais laisser un choix. Seul l'un de vous mourra, pendant que l'autre s'élèvera vers une glorieuse immortalité. Je vais même pousser la bonté jusqu'à lui accorder ma protection jusqu'à ce qu'il s'habitue à sa nouvelle nature. Vous voyez jusqu'où s'étend ma générosité...

Je ne pus m'empêcher de pouffer.

Isaiah fit volte-face pour me dévisager. Je me tus et attendis qu'il me projette contre le mur comme Elena, sauf qu'il n'en fit rien. Son regard suffisait. Je sentis mon cœur s'affoler et mes yeux s'emplir de larmes. Ma terreur me fit honte. J'aurais tellement aimé ressembler à Dimitri, ou même à ma mère. Après d'interminables secondes de torture, Isaiah se retourna vers les Moroï.

— Bien. Comme je vous le disais, l'un d'entre vous va être éveillé à la vie éternelle. Mais ce n'est pas moi qui vais m'en charger. Vous allez le faire de votre plein gré.

— Ça m'étonnerait, commenta Christian.

Malgré tout le mépris qu'il parvint à mettre dans ces trois mots, il était évident pour tout le monde qu'il mourait de peur.

— Que j'aime la bravoure des Ozéra..., s'émerveilla Isaiah. (Il posa des yeux rougeoyants sur Mia qui se recroquevilla de terreur.) Mais il ne faut pas te laisser impressionner, ma chère. Les Moroï du commun ont de la force, eux aussi... Voici donc comment nous allons procéder. (Il nous montra du doigt avec un regard qui me fit frémir et je crus sentir une odeur de putréfaction flotter dans l'air.) Celui de vous deux qui voudra vivre n'aura qu'à tuer l'un de ces trois-là. (Il se retourna vers les Moroï.) Vous voyez : cela n'aura rien de déplaisant. Vous n'aurez qu'à informer l'un de ces messieurs que vous êtes prêt à le faire. Ils vous relâcheront, vous boirez le sang de ces dhampirs et deviendrez l'un d'entre nous. Le premier à se décider aura la vie sauve. L'autre nous servira de dîner, à Elena et moi.

Un silence pesant s'abattit sur la pièce.

— Non, déclara Christian. Il n'est pas question que je tue l'un de mes amis. Faites de moi ce que vous voudrez, mais je préfère mourir que céder à votre chantage.

Isaiah rejeta son intervention d'un geste méprisant.

— Il t'est facile d'être courageux tant que tu n'as pas faim. Attends d'être resté quelques jours sans manger, et tu verras comme ces trois-là te paraîtront appétissants… Ils le sont, d'ailleurs. Le sang des dhampirs est délicieux, au point que certains le préfèrent à celui des Moroï. J'avoue que je ne partage pas cette opinion, mais je sais apprécier la variété.

Christian fronça les sourcils.

— Tu ne me crois pas ? lui demanda Isaiah. Laisse-moi te le prouver !

Il se tourna vers moi. Comprenant ce qu'il s'apprêtait à faire, je me mis à parler sans prendre le temps d'envisager les conséquences de mes paroles.

— Buvez le mien ! m'écriai-je.

Le sourire arrogant d'Isaiah vacilla et ses sourcils se levèrent.

— Tu te portes volontaire ? s'étonna-t-il.

— Je l'ai déjà fait. J'ai déjà laissé des Moroï boire mon sang. Je m'en fiche. J'aime ça, même… Laissez les autres tranquilles.

— Rose ! s'écria Mason.

Je fis semblant de ne pas l'entendre et continuai à implorer Isaiah du regard. Je n'avais aucune envie qu'il boive mon sang. L'idée, à elle seule, me donnait la nausée… Mais il était vrai que j'avais déjà offert mon sang et je préférais qu'il m'en prenne des litres plutôt que de le voir toucher à Eddie ou à Mason.

Il m'observa avec une expression indéchiffrable. Un instant, je crus qu'il allait le faire, mais il finit par secouer la tête.

— Non. Pas toi. Pas encore.

Le voyant se diriger vers Eddie, je tirai sur mes liens jusqu'à me les enfoncer dans la chair sans qu'ils donnent le moindre signe de faiblesse.

— Non ! Ne le touchez pas !

— Silence ! m'ordonna Isaiah sans même me regarder. (Il posa une main sur la joue d'Eddie qui tremblait. Il était devenu si pâle que je le crus sur le point de s'évanouir.) Je peux rendre cela plaisant ou douloureux. Ton silence m'encouragerait à choisir la première option.

J'avais envie de hurler et de lui jeter des insultes au visage, assorties de toutes sortes de menaces. Malheureusement, je ne pouvais pas me le permettre. Comme je l'avais déjà fait tant de fois, je fouillai la pièce du regard à la recherche d'une issue. Je n'en vis aucune. Rien que des murs nus sans fenêtres. Il n'y avait que la porte, toujours sous haute surveillance. J'étais impuissante, comme je n'avais jamais cessé de l'être depuis qu'ils nous avaient poussés dans leur camionnette. Les larmes qui me montèrent aux yeux exprimaient davantage de frustration que de terreur. Quel genre de gardienne serais-je si je n'étais même pas capable de protéger mes amis ?

Isaiah accueillit mon silence avec un sourire satisfait. L'éclairage au néon donnait une teinte grise maladive à son visage et accentuait ses cernes. Comme j'aurais aimé lui mettre mon poing dans la figure !

— Bien. (Il souleva le menton d'Eddie pour le forcer à soutenir son regard et lui offrit un sourire.) Tu ne vas pas me résister, n'est-ce pas ?

Lissa, qui était pourtant très douée pour la suggestion, n'aurait pas pu obtenir un tel résultat. Eddie se mit aussitôt à sourire.

— Non. Je ne vais pas vous résister.

— Bien, répéta Isaiah. Tu m'offres ton cou de ton plein gré, n'est-ce pas ?

— Bien sûr, répondit Eddie en inclinant la tête.

Lorsque Isaiah approcha les lèvres de sa gorge, je détournai les yeux et tâchai de concentrer mon attention sur un tapis usé jusqu'à la corde. Je ne voulais pas voir cela. J'entendis Eddie pousser un gémissement extatique, mais le Strigoï but sans émettre trop de bruits de succion.

— Voilà.

La voix d'Isaiah me fit relever la tête. Il se passa la langue sur les lèvres pour récolter le sang qui s'y était écoulé. Je ne pouvais pas voir la blessure d'Eddie de là où j'étais, mais je l'imaginais affreuse et sanguinolente. Mia et Christian avaient les yeux exorbités par la terreur et la fascination. Eddie flottait dans le brouillard bienheureux où l'avaient plongé les effets combinés des endorphines du Strigoï et de la suggestion.

Isaiah se redressa et offrit un sourire aux Moroï après s'être encore léché les lèvres.

— Vous voyez ? leur dit-il en se dirigeant vers la porte. Rien n'est plus facile.

Chapitre 20

Nous avions besoin d'un plan d'évasion, et vite. Malheureusement, les seules idées qui me venaient dépendaient de circonstances qui n'étaient pas sous mon contrôle. Par exemple, nous aurions pu essayer de nous échapper si les gardes nous avaient laissés tout seuls ou avaient été assez stupides pour que nous puissions les berner. Il fallait au moins que leur vigilance se relâche un peu pour que nous tentions quelque chose.

Il ne se produisit rien de tel. Presque vingt-quatre heures plus tard, notre situation n'avait guère changé. Nous étions toujours prisonniers et solidement attachés, nos ravisseurs encore sur le qui-vive et presque aussi efficaces que des gardiens. Presque.

Notre plus grande liberté résidait dans des passages aux toilettes hautement supervisés et extrêmement embarrassants. On ne nous donna ni à manger ni à boire. Je commençais à en souffrir, mais le croisement des humains et des vampires produisait des dhampirs à la constitution robuste. Je pouvais supporter cet inconfort, même si j'atteignis vite le stade où j'aurais tué pour un cheeseburger et des frites bien grasses.

En revanche, la situation commençait à devenir très délicate pour Christian et Mia. Les Moroï pouvaient se passer d'eau et de nourriture pendant des semaines s'ils ne manquaient pas de sang. Privés de ce fluide, ils étaient capables de tenir quelques jours avant de tomber malades, pour peu qu'ils s'alimentent autrement. C'était ce qui avait permis à Lissa de survivre parmi les humains alors que je ne pouvais pas la nourrir au quotidien.

Mais si on les privait à la fois de sang, d'eau et de nourriture, les Moroï avaient une endurance dérisoire. J'avais faim ; Mia et Christian mouraient de faim. Leur visage était déjà émacié et leurs yeux étaient brûlants de fièvre. Isaiah s'ingéniait à leur rendre les choses encore plus difficiles à chacune de ses visites. Chaque fois, il les narguait de sa voix méprisante et buvait une nouvelle rasade au cou d'Eddie. Je les vis saliver dès sa troisième visite. Entre la privation de nourriture et les endorphines de la salive d'Isaiah, Eddie ne devait plus avoir la moindre idée de ce qui lui arrivait.

Il ne m'était pas possible de dormir dans ces conditions, mais je commençai à piquer du nez de temps à autre le deuxième jour. À ma décharge, l'inanition et l'épuisement ont parfois ce genre d'effet… À un moment, je me mis même à rêver, un peu surprise de m'endormir assez profondément pour cela dans une situation pareille.

Je savais parfaitement qu'il s'agissait d'un songe : je me trouvais sur une plage. Il me fallut un moment pour la reconnaître. C'était une plage de sable située sur la côte de l'Oregon. Il faisait bon et le Pacifique déroulait ses vagues à l'horizon. Lissa et moi y étions allées lorsque nous vivions à Portland. Cela avait été une journée géniale, même si Lissa n'avait pas supporté le soleil très longtemps. Nous avions donc écourté notre visite, mais j'avais toujours regretté de ne pas être restée davantage pour prendre un vrai bain de soleil. À présent, j'avais toute la lumière et toute la chaleur que je pouvais désirer.

— Petite dhampir ! appela une voix derrière moi. Il était temps…

Je me retournai et fus surprise de rencontrer Adrian Ivashkov. Il m'observait. Il portait une chemise ample et un bermuda. Je remarquai aussi qu'il était pieds nus, ce qui me surprit de sa part. Il me considérait avec son habituel sourire narquois, les mains dans les poches et ses cheveux châtains agités par le vent.

— Tu as toujours tes protections, me fit-il remarquer.

Croyant son regard rivé sur ma poitrine, je fronçai les sourcils jusqu'à ce que je comprenne qu'il examinait mon ventre. Je portais un jean et un soutien-gorge de maillot de bain qui découvrait mon nombril, d'où pendait encore le porte-bonheur en forme d'œil. Le *chotki* de Lissa était toujours à mon poignet.

— Et te voilà encore au soleil, répliquai-je. J'imagine que c'est ton rêve ?

— C'est notre rêve.

— Comment deux personnes peuvent-elles partager un rêve ? l'interrogeai-je en enfonçant mes doigts de pied dans le sable.

— Ça se produit en permanence, Rose…

— J'ai besoin de comprendre ce que tu voulais dire, la dernière fois, déclarai-je en fronçant les sourcils. À propos de l'ombre qui m'entoure… Qu'est-ce que ça signifie ?

— Sincèrement, je n'en sais rien. Tous les gens sont enveloppés d'un halo de lumière ; tous, sauf toi. Toi, ce sont des ombres. Tu les prends à Lissa.

Ma perplexité s'accrut.

— Je ne comprends pas…

— Je ne peux pas t'expliquer ça maintenant, répondit-il. Ce n'est pas pour ça que je suis ici.

— Parce qu'il y a une raison à ta présence ? m'étonnai-je en observant fixement les flots bleu-gris qui semblaient avoir un pouvoir hypnotique. Tu n'es pas seulement là… parce que ça te fait plaisir ?

Il s'approcha de moi et me prit la main pour me forcer à le regarder. Toute légèreté avait disparu de son visage. Je ne l'avais jamais vu si sérieux.

— Où es-tu ? me demanda-t-il.

— Ici, répondis-je, stupéfaite. Tout comme toi.

Adrian secoua la tête.

— Ce n'est pas ce que je veux dire. Où es-tu dans le monde réel ?

Le monde réel ? Pendant quelques instants, la plage perdit de sa netteté, comme une photo dont on aurait mal fait la mise au point, puis tout redevint normal. Je fouillai dans ma mémoire. Le monde réel… Des images m'apparurent : des chaises, des gardes, des lanières de plastique en guise de menottes…

— Dans une cave, répondis-je en pesant bien chaque mot. (Alors tout me revint en bloc et l'urgence de la situation gâcha la beauté du moment.) Mon Dieu ! Adrian ! tu dois aider Christian et Mia ! Je ne peux pas…

— Où ? insista Adrian en serrant plus fermement ma main. (Le monde se brouilla encore et ne recouvra pas sa stabilité. Il poussa un juron.) Où es-tu, Rose ?

Le monde commença à se désintégrer et Adrian avec lui.

— Une cave. Dans une maison. À…

Il avait disparu. Je me réveillai et revins à la réalité en entendant la porte s'ouvrir.

Isaiah fit son entrée avec Elena sur les talons. Je dus réprimer le ricanement qu'elle m'inspira. Isaiah était arrogant, brutal et tout à fait maléfique, ce qu'il pouvait se permettre, puisqu'il était le chef. Même si cela me contrariait de l'admettre, il avait assez de pouvoir pour s'offrir le luxe de la cruauté. Mais Elena ? Elle n'était qu'un laquais. Elle nous menaçait et faisait des commentaires sarcastiques, mais ne pouvait agir ainsi que parce qu'elle était son souffre-douleur. C'était une vraie naze.

— Bonjour, les enfants ! nous lança Isaiah. Comment allez-vous, aujourd'hui ?

Nous lui jetâmes des regards maussades pour toute réponse.

Il se dirigea vers Christian et Mia, les mains jointes derrière le dos.

— Alors, avez-vous eu un changement d'état d'âme depuis ma dernière visite ? Vous mettez un temps fou à vous décider et cela contrarie beaucoup Elena. Elle a faim, voyez-vous… Mais toujours moins que vous deux, j'imagine.

Christian plissa les yeux.

— Allez vous faire voir, grogna-t-il entre ses dents.

Elena se pencha vers lui en grimaçant.

— Ne t'avise pas de…

— Laisse-le tranquille, l'interrompit Isaiah en la chassant d'un geste. Il nous suffit de patienter un peu plus longtemps, et cette attente est divertissante. (Elena fusilla Christian du regard.) Honnêtement, je n'arrive vraiment pas à savoir ce qui m'amuserait le plus entre te tuer et te voir devenir l'un des nôtres. Chacune des deux options a ses charmes…

— N'êtes-vous pas fatigué de vous entendre parler ? le provoqua Christian.

Isaiah réfléchit un instant.

— Non, pas vraiment… Et je ne me lasse pas non plus de ça.

Il se dirigea vers le pauvre Eddie qui n'arrivait plus à tenir droit sur sa chaise tant il avait perdu de sang depuis la veille. Le pire était qu'Isaiah n'avait même plus besoin d'utiliser la suggestion. Un sourire stupide se dessina sur les lèvres d'Eddie dès qu'il le vit approcher. Impatient de recevoir sa prochaine morsure, il était devenu aussi dépendant qu'une source.

La colère et le dégoût m'envahirent.

— Arrêtez ! criai-je. Laissez-le tranquille !

— Tais-toi, gamine ! m'ordonna Isaiah avec un regard furieux. Je te trouve beaucoup moins amusante que M. Ozéra.

— Ah oui ? Si je vous gonfle tant que ça, pourquoi ne pas vous servir de moi dans vos petits jeux cruels ? Mordez-moi, plutôt… Remettez-moi à ma place et prouvez-moi à quel point vous êtes méchant…

— Non ! s'écria Mason. Mordez-moi !

Isaiah écarquilla les yeux de manière théâtrale.

— Très bien ! Quelle noblesse ! Vous êtes tous des Spartacus, c'est ça ? (Il s'écarta d'Eddie, alla se planter devant Mason et lui posa un doigt sous le menton pour le forcer à relever la tête.) Mais ton dévouement n'est pas tout à fait sincère… Tu ne te proposes qu'à cause d'elle. (Il lâcha le menton de Mason pour venir me scruter de ses yeux noirs.) Quant à toi… Je ne te croyais pas non plus, au début. Mais maintenant… (Il posa un genou à terre pour se placer à ma hauteur. Je refusai de baisser les yeux en sachant très bien que je courais le risque d'être victime de sa suggestion.) Je commence à penser que tu es sincère. Et il ne s'agit pas non plus que de noblesse. Tu en as vraiment envie. Tu n'as pas menti en disant que tu avais déjà été mordue. (Sa voix était magique, hypnotique. Il n'employait pas vraiment la suggestion, mais son charisme était surnaturel. Comme chez Lissa et Adrian. J'étais suspendue à ses lèvres.) De nombreuses fois, il me semble, ajouta-t-il.

Il se pencha vers moi, assez pour que je sente la chaleur de son souffle sur ma peau. Derrière lui, j'entendis Mason crier quelque chose, sans pouvoir détourner mon attention des canines d'Isaiah qui s'approchaient de mon cou. Je n'avais été mordue qu'une seule fois ces derniers mois, et c'était parce que Lissa avait eu une urgence. Avant cela, elle avait bu mon sang au moins deux fois par semaine pendant deux ans, et je n'avais compris que récemment à quel point j'en étais devenue dépendante. Rien au monde ne valait la béatitude que procurait une morsure de Moroï. Bien sûr, celles des Strigoï devaient être encore plus puissantes…

Je déglutis péniblement en prenant brusquement conscience de mon souffle court et des battements précipités de mon cœur. Isaiah pouffa longuement.

— Oui, tu es bien de la graine de catin rouge… ce qui est dommage pour toi, puisque je ne vais pas te donner ce que tu veux.

Je m'effondrai sur ma chaise dès qu'il recula. Sans perdre davantage de temps, il alla boire le sang d'Eddie. Je dus encore détourner les yeux, mais ce fut la jalousie et non le dégoût qui m'y poussa. Cette sensation me manquait terriblement, au point qu'il me semblait que chaque nerf de mon corps me la réclamait.

Quand Isaiah eut fini de boire, il s'apprêta à quitter la pièce, puis se ravisa pour s'adresser une fois de plus à Christian et Mia.

— Ne tardez plus, les mit-il en garde. Saisissez votre chance d'avoir la vie sauve… (Il me désigna du menton.) Vous voyez ? Vous avez même une victime consentante…

Il sortit sur ces mots et mes yeux rencontrèrent aussitôt ceux de Christian. Il était encore plus émacié qu'une ou deux heures plus tôt. Son regard était avide et je savais que le mien en était l'exact pendant : je n'aspirais plus qu'à être mordue. Nous nous trouvions au bord du gouffre… Christian parut en prendre conscience en même temps que moi. Un sourire amer se dessina sur ses lèvres.

— Je n'ai jamais eu autant de plaisir à te regarder, Rose, parvint-il à ironiser avant que le garde lui ordonne de se taire.

Je somnolai de nouveau un peu plus tard sans retrouver Adrian dans mon rêve. Tandis que je vacillais à la limite de la conscience, je glissai au contraire vers un territoire familier : la tête de Lissa. Après ces deux jours de cauchemar, l'expérience me donna un peu l'impression de rentrer chez moi.

Elle se trouvait dans l'une des salles de banquet de la résidence, sauf que cette salle était déserte. Elle s'était assise par terre, tout au fond, et s'efforçait de rester discrète. Je la sentis nerveuse. Elle attendait quelque chose, ou plutôt quelqu'un. Quelques minutes plus tard, Adrian se glissa dans la pièce.

— Cousine, la salua-t-il en s'asseyant en tailleur à côté d'elle sans se soucier d'abîmer son pantalon hors de prix. Désolé d'être en retard.

— Ce n'est pas grave, lui assura-t-elle.

— Tu n'as pas su que j'arrivais avant de me voir, n'est-ce pas ?

Elle secoua la tête, visiblement déçue. Pour ma part, j'étais plus perplexe que jamais.

— Et le fait d'être installée en face de moi… ne te fait pas d'effet particulier ?

— Non.

— Tant pis, conclut-il en haussant les épaules. Espérons que ça viendra bientôt.

— Et toi ? Quel effet ça te fait ? lui demanda-t-elle, vibrante de curiosité.

— Sais-tu ce que sont les auras ?

— Un truc New Age, je crois. Quelque chose comme une bulle de lumière qui entourerait les gens…

— C'est à peu près ça. Tout le monde dégage une sorte d'énergie spirituelle. Enfin… presque tout le monde. (En l'entendant hésiter, je ne pus m'empêcher de me demander s'il pensait à moi et à l'ombre qui était censée m'environner.) On peut apprendre beaucoup de choses sur quelqu'un en se fondant sur la couleur et l'aspect de son aura… à condition de pouvoir discerner les auras, évidemment.

— Ce qui est ton cas. Et tu as deviné que j'étais une spécialiste de l'esprit en observant mon aura ?

— Elle est essentiellement dorée, tout comme la mienne. Il s'y mêle d'autres couleurs en fonction des situations, mais l'or ne disparaît jamais.

— Combien d'autres personnes comme nous connais-tu ?

— Assez peu, et je ne les vois que rarement. Elles ont tendance à rester discrètes. À vrai dire, tu es la première à qui j'aie parlé. Je ne savais même pas qu'on appelait cet élément « esprit ». Je regrette de ne pas l'avoir su quand j'ai échoué à me spécialiser… Ça m'aurait épargné d'avoir l'impression d'être un monstre.

Lissa leva son bras devant ses yeux en espérant le voir entouré d'un halo lumineux. Rien. Elle le laissa retomber en soupirant.

Ce fut à cet instant que je compris enfin ce qui se passait.

Adrian était lui aussi un spécialiste de l'esprit. Voilà pourquoi il s'était montré si curieux à propos de Lissa, pourquoi il avait voulu lui parler et m'avait posé des questions sur notre lien et son absence de spécialisation. Cela expliquait encore bien d'autres choses, comme son charisme qui me faisait perdre toute volonté en sa présence. Je compris aussi qu'il s'était servi de la suggestion le jour où Lissa et moi nous étions retrouvées dans sa chambre. C'était ainsi qu'il avait pu échapper à la colère de Dimitri.

— Alors, ont-ils fini par te laisser tranquille ? demanda Adrian.

— Oui. Ils ont enfin accepté l'idée que je ne savais vraiment rien.

— Tant mieux. (En le voyant froncer les sourcils, je me rendis compte qu'il était sobre, contrairement à son habitude.) Et tu es certaine que tu ne sais rien ?

— Je te l'ai déjà dit. Je ne peux pas me servir du lien pour l'atteindre.

— Il va pourtant bien falloir.

Elle lui lança un regard furieux.

— Tu crois que je ne fais pas assez d'efforts ? Si j'étais capable de la retrouver, je t'assure que je le ferais !

— Je sais... Mais vous êtes très proches l'une de l'autre. Sers-t'en pour lui parler dans ses rêves. J'ai bien essayé, mais je n'arrive pas à la retenir assez longtemps pour...

— Qu'est-ce que tu viens de dire ? s'écria Lissa. Lui parler dans ses rêves ?

Ce fut le tour d'Adrian de paraître abasourdi.

— Bien sûr. Tu ne sais pas le faire ?

— Non ! Tu te moques de moi ? Comment est-ce possible ?

Mes rêves...

Je me souvins que Lissa avait évoqué des phénomènes étranges que les Moroï ne savaient pas expliquer ou remarquaient à peine. Visiblement, Adrian ne s'était pas retrouvé dans mes rêves par hasard. Il s'était glissé à l'intérieur de ma tête, peut-être d'une manière assez proche de celle que j'employais pour connaître les états d'âme de Lissa. Cette idée me mit mal à l'aise. Lissa, pour sa part, avait encore du mal à la concevoir.

Adrian fit courir sa main dans ses cheveux, puis rejeta la tête en arrière pour observer un grand chandelier en cristal en s'absorbant dans ses pensées.

— D'accord. Tu ne vois pas les auras et tu n'entres pas dans les rêves des gens. Alors que fais-tu ?

— Je… guéris les gens. Les animaux et les plantes, aussi. Je peux ramener des êtres à la vie…

— Vraiment ? (Il sembla impressionné.) Un point pour toi. Quoi d'autre ?

— Je peux employer la suggestion.

— Comme nous tous.

— Non. Je peux vraiment le faire. Ça m'est même très facile. Je peux obtenir des gens qu'ils fassent tout ce que je veux, même de vilaines choses…

— Moi aussi… (Son regard s'éclaira.) Je me demande ce qui se passerait si tu essayais sur moi…

Elle hésita en traçant négligemment des arabesques sur la moquette rouge du bout du doigt.

— Je ne peux pas, répondit-elle finalement.

— Tu viens juste de dire le contraire.

— Je ne peux pas… en ce moment. Je suis sous traitement, à cause de ma dépression… Ça m'empêche d'atteindre ma magie.

— Alors comment puis-je t'enseigner à entrer dans les rêves ? s'écria-t-il en levant les bras au ciel. Comment allons-nous retrouver Rose ?

— Je ne veux pas prendre ces cachets, précisa-t-elle, furieuse. Sauf que je faisais des choses absurdes et dangereuses quand je ne les avalais pas. C'est l'esprit qui provoque ces symptômes !

— Je ne suis pas sous traitement et je vais parfaitement bien…

Je me rendis compte qu'il avait raison en même temps que Lissa.

— Tu m'as paru très bizarre le jour où on s'est retrouvées dans ta chambre avec Dimitri, lui signala-t-elle. Tu t'es mis à parler tout seul et tes phrases ne voulaient pas dire grand-chose.

— Ça ? Oui, ça se produit de temps en temps. Pas plus d'une fois par mois, je t'assure.

Il paraissait sincère.

Lissa observa Adrian en mesurant toutes les conséquences de cette découverte. Avait-il trouvé le moyen de se servir de l'esprit sans en subir les effets secondaires au point d'avoir besoin d'un traitement ? C'était son espoir secret. Et puis elle n'était même plus certaine que ses cachets agissaient encore…

Adrian esquissa un sourire, comme s'il avait deviné le fil de ses pensées.

— Qu'en dis-tu, cousine ? lui demanda-t-il. (Il n'avait aucun besoin d'utiliser la suggestion : son offre était suffisamment alléchante en elle-même.) Je peux t'enseigner tout ce que je sais, à condition que tu recouvres ta magie. Il faudra un certain temps pour que ton organisme élimine la molécule, mais quand ce sera fait…

Chapitre 21

C'était bien la dernière chose dont j'avais besoin dans ma situation. J'aurais pu supporter qu'Adrian la drague, l'incite à fumer ses cigarettes ridicules et beaucoup d'autres choses. Mais pas ça. Il ne fallait surtout pas que Lissa interrompe son traitement.

Je quittai son esprit à contrecœur pour retrouver ma réalité sinistre. Une part de moi était curieuse de savoir ce qui allait se passer ensuite entre Lissa et Adrian, mais cela n'aurait eu aucune utilité immédiate. Bon. J'avais vraiment besoin d'un plan d'évasion, et vite. J'avais besoin d'agir et de nous faire sortir de là. Mais un nouvel examen de mon environnement ne me présenta pas de solution inédite, et je passai les heures qui suivirent à gamberger et broyer du noir.

Nous avions trois gardes ce jour-là. Ils semblaient s'ennuyer un peu, mais pas assez pour relâcher leur vigilance. Eddie semblait évanoui et Mason contemplait le sol d'un regard vide. De l'autre côté de la pièce, Christian avait l'air furieux et Mia paraissait dormir. Ma gorge était dans un tel état de sécheresse que je faillis rire en me rappelant mes sarcasmes sur sa magie de l'eau. Même si cela n'avait guère d'utilité au combat, j'aurais donné n'importe quoi pour qu'elle puise un peu dans sa…

… magie.

Pourquoi n'y avais-je pas pensé plus tôt ? Nous n'étions pas tout à fait impuissants.

Un plan se forma lentement dans mon esprit. Il était probablement suicidaire, mais nous n'en avions pas de meilleur. Je sentis mon cœur s'emballer et pris soin de forcer mon visage à rester impassible pour que les gardes ne soupçonnent pas mon illumination. De l'autre côté de la pièce, Christian m'observait. Lui n'avait pas manqué de remarquer l'éclair d'excitation qui avait brillé dans mes yeux, et en avait déduit que je venais d'avoir une idée. Son regard attentif m'indiquait qu'il était aussi prêt à agir que je l'étais moi-même.

Comment faire ? J'avais besoin de son aide, sans avoir aucun moyen de lui expliquer ce que j'avais en tête. Je n'étais même pas certaine qu'il puisse faire quelque chose pour moi dans son état de faiblesse.

Je soutins son regard pour bien lui faire comprendre que quelque chose était sur le point de se passer. Son expression trahissait autant de détermination que de perplexité. Après m'être assurée qu'aucun des gardes ne m'observait, je me décalai légèrement et tirai sur mes liens en tournant la tête autant que possible pour les indiquer du menton. Comme Christian fronça les sourcils lorsque nos regards se croisèrent de nouveau, je répétai le geste.

— Eh ! m'écriai-je en faisant sursauter Mason et Mia. Allez-vous vraiment nous laisser mourir de faim ? Est-ce qu'on ne pourrait pas avoir au moins un peu d'eau ?

— La ferme ! grogna l'un des gardes.

C'était quasiment la seule réponse que l'on pouvait obtenir d'eux.

— Allez…, insistai-je de ma voix la plus enjôleuse. Pas même une petite gorgée de quelque chose ? Ma gorge me brûle. Je vous assure qu'elle est en feu !

Je jetai un bref regard à Christian en prononçant ces derniers mots avant de me concentrer sur le garde que je venais d'énerver.

Comme je m'y attendais, il quitta sa chaise pour venir me menacer.

— Ne me force pas à me répéter ! grogna-t-il.

Je ne savais pas s'il irait jusqu'à devenir violent, mais il ne m'était pas utile de le découvrir, puisque j'avais atteint mon but. Si Christian n'avait pas compris cette allusion, il n'y avait plus rien à faire. Je me tus en faisant de mon mieux pour paraître effrayée.

Le garde retourna s'asseoir et cessa de m'observer après quelques minutes. Je recommençai à regarder Christian en tirant sur mes liens.

Allez, allez…, l'encourageai-je mentalement. *Réfléchis, Christian !*

Ses sourcils se levèrent subitement tandis qu'il me considérait avec stupéfaction. Il semblait avoir compris quelque chose… Il ne me restait plus qu'à espérer que nous étions d'accord sur ce dont il s'agissait. Ses yeux se firent interrogateurs, comme s'il voulait savoir si j'étais vraiment sérieuse. J'acquiesçai vigoureusement. Il fronça les sourcils pendant quelques instants, puis prit une profonde inspiration.

— Très bien, déclara-t-il en faisant sursauter tout le monde à son tour.

— La ferme! répondit l'un des gardes par réflexe et d'une voix lasse.

— Non, insista Christian. Je suis prêt. À boire.

Tout le monde en resta pétrifié pendant quelques instants, moi y comprise. Ce n'était pas exactement ce que j'avais à l'esprit.

— Pas de coup fourré…, le menaça le chef des gardes en se levant.

— C'est promis, lui assura Christian. (Il avait un regard fiévreux et désespéré qui ne devait pas être entièrement simulé.) J'en ai assez de tout ça. J'ai envie de sortir d'ici et je ne veux pas mourir. Je vais boire, et c'est elle que je veux.

Il me désigna du menton. Tandis que Mia grimaçait de terreur, Mason interpella Christian d'une manière qui lui aurait valu une retenue à l'académie.

Ce n'était décidément pas ce que j'avais eu à l'esprit.

Les deux autres gardes interrogèrent leur chef du regard.

— Veux-tu que nous allions chercher Isaiah? proposa l'un d'eux.

— Je ne suis pas sûr qu'il soit là. (Il observa Christian pendant quelques secondes, puis prit une décision.) Et je ne veux pas l'ennuyer avec ça s'il se moque de nous. Détachez-le. Nous verrons bien…

L'un des hommes se munit de pinces coupantes et passa derrière la chaise de Christian. La lanière de plastique qui tenait lieu de menottes céda avec un bruit sec. Le garde lui saisit aussitôt le bras pour le forcer à se lever et l'entraîner jusqu'à moi.

— Christian ! hurla Mason avec fureur en se débattant contre ses liens au point de secouer son siège. As-tu perdu la tête ? Ne tombe pas dans leur piège !

— Vous autres allez mourir tôt ou tard, riposta Christian en chassant une mèche de cheveux noirs qui lui était tombée sur les yeux. Pas moi. Désolé, mais il n'y a pas d'autre manière d'en finir.

Je comprenais mal ce qui était en train de se passer, mais il était certain que je devais me montrer beaucoup plus émotive si j'étais censée être sur le point de mourir. Deux gardes se postèrent de part et d'autre de Christian pour le surveiller tandis qu'il se penchait vers moi.

— Christian…, suppliai-je en découvrant avec stupeur à quel point il m'était facile de paraître effrayée. Ne fais pas ça…

Le sourire sarcastique qui lui venait si facilement se dessina sur ses lèvres.

— On ne s'est jamais aimés, toi et moi, Rose. Si je suis forcé de tuer quelqu'un, autant que ce soit toi. (Ce qu'il disait était précis, glacial et vraisemblable.) Et puis je croyais que tu en avais envie…

— Pas de ça ! Je t'en supplie…

L'un des gardes le bouscula.

— Finis-en avec elle ou retourne t'asseoir.

Christian haussa les épaules sans cesser de sourire.

— Désolé, Rose. Tu vas mourir de toute manière, alors autant que ce soit pour la bonne cause. (Il se pencha vers mon cou.) Ça va sans doute être douloureux, précisa-t-il.

J'en doutais. S'il était vraiment sur le point de le faire… Mais il n'allait pas le faire, n'est-ce pas ? Je m'agitai avec nervosité. D'après mes suppositions, la dose massive d'endorphines que l'on ne pouvait pas manquer de recevoir en se faisant vider de son sang devait au moins anesthésier la douleur. Cela revenait un peu à s'endormir… Bien sûr, c'était de la pure spéculation. Les gens qui mouraient d'une morsure de vampire revenaient rarement pour en parler.

Christian s'approcha de mon cou et glissa son visage sous mes cheveux pour qu'ils le masquent en partie. Ses lèvres effleurèrent ma peau avec douceur, comme je me souvenais de l'avoir senti embrasser Lissa, puis furent remplacées par les pointes de ses canines.

Alors j'eus mal. Très mal.

Sauf que la douleur ne venait pas de sa morsure : il se contentait de presser ses canines contre ma gorge mais avait à peine percé la peau. Sa langue mimait un mouvement de succion sans qu'il ait vraiment de sang à avaler, si bien que l'exercice ressemblait surtout à une sorte de baiser pervers.

Non. La douleur irradiait mes poignets et il s'agissait d'une brûlure. Comme j'en avais eu l'idée, il se servait de son pouvoir pour concentrer de la chaleur dans la lanière de plastique qui m'entravait. Il avait donc compris mon message. Le plastique chauffa de plus en plus tandis qu'il continuait à faire semblant de boire. Quiconque l'aurait observé de plus près aurait découvert la supercherie ; heureusement, mes cheveux le dissimulaient assez pour empêcher les gardes de le voir.

J'avais toujours su qu'il était difficile de faire fondre du plastique, mais je compris vraiment ce que cela signifiait à cet instant. La température qu'il fallait atteindre pour constater la moindre altération ne figurait sur aucune échelle. J'avais l'impression d'avoir les mains plongées dans de la lave. La lanière de plastique brûlante s'incrustait dans ma chair. Je me tortillai en espérant me distraire de la douleur. C'était peine perdue. En revanche, je remarquai que mes mouvements étaient un peu plus amples que quelques secondes plus tôt. Le plastique ramollissait... C'était un début. Je devais seulement tenir encore un peu. Je tâchai désespérément de me concentrer sur le semblant de morsure de Christian pour penser à autre chose. Cette stratégie fonctionna à peu près cinq secondes. Le peu d'endorphines qu'il me fournissait ne pouvait pas grand-chose contre cette horrible douleur qui allait en empirant. Je commençai à gémir, ce qui dut me rendre plus crédible.

— Je n'en crois pas mes yeux, murmura l'un des gardes. Il est vraiment en train de le faire...

J'eus l'impression d'entendre Mia pleurer derrière eux.

Le supplice s'intensifiait. Je n'avais jamais rien éprouvé de si douloureux, et j'avais déjà traversé beaucoup de choses dans ma vie. L'hypothèse que je finisse par m'évanouir commença à me paraître assez vraisemblable.

— Qu'est-ce que c'est que cette odeur ? s'écria tout à coup l'un des gardes.

C'était une odeur de plastique fondu, ou alors celle de ma chair brûlée. Je m'en moquais éperdument, à vrai dire, puisqu'une nouvelle tentative pour me dégager fut couronnée de succès.

Je bénéficiais de dix secondes d'effet de surprise et ne les gaspillai pas. Je bondis sur mes pieds en repoussant Christian. Deux des gardes étaient postés de part et d'autre de lui, le troisième tenait toujours la pince coupante. Je la lui arrachai et la plantai dans sa joue d'un même mouvement. Il poussa un hurlement encombré de gargouillis mais je ne pris pas le temps de voir les conséquences de ma manœuvre. L'effet de surprise n'allait plus durer et je ne pouvais pas me permettre de perdre du temps. Je frappai le deuxième garde dès que j'eus lâché la pince. Même si mes coups de pied étaient plus puissants que mes coups de poing, je le frappai assez fort pour le faire vaciller.

Le chef finit par se remettre de son étonnement. Comme je le craignais, il portait toujours un pistolet qu'il s'empressa de dégainer.

— Plus un geste ! hurla-t-il en le pointant vers moi.

Je me figeai. Le garde que je venais de frapper me saisit aussitôt le bras. Le troisième se tordait sur le sol en gémissant. Le chef commença à dire quelque chose, puis poussa un cri, stupéfait. Le pistolet dont il me menaçait toujours prit une teinte orangée avant de lui tomber des mains. En voyant ses paumes rouges et boursouflées, je compris que Christian était intervenu. Nous aurions décidément dû penser à la magie depuis le début... Je me jurai d'apporter mon soutien à la cause de Tasha si nous sortions de là sains et saufs. Les coutumes pacifiques des Moroï avaient si profondément marqué notre esprit que nous ne nous étions même pas demandé comment la magie pourrait nous aider. C'était stupide.

Je me tournai vers le garde qui tenait encore mon bras. Il ne devait pas s'attendre à rencontrer beaucoup de résistance chez une fille de ma taille et ne s'était pas encore remis de ce qui était arrivé à son camarade et au pistolet. Je parvins à prendre assez de recul pour lui décocher un coup de pied dans le ventre qui m'aurait valu les félicitations de mes professeurs. Il grogna sous le choc, recula jusqu'à se cogner dans le mur et tomba à genoux. Je fus sur lui en un instant. J'attrapai une poignée de cheveux et lui frappai la tête contre le sol avec suffisamment de force pour l'assommer sans le tuer pour autant.

Je me mis aussitôt en garde, un peu surprise que le chef ne me soit pas encore tombé dessus. Il avait largement eu le temps de se remettre de la brûlure que lui avait causée son pistolet… Lorsque je me retournai, tout était calme dans la pièce. Le chef était évanoui aux pieds de Mason, miraculeusement libéré. Christian se tenait près de lui, la pince dans une main et le pistolet dans l'autre. Celui-ci devait être encore brûlant, mais je supposai que les pouvoirs de Christian l'immunisaient par la même occasion. Il visait l'homme que je venais d'attaquer. Je ne l'avais pas assommé, finalement : il saignait simplement du nez. Néanmoins, il se figea comme je l'avais fait face au canon de l'arme.

— Nom de Dieu ! marmonnai-je en découvrant la scène. (Je titubai jusqu'à Christian et tendis la main.) Donne-moi ça avant de blesser quelqu'un.

Alors que je m'attendais à une remarque déplaisante, il se contenta de me tendre le pistolet d'une main tremblante. Après l'avoir glissé dans ma ceinture, j'observai mieux Christian et le trouvai extrêmement pâle, au point que je n'aurais pas été surprise de le voir s'évanouir. Il fallait lui reconnaître qu'il ne s'était pas montré avare de ses pouvoirs, pour quelqu'un qui n'avait rien mangé depuis deux jours…

— Va chercher des menottes, Mase ! (Mason recula vers la boîte qui contenait la réserve de menottes jetables de nos ravisseurs sans jamais nous tourner le dos. Il en tira trois lanières de plastique et un rouleau de gros ruban adhésif qu'il leva en m'interrogeant du regard.) Parfait, lui accordai-je.

Nous attachâmes nos kidnappeurs sur des chaises. Après avoir assommé celui qui était resté conscient, nous les bâillonnâmes avec l'adhésif. Puisqu'ils allaient bien finir par revenir à eux, mieux valait qu'ils ne puissent pas tout de suite donner l'alarme.

Lorsque nous eûmes libéré Mia et Eddie, chacun de nous serra tous les autres dans ses bras, puis nous commençâmes à réfléchir à l'étape suivante. Christian et Eddie pouvaient à peine se tenir debout, mais Christian avait au moins l'avantage d'être conscient de son environnement. Les joues de Mia étaient inondées de larmes, mais je la savais capable d'obéir à des ordres. Mason et moi étions les deux meilleurs atouts du groupe.

— D'après la montre de ce type, on est en pleine matinée, annonça Mason. Il nous suffit de sortir d'ici pour leur échapper… à condition qu'ils n'aient pas d'autres humains à leur service dans les environs.

— Ils ont dit qu'Isaiah n'était pas là, intervint timidement Mia. On ne devrait pas avoir trop de mal à s'enfuir, dans ce cas…

— Ces trois-là n'ont pas quitté cette pièce depuis des heures, lui fis-je remarquer. Ils peuvent s'être trompés. Nous ne devons courir aucun risque.

Mason ouvrit prudemment la porte de notre cachot pour observer le couloir désert.

— Crois-tu vraiment que ce labyrinthe ait une sortie ? me lança-t-il.

— Ça nous faciliterait la vie, grommelai-je avant de me tourner vers les autres. Ne bougez pas d'ici ! Nous allons inspecter le reste de la cave.

— Et si quelqu'un venait ? s'écria Mia.

— Personne ne viendra, lui assurai-je.

J'étais à peu près certaine qu'il n'y avait personne d'autre dans la cave. Sinon ses occupants auraient accouru, avec tout le vacarme que nous avions fait. Et si quelqu'un descendait par l'escalier, nous serions forcément les premiers à l'entendre.

Néanmoins, Mason et moi nous montrâmes extrêmement prudents en visitant la cave. Nous inspectâmes chaque recoin en gardant un œil sur ce qui se passait dans le dos de l'autre. Ce niveau de la maison était bien le labyrinthe pour rats de laboratoire que j'avais soupçonné en arrivant. Il y avait des couloirs biscornus et de très nombreuses pièces. Nous ouvrîmes toutes les portes les unes après les autres. Chaque salle était déserte et seulement meublée de quelques chaises. Je frémis en songeant que toutes avaient dû servir de cachots.

— Il n'y a pas une seule fenêtre à ce niveau, grommelai-je lorsque nous eûmes achevé notre inspection. Nous allons devoir remonter.

Alors que nous retournions dans la pièce où nous attendaient les autres, Mason me retint par la main.

— Rose…

Je m'arrêtai pour me tourner vers lui.

— Oui ?

Je ne l'avais jamais vu si sérieux.

— J'ai vraiment fait une boulette, reconnut-il, ses yeux bleus chargés de regrets.

Je repassai dans mon esprit la suite d'événements qui nous avait menés dans cette cave.

— Nous avons fait une boulette, Mason.

Il soupira.

— Quand ce sera fini, j'espère que nous prendrons le temps de parler et de tout mettre à plat... Je n'aurais jamais dû t'en vouloir à ce point.

Je voulus lui répondre que cela n'allait pas se produire, que je n'avais découvert sa disparition que parce que je le cherchais pour lui apprendre que les choses ne s'arrangeraient jamais entre nous... Comme ce n'était ni le bon moment, ni le bon endroit pour annoncer une rupture, je me résignai à mentir.

— Moi aussi, j'espère, répondis-je en serrant ses doigts.

Il m'offrit un sourire, puis nous allâmes retrouver les autres.

— Bien, déclarai-je. Voici comment ça va se passer...

Nous leur exposâmes rapidement notre plan, puis nous dirigeâmes vers l'escalier aussi discrètement que possible. J'ouvrais la marche, suivie de Mia, qui s'efforçait de soutenir un Christian affaibli, puis de Mason qui devait presque porter Eddie.

— Il vaudrait mieux que je passe le premier, murmura Mason lorsque nous atteignîmes le haut de l'escalier.

— Non, répondis-je en posant la main sur la poignée de la porte.

— Mais si quelque chose arrivait…

— Mason ! (Alors que je lui jetais un regard sévère, l'image de ma mère, telle que je l'avais vue après l'attaque des Drozdov, s'imposa à mon esprit. Elle était restée calme et parfaitement maîtresse d'elle-même, malgré la panique qu'avait générée la situation. Elle l'avait fait parce que son groupe avait besoin d'un chef, tout comme celui-ci à cet instant. Je faisais de mon mieux pour suivre son exemple.) Si quelque chose arrive, tu devras les faire sortir d'ici. Fuyez aussi loin et aussi vite que possible, et ne revenez pas sans un bataillon de gardiens.

— Mais c'est toi qui vas te faire attaquer ! s'écria-t-il. Qu'est-ce que je suis censé faire ? T'abandonner à ton sort ?

— Oui. Si tu as la moindre chance de les tirer de là, oublie-moi.

— Rose, il n'est pas question…

— Mason. (Je songeais encore à la force et à l'assurance de ma mère.) En es-tu capable ?

Nous nous regardâmes dans les yeux pendant de longues secondes tandis que nos compagnons retenaient leur souffle.

— J'en suis capable, finit-il par me répondre avec raideur.

Je hochai la tête et me tournai vers la porte.

Celle-ci s'ouvrit avec un grincement qui me fit grimacer. Je restai d'abord parfaitement immobile pour tendre l'oreille en osant à peine respirer. Le salon à la décoration excentrique était exactement semblable à l'image que j'en avais gardée. Tous les volets étaient fermés, mais des filets de lumière passaient par les interstices. Jamais les rayons du soleil ne m'avaient paru si réconfortants. Il nous suffisait de les atteindre pour être libres…

Comme je ne percevais aucun son ni aucun mouvement, je tâchai de me repérer dans la pièce et de me souvenir où se trouvait la porte d'entrée. Nous allions devoir traverser toute la maison… La distance à parcourir, tout à fait raisonnable dans l'absolu, me paraissait démesurée dans ces circonstances.

— Viens m'aider à inspecter les lieux, chuchotai-je à Mason en espérant le consoler de son rôle d'arrière-garde.

Il confia provisoirement Eddie à Mia et m'accompagna pour un tour rapide du rez-de-chaussée. Rien. De la porte de la cave à la porte d'entrée, la voie était libre. Je poussai un soupir de soulagement. Mason reprit Eddie sous son bras, et nous avançâmes, nerveux et impatients. Nous allions réussir, commençai-je à comprendre en ayant du mal à croire à notre chance. Nous étions passés si près du désastre… et y avions échappé. C'était l'un de ces moments de l'existence où l'on se réjouit d'être en vie et où l'on aimerait tout arranger autour de soi. Une seconde chance que l'on se promet de ne pas gâcher. Dans ces moments-là…

Je ne les entendis qu'à l'instant où je les vis se planter devant nous. C'était comme si un magicien les avait invoqués pour nous barrer la route… Sauf que je savais bien que la magie n'y était pour rien : la vitesse de déplacement des Strigoï était phénoménale. Ils devaient se trouver dans l'une des pièces que nous avions négligé de contrôler pour ne pas perdre de temps. J'enrageai après moi-même.

Pourquoi n'avais-je pas examiné chaque centimètre carré de cet étage ? Alors me revint en mémoire le discours que j'avais tenu à ma mère dans le cours de Stan : « À vous écouter, on a l'impression que vous avez raté quelque chose... Pourquoi n'avez-vous pas inspecté les lieux avant le bal pour vous assurer qu'il ne s'y trouvait pas de Strigoï ? Ça vous aurait épargné bien des ennuis... »

Mon karma était une vraie saloperie.

— Les enfants..., nous gronda ironiquement Isaiah. Vous ne respectez pas les règles du jeu...

Un sourire cruel se dessina sur ses lèvres. Il nous trouvait amusants et ne voyait pas en quoi nous pouvions le menacer. Je ne pouvais pas lui donner tort...

— Vite et loin, Mason, murmurai-je sans quitter les Strigoï des yeux.

— Eh bien ! ricana Isaiah. Si on pouvait tuer d'un regard... (Il leva les sourcils, comme si une idée incongrue venait tout juste de le frapper.) Tu ne crois quand même pas pouvoir nous vaincre tous les deux ?

Il pouffa. Elena pouffa. Je grinçai des dents.

Non, je ne me croyais pas capable de les vaincre tous les deux. En fait, j'étais à peu près certaine d'être sur le point de mourir, de même que j'étais presque aussi sûre de pouvoir les distraire assez longtemps pour permettre aux autres de fuir.

Je me jetai sur Isaiah tout en visant Elena avec le pistolet. Malheureusement, on ne pouvait pas surprendre un Strigoï comme un être humain. J'eus l'impression qu'ils avaient deviné mon mouvement avant même que je l'exécute. Néanmoins, ils ne s'attendaient pas à me voir armée. Même si Isaiah para mon attaque sans le moindre effort, je parvins à tirer sur Elena avant qu'il me saisisse les bras et me réduise à l'impuissance. Le coup de feu me déchira les tympans, puis ce furent les cris de douleur et de surprise d'Elena. J'avais visé son estomac mais la parade d'Isaiah ne m'avait permis d'atteindre que sa cuisse. Cela importait peu, à vrai dire, puisque aucune des deux blessures ne pouvait la tuer. Mais l'estomac l'aurait fait souffrir bien davantage.

Isaiah me serrait les poignets si fort que je crus qu'il allait me briser les os. Je dus lâcher le pistolet, qui rebondit sur le sol avant de glisser vers la porte. Elena se jeta sur moi avec un hurlement de rage. Isaiah me maintint hors de sa portée en lui ordonnant de se ressaisir. Sans avoir le moindre espoir de m'échapper, je me débattis farouchement pendant toute la scène pour les gêner le plus possible.

Alors j'entendis le plus merveilleux des sons : la porte d'entrée qui s'ouvrait.

Mason avait réussi à profiter de la diversion que j'avais créée. Il avait confié Eddie à Mia et contourné les Strigoï pour courir jusqu'à la porte. Isaiah se retourna à la vitesse de l'éclair et hurla au moment où il se trouva à portée des rayons du soleil. Malheureusement, sa souffrance ne l'empêchait pas d'avoir des réflexes extraordinaires. Il bondit hors du carré de lumière en nous entraînant avec lui, Elena par le bras et moi par la gorge.

— Fais-les sortir ! hurlai-je.

— Isaiah ! protesta Elena en lui arrachant son bras.

Il me jeta sur le sol et fit volte-face pour regarder ses victimes lui échapper. Délivrée de son étreinte, je tâchai de reprendre mon souffle et tournai la tête vers la porte à travers le voile de mes cheveux emmêlés. Mason franchissait juste le seuil en entraînant Eddie dans la lumière du jour. Christian et Mia étaient déjà dehors. Je faillis en pleurer de soulagement.

Isaiah se tourna vers moi avec la fureur d'un ouragan, le regard on ne peut plus noir et sa haute stature plus que jamais menaçante. Son visage, que j'avais toujours trouvé terrifiant, devint indescriptible. L'adjectif « monstrueux » aurait été insuffisant pour le qualifier.

Il me souleva par les cheveux. Tandis que je hurlais de douleur, il se pencha pour coller son visage contre le mien.

— Tu as envie de te faire mordre, gamine ? me demanda-t-il. Tu as envie de devenir une catin rouge ? Je peux arranger ça. Dans tous les sens du terme… Je te promets que je ne vais pas être tendre, et que l'expérience ne va pas être plaisante… Elle sera même très douloureuse. La suggestion permet autant l'un que l'autre, tu sais… Je vais m'assurer que tu croies souffrir les pires tourments et prolonger ton agonie au maximum. Tu vas hurler, pleurer et me supplier pour que je te laisse mourir.

— Isaiah ! s'écria Elena, au comble de l'exaspération. Contente-toi de la tuer ! Si tu l'avais fait plus tôt, quand je te l'ai conseillé, rien de tout ça ne serait arrivé.

Il tourna la tête vers elle sans me lâcher.

— Je te défends de m'interrompre !

— Ça vire au mélodrame, insista-t-elle. (Elle était vraiment geignarde. Je n'aurais jamais cru qu'un Strigoï pouvait avoir ce défaut… C'en était presque comique.) C'est du gaspillage.

— Je te défends aussi de me répondre, grogna-t-il.

— J'ai faim. Je dis seulement que nous devrions…

— Lâchez-la ou je vous tue.

Nous nous tournâmes tous les trois vers la direction d'où venait cette voix furieuse et menaçante. Mason se tenait dans l'embrasure de la porte, auréolé de lumière, le pistolet que j'avais lâché à la main. Isaiah l'observa pendant quelques instants.

— C'est ça, répondit-il finalement d'une voix lasse. Essaie toujours.

Mason n'eut aucune hésitation. Il tira coup sur coup jusqu'à avoir vidé son chargeur sur le torse d'Isaiah. Chaque balle l'ébranlait un peu sans avoir davantage d'effet ni lui faire lâcher prise. Alors je compris ce qu'était un Strigoï âgé et puissant. Une jeune Strigoï comme Elena souffrait d'une balle dans la cuisse. Mais Isaiah ? Un chargeur entier en pleine poitrine ne constituait pour lui qu'une vague nuisance.

Mason le comprit aussi. Ses traits se durcirent lorsqu'il lança le pistolet par terre.

— Va-t'en ! hurlai-je.

Il était encore au soleil, en sécurité…

Mais il refusa de m'écouter. Il courut vers nous, hors des rayons protecteurs. Je me débattis avec une vigueur redoublée en espérant détourner l'attention d'Isaiah. J'échouai. Isaiah me jeta dans les bras d'Elena alors que Mason n'avait franchi que la moitié de la distance qui nous séparait. Vif comme l'éclair, il fondit sur lui et l'immobilisa exactement comme il s'y était pris avec moi auparavant.

Malheureusement, la comparaison s'arrêta là. Au lieu de lui tordre les bras, de le tirer par les cheveux ou de lui faire de longs discours sur son agonie imminente, Isaiah se contenta de l'arrêter en pleine course, de prendre sa tête à deux mains et de la tourner d'un coup sec. Le craquement que j'entendis me souleva le cœur. Les yeux de Mason s'écarquillèrent un instant, puis ne reflétèrent que du vide.

Isaiah relâcha sa prise avec un soupir agacé, puis jeta le corps inerte de Mason dans notre direction. Il atterrit à mes pieds. Ma vision se brouilla en même temps qu'une vague de nausée me retournait l'estomac.

— Tiens ! dit Isaiah à sa complice. Fais-toi les dents là-dessus et essaie de m'en laisser un peu.

Chapitre 22

Un tel sentiment d'horreur s'empara de moi que je crus que mon âme allait se recroqueviller jusqu'à disparaître et le monde s'arrêter de tourner, parce qu'il était impossible que la vie continue après cela. Je voulais hurler ma douleur à l'univers entier et pleurer jusqu'à n'être plus qu'une flaque de larmes. Je voulais m'allonger là pour mourir avec lui.

Elena me lâcha, estimant apparemment que je ne pouvais pas représenter une menace, piégée comme je l'étais entre Isaiah et elle. Elle se tourna vers le corps de Mason.

Alors je cessai de ressentir quoi que ce soit pour me contenter d'agir.

— Ne le touche pas.

J'eus du mal à reconnaître ma propre voix.

Elle me jeta un regard courroucé.

— Que tu es fatigante ! Je commence à comprendre le point de vue d'Isaiah… Tu mérites de mourir dans d'atroces souffrances.

Elle se désintéressa de moi pour s'agenouiller par terre et retourner Mason sur le dos.

— Ne le touche pas ! hurlai-je en la repoussant sans grand effet.

Elle me repoussa à son tour et je ne parvins à rester debout que par miracle.

Isaiah nous observa en semblant trouver la scène divertissante jusqu'à ce que son regard soit attiré par quelque chose sur le sol. Le *chotki* de Lissa était tombé de ma poche. Il le ramassa. Les Strigoï pouvaient très bien toucher des objets sacrés ; les rumeurs selon lesquelles ils craignaient les croix étaient fausses. En revanche, il était vrai qu'ils ne pouvaient pas pénétrer dans un lieu sacré. Il le retourna et fit courir son doigt sur le dragon qui y était gravé.

— Ah ! les Dragomir…, dit-il d'un air songeur. Je les avais oubliés. Ce n'est pas difficile, d'ailleurs. Combien en reste-t-il ? Un ? Deux ? Cela ne vaut guère la peine de s'en souvenir. (Ses horribles yeux rouges se posèrent sur moi.) Connais-tu l'un d'eux ? Il faudra bien que je m'occupe de leur cas un jour ou l'autre. Il ne sera pas difficile de…

Alors j'entendis une explosion. L'aquarium vola en éclats, en projetant des éclats de verre dans toutes les directions. Certains m'atteignirent sans que je les remarque vraiment. L'eau resta suspendue en l'air, en une sphère irrégulière qui se mit à flotter vers Isaiah. Je suivis sa progression bouche bée.

Lui aussi la regardait approcher, plus intrigué qu'effrayé – du moins jusqu'à ce qu'elle enveloppe sa tête pour l'étouffer.

La suffocation ne pouvait pas davantage le tuer que les balles, mais elle le mettait dans une situation très inconfortable.

Il leva les mains vers son visage, tentant désespérément de chasser l'eau, mais ses doigts glissaient au travers sans le moindre effet. Elena avait bondi sur ses pieds et en avait oublié le cadavre de Mason.

— Qu'est-ce que c'est ? hurla-t-elle en le secouant sans parvenir mieux que lui à le libérer. Mais qu'est-ce qui se passe ?

Une fois encore, je me mis à agir sans éprouver la moindre émotion. Je ramassai un gros éclat de verre tranchant de l'aquarium, puis courus vers Isaiah et le plantai dans son torse en visant le cœur, comme je m'y étais entraînée avec tant d'application. Isaiah poussa un cri étouffé par la bulle d'eau avant de s'effondrer. Ses yeux roulèrent dans leurs orbites puis il s'évanouit sous l'effet de la douleur.

Elena fut frappée de stupeur, de la même manière que je l'avais été en voyant Isaiah tuer Mason. Isaiah n'était pas mort, évidemment, mais il était provisoirement à terre, et l'expression d'Elena attestait qu'elle n'avait pas cru cela possible.

À cet instant, la décision la plus intelligente aurait été de courir vers la porte et la sécurité de la lumière du jour. Je choisis de me précipiter dans la direction opposée, vers la cheminée, et je décrochai l'une des épées anciennes pour me tourner vers Elena. Je n'eus pas besoin d'aller très loin, puisqu'elle s'était déjà remise de sa stupeur et fonçait sur moi.

Elle essaya de me saisir en grimaçant de rage. Même si je ne m'étais jamais battue à l'épée, on m'avait entraînée à me servir de n'importe quelle arme improvisée. J'utilisai la lame pour la tenir à distance grâce à des mouvements maladroits mais suffisamment efficaces.

Ses canines étincelèrent.

— Je vais te faire…

— Souffrir ? Payer ? Regretter d'être née ? lui suggérai-je.

Je me souvins du combat contre ma mère, durant lequel je n'avais jamais cessé d'être sur la défensive. Cela ne pouvait pas suffire. Cette fois, j'allais devoir attaquer. Je tentai de lui porter un coup, mais c'était peine perdue. Elle anticipait mes moindres gestes.

Isaiah se mit à grogner derrière elle en reprenant conscience. Le regard qu'elle jeta par-dessus son épaule me fournit l'occasion de l'atteindre au torse d'un ample mouvement circulaire. La lame déchira son chemisier et lui entailla la peau sans lui faire grand mal. Elle tressaillit et baissa néanmoins les yeux vers sa poitrine, paniquée. L'éclat de verre que j'avais planté dans le cœur d'Isaiah devait avoir marqué son imagination.

C'était l'instant d'inattention que j'attendais.

Je pris mon élan et frappai de toutes mes forces.

La lame de l'épée heurta le côté de son cou en s'y enfonçant profondément. Son cri horrible me donna la chair de poule. Lorsqu'elle essaya encore de m'attraper, je me reculai pour lui assener de nouveaux coups. Elle tomba à genoux en se tenant la gorge à deux mains. Je frappai encore et encore, lui tranchant chaque fois un peu plus les chairs. Décapiter quelqu'un n'était pas aussi facile que je le croyais. La lame émoussée de mon épée ancienne n'aidait sans doute pas.

Finalement, je recouvrai assez de lucidité pour prendre conscience qu'elle ne bougeait plus. Sa tête se trouvait à mes pieds, détachée de son corps, et ses yeux sans vie étaient rivés sur moi comme si elle n'arrivait pas à croire à ce qui venait de se passer. Nous étions deux.

J'entendis un hurlement et crus pendant un instant d'hallucination qu'il s'agissait encore d'Elena. Je relevai la tête pour observer l'intérieur de la pièce. Mia se tenait dans l'embrasure de la porte, les yeux exorbités. Sa peau, verdâtre, me donna l'impression qu'elle allait vomir. La petite part encore rationnelle de mon esprit comprit qu'elle était responsable de l'explosion de l'aquarium. La magie de l'eau avait peut-être une utilité, finalement.

Isaiah essaya de se relever sans s'être tout à fait remis de son évanouissement. Je l'atteignis avant qu'il y parvienne. Je le frappai avec acharnement en faisant jaillir son sang et en lui arrachant des hurlements à chaque coup. J'avais l'impression qu'il s'agissait déjà d'une vieille routine. Dans mon esprit, je le revoyais en boucle briser le cou de Mason et je frappai aussi fort que possible, avec une rage aveugle, comme si cela avait pu effacer ce souvenir.

— Rose ! Rose !

La voix de Mia finit par me parvenir à travers le brouillard de ma rage.

— Il est mort, Rose.

Je retins le coup suivant d'une main tremblante et baissai les yeux vers son corps… et sa tête, qui n'y était plus attachée. Mia avait raison : il était tout à fait mort.

J'observai la pièce. Il y avait du sang partout, mais l'horreur de la chose ne me toucha pas vraiment. Tout mon univers s'était réduit à deux tâches très simples : tuer les Strigoï et protéger Mason. Plus rien d'autre ne m'atteignait.

— Rose, murmura Mia d'une voix mal assurée. (Je compris qu'elle avait peur de moi, et non des Strigoï.) Nous devons partir, Rose. Viens, maintenant…

Je baissai les yeux et contemplai un long moment le cadavre d'Isaiah avant de me traîner jusqu'à celui de Mason, l'épée toujours en main.

— Non, répondis-je d'une voix rauque. Je ne peux pas l'abandonner. D'autres Strigoï pourraient venir…

Mes yeux me brûlaient comme si j'avais voulu pleurer sans en être capable. Je n'étais même pas certaine de le vouloir. La fureur guerrière ne m'avait pas quittée et j'avais l'impression que je n'éprouverais plus jamais rien d'autre que de la rage.

— Nous reviendrons le chercher, Rose. Mais nous devons partir, d'autres Strigoï pourraient venir…

— Non, répétai-je sans me donner la peine de la regarder. Je refuse de le laisser tout seul.

Je caressai doucement les cheveux de Mason de ma main libre.

— Rose…

— Va-t'en ! hurlai-je en relevant brusquement la tête. Laisse-nous tranquilles !

Elle fit deux pas vers moi et se figea en me voyant lever l'épée.

— Va-t'en, répétai-je. Va retrouver les autres.

Mia recula lentement vers la porte, me jeta un dernier regard désespéré, puis se précipita dehors.

Lorsque le silence revint, je baissai la garde sans lâcher l'arme et posai la tête sur le torse de Mason. Le monde qui m'entourait et le temps lui-même me devinrent indifférents. Il pouvait aussi bien s'écouler des secondes que des heures. Une seule chose comptait encore : ne pas le laisser seul. J'étais dans un état second qui m'empêchait de vraiment ressentir ma terreur et mon chagrin. Je n'arrivais toujours pas à croire que Mason avait été tué, ni que j'avais donné la mort. Tant que mon esprit refusait de reconnaître ces deux évidences, je pouvais faire comme si rien ne s'était passé.

Je finis par relever la tête en entendant des voix et des bruits de pas. Des gens entrèrent dans la maison. Beaucoup de gens. Je ne les reconnus pas, mais cela n'avait aucune importance : ils étaient une menace et je devais protéger Mason. Lorsque deux d'entre eux s'approchèrent de moi, je brandis mon épée encore une fois pour défendre son corps.

— Reculez ! leur criai-je. Ne vous approchez pas de lui !

Ils continuèrent à avancer.

— Reculez ! hurlai-je.

Tous se figèrent sauf un.

— Lâche cette épée, Rose, me suggéra une voix douce.

Mes mains se mirent à trembler. Je déglutis péniblement.

— Laissez-nous tranquilles…

— Rose…

Mon âme aurait reconnu cette voix en toutes circonstances. Avec réticence, je commençai à prendre conscience de mon environnement et à reconnaître les traits de l'homme qui se tenait devant moi. De ses yeux sombres, Dimitri m'observait avec douceur et fermeté.

— Tout va bien, me dit-il. Nous allons nous occuper de tout. Tu peux lâcher cette épée.

Je crispai les doigts sur la garde en tremblant de plus belle.

— Je ne peux pas… (Chaque mot que je prononçais était une vraie torture.) Je ne peux pas le laisser seul. Je dois le protéger.

— Tu l'as fait, m'assura Dimitri.

La lame me tomba des mains pour atterrir sur le plancher avec un bruit sourd. Je tombai moi-même à genoux, toujours au bord des larmes, sans réussir à pleurer.

Dimitri me prit dans ses bras pour m'aider à me relever. Lorsque d'autres voix se firent entendre, je reconnus progressivement des gens qui m'étaient familiers et en qui j'avais confiance. Dimitri voulut m'entraîner vers la porte, mais je refusai de partir. Je ne pouvais pas m'éloigner. J'agrippai sa chemise en froissant le tissu. Un bras toujours passé autour de mes épaules, il écarta mes cheveux de mon visage et continua à les caresser en murmurant quelque chose en russe lorsque je posai mon front contre son torse. Je ne comprenais pas un mot de ce qu'il disait, mais la douceur de sa voix m'apaisa.

Les gardiens se déployèrent dans la maison pour la fouiller méthodiquement. Quelques-uns s'approchèrent de nous pour examiner les corps que je ne pouvais plus regarder.

— C'est elle qui a fait ça ? Elle les a tués tous les deux ?

— Mais cette épée n'avait pas été affûtée depuis des années !

Lorsqu'un son étrange s'échappa de ma gorge, Dimitri pressa mon épaule pour me réconforter.

— Fais-la sortir d'ici, Belikov, dit une femme derrière moi, dont la voix me semblait familière.

Dimitri pressa encore mon épaule.

— Viens, Roza. Il est temps de partir.

Cette fois, j'acceptai de le suivre. Il m'entraîna hors de la maison en me soutenant. Chaque pas était une torture.

Puisque mon esprit refusait encore d'admettre ce qui venait de se passer, je ne pouvais que suivre les directives très simples qu'on me donnait.

Je finis par me retrouver dans l'un des jets de l'académie. Les moteurs se mirent à vrombir, puis l'avion décolla. Dimitri me laissa seule en me promettant de revenir bientôt. Je restai parfaitement immobile, les yeux rivés sur le dossier du siège qui se trouvait devant moi.

Quelqu'un vint s'asseoir à côté de moi pour poser une couverture sur mes épaules. Prenant conscience de mes tremblements irrépressibles, je la serrai autour de moi.

— J'ai froid, murmurai-je. Pourquoi ai-je si froid ?

— Tu es en état de choc, me répondit Mia.

Je tournai la tête pour observer ses boucles blondes et ses grands yeux bleus. Cette vision débloqua quelque chose dans mon esprit. Assaillie par un flot d'images, je dus fermer les paupières.

— Mon Dieu ! gémis-je. (J'ouvris les yeux pour l'observer encore.) Tu m'as sauvée… en faisant exploser cet aquarium. Tu n'aurais pas dû. Tu devais t'enfuir.

Elle haussa les épaules.

— Tu n'aurais pas dû aller chercher cette épée.

Elle marquait un point.

— Merci. Ton idée était brillante. Je n'y aurais jamais pensé…

— Je ne sais pas, répondit-elle en esquissant un sourire. L'eau ne sert pas à grand-chose, tu te souviens ?

J'eus un rire amer. Cette phrase que j'avais prononcée ne me semblait plus aussi drôle.

— L'eau est très utile, lui assurai-je finalement. Lorsque nous serons rentrées, il faudra chercher d'autres manières de nous en servir.

Son visage s'illumina.

— J'adorerais ça ! Plus que toute autre chose ! répliqua-t-elle, les yeux brillants d'enthousiasme.

— Je suis désolée… pour ta mère.

Mia hocha la tête.

— Tu ne te rends pas compte de la chance que tu as d'avoir encore la tienne.

Je recommençai à regarder fixement le siège qui se trouvait devant moi. Ma réponse m'étonna moi-même.

— J'aimerais qu'elle soit là.

— Elle est là, répondit Mia, surprise. Elle faisait partie des gardiens qui sont intervenus. Tu ne l'as pas vue ?

Je secouai la tête.

Après quelques instants de silence, Mia quitta son siège et s'éloigna. Une minute plus tard, quelqu'un d'autre vint prendre sa place. Je n'eus pas besoin de tourner la tête pour savoir de qui il s'agissait.

— Rose, murmura ma mère. (Pour la première fois de ma vie, j'entendis de l'hésitation dans sa voix. Peut-être de la peur.) Mia m'a dit que tu voulais me voir. (Je ne répondis rien et ne la regardai pas.) De quoi as-tu besoin ?

Je n'en avais pas la moindre idée et ne savais pas quoi faire. Mes yeux me brûlaient de manière intolérable et je me mis à pleurer sans comprendre comment. De gros sanglots me secouèrent tandis que les larmes que j'avais si longtemps retenues inondaient mon visage. La peur et le chagrin que j'avais refusé de reconnaître s'exprimèrent d'un seul coup en m'oppressant la poitrine jusqu'à presque m'empêcher de respirer.

Ma mère me prit dans ses bras. Mes sanglots redoublèrent lorsque je posai la tête sur son épaule.

— Je sais, murmura-t-elle en me serrant plus fort. Je comprends.

Chapitre 23

Le temps était plus doux le jour de ma cérémonie d'apposition des molnija. Il faisait même si bon que la neige avait commencé à fondre et coulait sur les murs des bâtiments en filets argentés. Comme l'hiver était loin d'être fini, je savais que tout allait geler de nouveau quelques jours plus tard, mais cette fonte précoce me donnait l'impression que le monde entier pleurait.

Je m'étais tirée de l'incident de Spokane presque indemne. Les brûlures de mes poignets étaient les pires blessures que j'avais à déplorer. Mon esprit, en revanche, ne s'était pas encore remis de la mort à laquelle j'avais assisté, ni de celles que j'avais causées moi-même. Je n'aspirais qu'à me rouler en boule dans un coin sans parler à personne, sauf peut-être à Lissa. Le quatrième jour après l'incident, ma mère vint me trouver pour me dire que le moment était venu pour moi de recevoir mes marques.

Il m'avait fallu un certain temps pour comprendre de quoi elle parlait, puis j'avais tout à coup saisi que mes deux décapitations allaient me valoir deux molnija. Mes premières. Cette prise de conscience m'avait laissée stupéfaite. Toute ma vie, j'avais songé aux tatouages que j'allais gagner au cours de ma carrière de gardienne. Je me les étais toujours représentés comme des signes honorifiques… Désormais, ils ne m'apparaissaient plus que comme le souvenir indélébile d'un événement que j'aurais préféré oublier.

La cérémonie eut lieu dans une grande salle du bâtiment des gardiens où l'on organisait habituellement des réunions et des banquets. Celle-ci ne ressemblait en rien au grand salon de la résidence : elle était sobre et fonctionnelle, à l'image des gardiens. La moquette gris-bleu était rase, et les murs étaient blancs, ornés de vieilles photos de l'académie prises au fil des années. Il n'y avait ni fanfare ni décorations particulières, mais la solennité de l'instant était palpable. Tous les gardiens de l'académie s'étaient rassemblés là, mais pas les novices. Ils attendaient par petits groupes silencieux. Lorsque la cérémonie commença, ils se mirent en rang sans que personne le leur demande et ils me regardèrent.

Je m'assis sur un tabouret dans un angle de la pièce, les cheveux rabattus devant mon visage. Derrière moi, un gardien prénommé Lionel approcha une aiguille de ma nuque. Je le connaissais depuis mon arrivée à Saint-Vladimir, sans savoir qu'il était chargé de tatouer les molnija.

Avant de commencer, il eut une conversation à voix basse avec Alberta et ma mère.

— Elle n'aura pas de marque de la Promesse, remarqua-t-il, puisqu'elle n'a pas encore achevé sa formation.

— Ça s'est déjà vu, répondit Alberta. Elle les a tués. Fais-lui les molnija. Elle aura sa marque de la Promesse plus tard.

Moi qui avais l'habitude de recevoir des coups, je fus surprise par l'intensité de la douleur que provoqua l'aiguille. Je me mordis la lèvre et attendis en silence que Lionel en ait terminé. L'opération me parut prendre un temps fou. Lorsqu'elle s'acheva, il positionna deux miroirs pour me permettre d'observer ma nuque. Deux petites marques noires se pressaient l'une contre l'autre sur ma peau rougie et sensible. Molnija signifiait « éclair » en russe. Les tatouages en représentaient deux, entrecroisés. Il y en avait un pour Isaiah et un pour Elena.

Après me les avoir montrés, Lionel me banda le cou et me donna quelques conseils sur les précautions que je devais prendre les premiers jours. L'essentiel m'échappa, mais je supposais que je pourrais toujours me renseigner plus tard. J'étais toujours dans une sorte d'état de choc.

Après cela, tous les gardiens vinrent me voir les uns après les autres. Chacun m'offrit un témoignage d'affection. Certains me prirent dans leurs bras, d'autres m'embrassèrent sur la joue ou me dirent quelques mots gentils.

— Sois la bienvenue dans nos rangs, murmura Alberta d'une voix douce en me serrant contre son cœur.

Lorsque son tour vint, Dimitri ne prononça pas un mot. C'était inutile : comme toujours, son regard parlait pour lui. La tendresse et la fierté que j'y lus me firent monter les larmes aux yeux. Il posa doucement une main sur ma joue et hocha la tête avant de s'éloigner.

Quand Stan, le professeur contre lequel je m'étais le plus révoltée depuis mon premier jour à l'académie, me prit dans ses bras, je crus m'évanouir.

— Tu es des nôtres, à présent. J'ai toujours su que tu serais l'une des meilleures.

Alors vint le tour de ma mère. Je fus incapable de retenir mes larmes plus longtemps. Elle les essuya du bout des doigts avant de caresser doucement ma nuque.

— N'oublie jamais, me dit-elle.

Je fus soulagée que personne ne me félicite. L'expérience de la mort ne prêtait pas à se réjouir.

Lorsque ce fut terminé, on servit à manger et à boire. Je me dirigeai vers le buffet et remplis mon assiette de quiches miniatures à la feta et d'une part de gâteau à la mangue. Je mangeai le tout sans en sentir le goût, tout en répondant aux questions qu'on me posait ; je ne savais pas vraiment ce que je disais. J'avais l'impression d'être un robot qui exécutait les tâches que l'on attendait de lui. Mes tatouages me brûlaient la nuque. Les yeux bleus de Mason et les yeux rouges d'Isaiah s'imposaient tour à tour à mon esprit.

Tout en me sentant un peu coupable de ne pas mieux apprécier ce grand jour, je fus soulagée que la cérémonie s'achève. Ma mère s'approcha de moi tandis que des gardiens venaient me saluer avant de partir. En dehors des quelques mots qu'elle avait prononcés au cours de la cérémonie, nous ne nous étions pas parlé depuis ma crise de larmes dans l'avion. Ce souvenir me paraissait étrange et me mettait un peu mal à l'aise. Elle n'y avait jamais fait allusion, mais quelque chose avait changé dans la nature de notre relation. Sans être encore des amies, nous n'étions plus tout à fait des ennemies.

— Le seigneur Szelsky va bientôt partir, me dit-elle alors que nous sortions du bâtiment, presque à l'endroit où je l'avais insultée le jour de son arrivée. Je pars avec lui.

— Je sais, répondis-je.

C'était une évidence. Il en allait toujours ainsi. Les gardiens suivaient leurs Moroï, qui passaient avant tout.

Elle m'observa d'un air songeur pendant quelques instants. Pour la première fois, j'eus l'impression que nous nous regardions l'une l'autre et qu'elle ne me prenait pas de haut. Il était temps, puisque je mesurais désormais une tête de plus qu'elle.

— Tu as fait du bon travail compte tenu des circonstances, me dit-elle finalement.

Ce n'était qu'un demi-compliment, mais je ne méritais pas mieux. Je comprenais à présent les erreurs et les défauts d'appréciation qui nous avaient conduits dans la maison d'Isaiah. J'en avais commis un certain nombre moi-même. Même si j'aurais beaucoup aimé revenir en arrière pour faire d'autres choix, je savais qu'elle avait raison. J'avais agi au mieux face aux événements chaotiques dans lesquels je m'étais retrouvée plongée.

— Tuer des Strigoï n'était pas aussi prestigieux que je le croyais, lui avouai-je.

Elle esquissa un sourire triste.

— Ça ne l'est jamais.

Je songeai aux tatouages qui couvraient son cou, à toutes les exécutions dont elle s'était chargée, et ne pus m'empêcher de frissonner.

— Au fait... (Ressentant le besoin de changer de sujet, je fouillai dans ma poche pour en sortir le pendentif en forme d'œil qu'elle m'avait offert.) Cette chose que tu m'as donnée... C'est un n... nazar, n'est-ce pas ?

Même si j'avais buté sur le mot, elle parut surprise.

— Oui. Comment le sais-tu ?

Je préférais ne pas lui parler des rêves que j'avais partagés avec Adrian.

— Quelqu'un me l'a dit. C'est une protection ?

Elle prit un air songeur, soupira, puis hocha la tête.

— Oui. C'est issu d'une croyance du Moyen-Orient. Certains pensent que les gens qui vous veulent du mal peuvent vous maudire ou vous jeter le mauvais œil. Le nazar permet d'y échapper, et protège celui qui le porte de manière générale.

Je fis courir mon doigt sur le disque de verre.

— Au Moyen-Orient… En Turquie, par exemple ?

Elle esquissa un sourire.

— Exactement. (Elle hésita.) C'était… un cadeau, que j'ai reçu il y a longtemps. (Son regard se perdit dans le vague, happé par les souvenirs.) À ton âge, j'ai bénéficié de… l'attention des hommes. J'ai trouvé ça flatteur, tout d'abord, mais ça ne l'était pas en réalité. Il est parfois difficile de distinguer l'affection réelle du simple désir qu'ont les hommes de profiter de nous… Mais quand quelque chose qui aura vraiment de la valeur se présentera, tu ne manqueras pas de le reconnaître.

Je compris subitement pourquoi elle se souciait tant de ma réputation : elle avait risqué de compromettre la sienne quand elle était plus jeune, et peut-être davantage.

Je compris aussi pourquoi elle m'avait offert ce nazar : elle le tenait de mon père. Comme je sentais qu'elle ne voulait plus en parler, je m'abstins de poser des questions. J'étais déjà heureuse de savoir que leur relation n'avait peut-être pas entièrement été dictée par le travail et le désir de perpétuer l'espèce.

Nos adieux terminés, je repartis en cours. Tous mes camarades savaient ce qui venait de se passer et demandèrent à voir mes tatouages. Je ne pouvais pas leur en vouloir. Si les rôles avaient été inversés, j'aurais moi-même été dévorée par la curiosité.

— Allez, Rose..., me supplia Shane Reyes en jouant avec ma queue-de-cheval tandis que nous quittions le gymnase.

Alors que je me promettais de garder mes cheveux détachés le lendemain, d'autres se joignirent à nous et appuyèrent sa requête.

— Oui, Rose ! Fais-nous voir ce que ton talent d'escrimeuse t'a apporté...

Leurs yeux brillaient d'impatience et d'excitation. J'étais un héros, leur camarade de classe qui était venue à bout du chef de la bande qui nous avait tant terrorisés pendant ces dernières vacances. Alors mon regard rencontra celui de quelqu'un qui se tenait à l'écart du groupe et n'était pas gagné par l'excitation générale. Eddie. Il m'offrit un petit sourire triste que je compris parfaitement.

— Désolée, les amis, m'excusai-je en tournant le dos à mes interlocuteurs. Je dois garder le bandage. Ordre du médecin...

Leur expression de frustration se transforma bientôt en un déluge de questions sur la manière dont j'avais abattu les Strigoï. La décapitation était la méthode la plus difficile pour tuer un vampire, et on y avait rarement recours. Après tout, il n'était pas vraiment pratique de se promener avec une épée… Je fis de mon mieux pour expliquer à mes amis ce qui s'était passé, en m'en tenant aux faits, sans romancer les mises à mort.

Je fus soulagée de voir cette journée s'achever. Lissa, avec qui je n'avais pas eu l'occasion de parler depuis les événements de Spokane, me raccompagna à mon dortoir. Je venais de passer quatre jours à répondre à de nombreuses questions et j'avais assisté à l'enterrement de Mason. Lissa avait dû participer aux mondanités des familles royales qui quittaient l'académie les unes après les autres, et elle n'avait pas été plus disponible que moi.

Sa présence me réconforta. Même si je pouvais la sentir à tout moment, cela ne valait pas le soutien réel d'une amie qui tient à vous.

Lorsque nous atteignîmes mon étage, je découvris un bouquet de freesias devant ma porte. Je poussai un soupir avant de ramasser les fleurs odorantes, sans même regarder la carte qui y était jointe.

— Qu'est-ce que c'est ? me demanda Lissa tandis que je poussais le battant.

— C'est de la part d'Adrian, répondis-je en lui indiquant mon bureau où s'entassaient d'autres bouquets identiques. (Je posai les fleurs près des autres.) Je serai soulagée de le voir quitter l'académie. Je ne suis pas sûre de pouvoir en supporter davantage…

Elle me jeta un regard surpris.

— Tu n'es pas au courant ?

Le léger malaise que je ressentis par l'intermédiaire de notre lien m'apprit que je n'allais pas aimer ce qu'elle s'apprêtait à me dire.

— De quoi ?

— Il va rester ici pendant quelque temps.

— Mais il faut bien qu'il reparte ! lui objectai-je. (À ma connaissance, il n'était venu que pour les funérailles de Mason, ce qui m'avait d'ailleurs surprise, puisqu'il le connaissait à peine. Peut-être ne s'y était-il rendu que pour montrer sa compassion, ou se fournir l'occasion de continuer à nous coller, Lissa et moi.) Il est à l'université ou dans un institut… Il a quelque chose à faire, je ne sais pas trop quoi.

— Il a été dispensé de son prochain semestre.

J'écarquillai les yeux.

Elle hocha la tête en souriant de ma surprise.

— Il va étudier avec moi… et Mme Carmack. Il ne savait même pas ce qu'était l'esprit. Il croyait ne pas s'être spécialisé et ne comprenait pas d'où lui venaient ses étranges pouvoirs. Il n'en parlait à personne, sauf quand il lui arrivait de rencontrer un autre spécialiste de l'esprit. Aucun de ceux qu'il a croisés n'avait pu lui en apprendre plus.

— J'aurais dû comprendre bien plus tôt, murmurai-je. J'éprouvais des choses si étranges en sa présence. J'avais toujours envie de lui parler. Il avait tant de… charisme. Tout comme toi. J'imagine que ça a un rapport avec l'esprit ou la suggestion. Je me sentais forcée de l'aimer… alors que je ne l'aimais pas.

— Vraiment ? me taquina-t-elle.

— Non, répondis-je fermement. Et je n'aime pas non plus qu'il s'introduise dans mes rêves.

Ses yeux couleur de jade s'écarquillèrent d'émerveillement.

— C'est génial, pourtant ! s'écria-t-elle. Tu as toujours été capable de savoir ce qui m'arrive sans que je puisse communiquer avec toi. Quand vous êtes partis, j'aurais tellement aimé pouvoir m'introduire dans tes rêves pour vous retrouver…

— Pas moi, répliquai-je. Je suis contente qu'Adrian ne t'ait pas fait interrompre ton traitement.

Je n'avais découvert cela que quelques jours après les événements de Spokane. Lissa avait finalement refusé la proposition d'Adrian et renoncé à cesser de prendre ses médicaments pour en apprendre davantage sur l'esprit. Elle avait néanmoins reconnu qu'elle aurait sans doute craqué si Christian et moi étions restés introuvables plus longtemps.

— Comment te sens-tu en ce moment ? lui demandai-je en me souvenant qu'elle s'inquiétait de l'efficacité de son traitement. As-tu encore l'impression que tes cachets te font moins d'effet ?

— C'est difficile à expliquer. Il me semble que je suis plus proche de la magie, comme si les cachets ne s'interposaient plus entre elle et moi, et je ne ressens plus les autres effets secondaires… Je ne fais plus de malaises, ni rien qui y ressemble.

— C'est génial !

Un sourire magnifique illumina son visage.

— Je sais. Je commence à croire que je vais apprendre à me servir de mes pouvoirs, finalement.

Sa joie me fit sourire. Le retour de ses troubles psychologiques m'avait inquiétée et j'étais heureuse de voir qu'ils avaient disparu. Je ne comprenais toujours pas comment ni pourquoi, mais tant qu'elle se sentait bien…

« Tous les gens sont enveloppés d'un halo de lumière ; tous, sauf toi. Toi, ce sont des ombres. Tu les prends à Lissa. » Les paroles d'Adrian me frappèrent tout à coup. Avec un certain malaise, je repensai à mon comportement des dernières semaines, à mes accès d'agressivité, à mon attitude rebelle, inhabituelle même pour moi, aux émotions chaotiques qui se pressaient dans ma poitrine…

Non, décidai-je. Cela n'avait rien à voir. Les sentiments négatifs de Lissa provenaient de sa magie, les miens du stress. Surtout, je me sentais parfaitement bien à cet instant.

La voyant m'observer, je tâchai de me rappeler ce que nous étions en train de dire.

— J'espère que tu finiras par trouver un moyen de te servir de ton pouvoir. Après tout, si Adrian peut utiliser l'esprit sans avoir besoin de traitement…

Elle éclata de rire.

— Tu ne comprends pas ?

— Quoi ?

— Adrian s'est prescrit tout seul son propre traitement.

— Vraiment ? Il disait pourtant… (Je saisis tout à coup.) Bien sûr ! Les cigarettes, l'alcool et Dieu sait quoi d'autre…

Elle acquiesça.

— Il n'est presque jamais à jeun…

— Sauf la nuit…, complétai-je. Sans quoi il n'aurait pas pu s'introduire dans mes rêves.

— J'aimerais tellement savoir le faire, me confia-t-elle en soupirant.

— Ça viendra peut-être… Essaie juste de ne pas devenir alcoolique au passage.

— C'est promis, m'assura-t-elle. Mais je vais apprendre. Aucun autre spécialiste de l'esprit n'a su le faire, à part saint Vladimir… Je vais apprendre à utiliser cet élément, Rose, et je ne le laisserai pas me faire du mal.

Je posai ma main sur la sienne en lui souriant. Ma confiance en elle était absolue.

— Je sais.

Nous continuâmes à discuter presque tout l'après-midi, jusqu'à l'heure de mon entraînement avec Dimitri. Je me dirigeai vers le gymnase en ressassant un problème qui m'inquiétait. Nous savions que le groupe de Strigoï qui avait attaqué les Badica et les Drozdov comptait plus de membres que j'en avais tué, mais les gardiens paraissaient certains qu'Isaiah était leur chef. Même s'ils n'excluaient pas que d'autres attaques se produiraient, ils pensaient que le groupe ne se reformerait pas avant longtemps.

Sauf que je n'arrivais pas à chasser de mon esprit la liste des familles royales que j'avais découverte dans le tunnel de Spokane, et je me rappelais bien la manière dont Isaiah avait mentionné les Dragomir. Il savait qu'il n'en restait presque plus et se réjouissait à l'idée d'être celui qui les exterminerait tout à fait. Il était mort, bien sûr… mais d'autres Strigoï ne risquaient-ils pas d'avoir la même idée ?

Je secouai la tête. Ce n'était pas le moment de m'en inquiéter. Je devais d'abord reprendre mes esprits et digérer ce qui venait de se passer. Néanmoins, je savais que je n'allais pas pouvoir l'oublier très longtemps.

Je me dirigeai vers mon casier sans savoir si nos entraînements étaient maintenus. Une fois en survêtement, je pénétrai dans le gymnase et découvris Dimitri dans une réserve en train de lire l'un des romans de western qu'il aimait tant. Il leva les yeux en m'entendant approcher. Je l'avais peu vu ces derniers jours et m'imaginais que Tasha l'occupait beaucoup.

— J'ai pensé que tu passerais par ici, me dit-il en glissant un marque-page dans son livre.

— C'est l'heure de mon entraînement…

Il secoua la tête.

— Pas d'entraînement aujourd'hui, m'annonça-t-il. Tu dois prendre le temps de te remettre de ce qui s'est passé.

— Mon bulletin de santé est parfait, déclarai-je avec tout l'aplomb dont j'étais capable. Je suis bonne pour le service.

Dimitri ne s'y laissa pas prendre et me désigna la chaise voisine de la sienne.

— Assieds-toi, Rose.

Je n'hésitai qu'un instant avant de lui obéir. Il déplaça sa propre chaise pour s'installer en face de moi et je sentis mon cœur fondre lorsque mes yeux rencontrèrent son superbe regard sombre.

— Personne ne se remet facilement de sa… ses premières exécutions. Même si ce sont des Strigoï qu'on abat, il s'agit tout de même de prendre des vies. C'est difficile à encaisser, et après tout ce que tu viens de traverser… (Il soupira, puis saisit ma main. Ses doigts étaient tels que dans mon souvenir : longs, fins et leur peau rendue calleuse par des années d'entraînement.) Quand j'ai vu ton visage, dans cette maison… Tu n'imagines pas ce que j'ai pu ressentir.

Je déglutis.

— Qu'as-tu ressenti ?

— J'étais dévasté… accablé de douleur. Tu étais vivante, mais si perdue que j'ai craint que tu ne t'en remettes jamais. J'étais bouleversé à l'idée que cela risquait de t'arriver si jeune… (Il pressa ma main.) Je sais maintenant que tu vas te rétablir et j'en suis heureux, mais ce n'est pas encore fait. Il n'est jamais facile de perdre quelqu'un à qui l'on tient.

Je baissai les yeux.

— C'est ma faute, murmurai-je.

— Quoi ?

— La mort de Mason.

Je n'eus pas besoin de voir le visage de Dimitri pour sentir la compassion que je lui inspirais.

— Non, Roza… Tu as fait de mauvais choix… Tu aurais dû prévenir quelqu'un quand tu as découvert sa disparition… Mais tu ne dois pas t'en vouloir. Ce n'est pas toi qui l'as tué.

Mes yeux s'emplirent de larmes lorsqu'ils rencontrèrent les siens.

— C'est tout comme. Il n'est allé là-bas qu'à cause de moi. Nous nous étions disputés, et je lui avais parlé de Spokane alors que tu m'avais défendu de le faire.

Une larme roula sur ma joue. Il allait décidément falloir que j'apprenne à maîtriser tout cela… Tout comme ma mère l'avait fait, Dimitri l'essuya délicatement du bout du doigt.

— Tu ne dois pas t'en vouloir, répéta-t-il. Tu peux regretter les décisions que tu as prises et te dire que tu aurais dû agir différemment, mais tu dois garder à l'esprit que Mason a pris les siennes. C'est lui qui a choisi d'y aller, même si c'est toi qui lui as donné cette idée.

Je compris tout à coup ce qui s'était passé. Lorsque Mason était revenu pour me défendre, il s'était laissé déborder par ses sentiments pour moi. C'était exactement ce que Dimitri craignait si nous nous autorisions à avoir une relation. Les sentiments que nous éprouvions l'un pour l'autre risquaient de nous mettre en danger, ainsi que les Moroï dont nous avions la charge.

— J'aurais tellement aimé… pouvoir faire quelque chose…

Je ravalai de nouvelles larmes, lâchai la main de Dimitri et me levai avant de dire quelque chose de stupide.

— Il vaut mieux que j'y aille, déclarai-je. Préviens-moi quand tu voudras qu'on reprenne l'entraînement… et merci de m'avoir parlé.

Je me tournai pour m'éloigner.

— Non, déclara-t-il brusquement.

— Quoi ? demandai-je en l'observant par-dessus mon épaule.

Quelque chose de merveilleux, de puissant et de chaleureux se produisit lorsque nos regards se rencontrèrent.

— Non, répéta-t-il. J'ai répondu « non » à Tasha.

J'en restai bouche bée quelques instants.

— Mais… pourquoi ? C'était une occasion unique… Tu aurais pu avoir un enfant… Et elle… tenait à toi…

Un fantôme de sourire se dessina sur ses lèvres.

— C'est vrai. C'est la raison pour laquelle je devais refuser. Je ne pouvais pas lui donner ce qu'elle voulait. Pas alors que… (il s'approcha de moi)… mon cœur est ailleurs.

Je faillis recommencer à pleurer.

— Pourtant tu t'entendais si bien avec elle... Et tu n'as pas cessé de me répéter à quel point j'agissais de façon puérile.

— Tu t'es comportée de manière immature parce que tu es jeune. Mais tu sais beaucoup de choses, Roza, des choses qui échappent à des gens plus âgés que toi. Ce jour-là... (Je compris tout de suite de quel jour il parlait : celui où je l'avais embrassé dans ce même gymnase...) Tu avais raison sur les efforts que je fais pour garder le contrôle de moi-même. Tu es la seule à t'en être rendu compte, et ça m'a fait peur... Tu me fais peur.

— Pourquoi ? Tu ne veux pas que ça se sache ?

Il haussa les épaules.

— Que ça se sache ou non n'a aucune importance. Ce qui m'effraie, c'est que quelqu'un... que tu me connaisses si bien. Quand une personne peut lire dans notre âme, c'est difficile à vivre : on devient... vulnérable. Il est beaucoup plus facile d'être à l'aise avec un simple ami.

— Comme Tasha.

— Tasha Ozéra est une femme exceptionnelle. Elle est belle et courageuse, mais elle...

— ... ne te séduit pas, achevai-je à sa place.

Il acquiesça.

— Je le savais, mais j'ai tout de même été tenté d'accepter sa proposition. Je me disais qu'elle allait me délivrer de toi, me permettre de t'oublier, peut-être...

J'avais pensé la même chose à propos de Mason.

— Mais ça n'a pas marché.

— Non. Et c'est un problème.

— Parce que nous ne devons pas être ensemble.

— Oui.

— À cause de la différence d'âge.

— Oui.

— Mais surtout parce que nous allons devenir les gardiens de Lissa et que nous devons nous soucier d'elle plus que de nous-mêmes…

— Oui.

J'y réfléchis un moment, puis le regardai droit dans les yeux.

— Telles que je vois les choses… nous ne sommes pas encore ses gardiens.

Je me raidis en attendant sa réponse : il n'allait pas manquer de me servir un nouveau conseil zen. Il allait me parler de courage et de persévérance, du fait que les choix que l'on fait ont des conséquences dans l'avenir et d'autres absurdités de ce genre.

Sauf qu'il m'embrassa.

Le temps s'arrêta lorsqu'il prit mon visage entre ses mains, puis baissa la tête pour approcher ses lèvres des miennes. Ce qui était à peine un baiser, au tout début, devint vite ardent et enivrant. Il finit par s'en arracher pour poser les lèvres sur mon front pendant plusieurs secondes en me serrant dans ses bras.

J'aurais aimé que ce baiser ne s'arrête jamais. Lorsqu'il finit par s'écarter, il glissa les doigts dans mes cheveux, puis sur ma joue, avant de se diriger vers la porte.

— À plus tard, Rose.

— À notre prochain entraînement ? lui demandai-je. Parce que nous recommençons, n'est-ce pas ? Tu as encore tant de choses à m'apprendre…

Il s'arrêta dans l'embrasure de la porte pour me sourire par-dessus son épaule.

— Oui. Des tas de choses.

Achevé d'imprimer en octobre 2016
Par CPI France
N° d'impression : 3019698
Dépôt légal : octobre 2016
Imprimé en France
81121984-2